天壹文化

从声音到文字，分享人类智慧

第六十二回　憨湘云醉眠芍药裀　呆香菱情解石榴裙（一）

第六十四回　幽淑女悲题五美吟　浪荡子情遗九龙佩（一）

第六十六回　情小妹耻情归地府　冷二郎一冷入空门

第六十七回　馈土物颦卿念故里　讯家童凤姐蓄阴谋

第六十八回　苦尤娘赚入大观园　酸凤姐大闹宁国府（一）

第七十回　林黛玉重建桃花社　史湘云偶填柳絮词（一）

第七十回　林黛玉重建桃花社　史湘云偶填柳絮词（二）

第七十一回　嫌隙人有心生嫌隙　鸳鸯女无意遇鸳鸯

第七十二回　王熙凤恃强羞说病　来旺妇倚势霸成亲

第七十三回　痴丫头误拾绣春囊　懦小姐不问累金凤

第七十四回　惑奸谗抄检大观园　矢孤介杜绝宁国府

第七十五回　开夜宴异兆发悲音　赏中秋新词得佳谶（一）

第七十五回　开夜宴异兆发悲音　赏中秋新词得佳谶（二）

第七十六回　凸碧堂品笛感凄清　凹晶馆联诗悲寂寞

第七十七回　俏丫鬟抱屈夭风流　美优伶斩情归水月（一）

第七十七回　俏丫鬟抱屈夭风流　美优伶斩情归水月（二）

第七十八回　老学士闲征姽婳词　痴公子杜撰芙蓉诔

第七十九回（含第八十回） 薛文龙悔娶河东狮　贾迎春误嫁中山狼

插图典藏本

马瑞芳品读红楼梦

马瑞芳 著

天地出版社 | TIANDI PRESS

白鹿
© Bailu Studio

目录

平儿宝玉与人为善

——第六十一回　投鼠忌器宝玉瞒赃　判冤决狱平儿行权

　　王夫人的玫瑰露失窃，告失盗的就是贼——彩云偷来给了贾环。宝玉怕揭露真相后损害探春的名誉，便开玩笑说是他从王夫人那儿拿的，替贾环隐瞒赃物，把这事认了下来。平儿回复凤姐，凤姐不信，要继续追查。平儿劝凤姐施恩，并说服凤姐，放了林之孝家抓起来的柳嫂子和柳五儿。平儿处理事务细心、冷静、面面俱到，宝玉在这几出奴仆争斗中与人为善，既是为了探春，也是为了柳五儿。

　　第六十一回开头，厨娘柳嫂子和大观园看门的小厮说话，小厮要她进园子捎几个杏出来。柳嫂子说了很大一段话，大意是你舅妈就在里面管果子，你怎么找我要？"仓老鼠和老鸹去借粮——守着的没有，飞着的有？"

　　只要出场一个人物，《红楼梦》中总有符合他们身份的精彩语言。芳官对赵姨娘说的"梅香拜把子——都是奴儿"，一句话就把聪明灵秀、口才伶俐的小姑娘写活了。一句仓老鼠和老鸹的民间俗话，读者就能把柳嫂子这个人记住。苏联著名作家马卡连柯的创作经验是：一个用得其所的字可以给人以力。曹雪芹是天才的语言大师，他笔下的人物经常有几句用得其所的语言。

从柳家的和看门小厮的对话可以看出，大观园自从实行承包制之后，因为所有的物品均与看管人的切身利益有关，所以她们管理细致，看管认真。探春两百多年前在大观园实行"责任到人制"，可见其思想的先验性。

小厨房有大门道

柳家的回到厨房，把她从娘家拿来的茯苓霜搁起来，开始分派做菜。迎春的小丫头莲花走来，说司棋姐姐要碗鸡蛋，要炖得嫩嫩的。柳家的看人下菜碟，如果是怡红院的小丫鬟来说，她会颠儿颠儿地赶快炖上。司棋要吃，她就不那么热心了，说："就是这样尊贵。不知怎的，今年这鸡蛋短的很，十个钱一个还找不出来。昨儿上头给亲戚家送粥米去，四五个买办出去，好容易才凑了二千个来。我那里找去？你说给他，改日吃罢。"莲花说："前儿要吃豆腐，你弄了些馊的，叫他说了我一顿。今儿要鸡蛋又没有了。什么好东西，我就不信连鸡蛋都没有了，别叫我翻出来。"莲花进厨房果然翻出十来个鸡蛋，说："这不是？你就这么利害！吃的是主子的、我们的分例，你为什么心疼？又不是你下的蛋，怕人吃了。"这一句"又不是你下的蛋"，把伶牙俐齿的小丫鬟写活了。

柳家的说，鸡蛋是留下做菜上的浇头的，"你娘才下蛋呢"。下层人物斗嘴好玩。柳家的说了番很有意思的话："你们深宅大院，水来伸手，饭来张口，只知道鸡蛋是平常物件，那里知道外头买卖的行市呢。别说这个，有一年连草根子还没了的日子还有呢。"这是发牢骚，但似乎也预示将来有一天，贾府的人会像灾民一样啃树皮、吃草根。莲花当然不愿意听这话，柳家的继续来番大批判："我劝他们，细米白饭，每日肥鸡大鸭子，将就些儿也罢了。吃腻了膈，天天又闹起故事来了。鸡蛋、豆腐，又是什么面筋、酱萝卜炸儿，敢自倒换口味，只是我又不是答应你们的，一处要一样，就是十来样。我倒别伺候头层主子，只预备你们二层主子了。"如果是怡红院的二层主子——晴雯或芳官要吃什么，柳家的肯定颠儿颠儿地做，因为她想把女儿送到怡红院。

莲花揭她的老底："谁天天要你什么来？你说上这两车子话！叫你来，不是为便宜，却为什么？前儿小燕来，说'晴雯姐姐要吃芦蒿'，你怎么忙的还问肉炒鸡炒？小燕说'荤的因不好才另叫你炒个面筋的，少搁油才好'。你忙的倒说'自己发昏'，赶着洗手炒了，狗颠儿似的亲捧了去。"莲花的嘴也好生了得，形容柳家的巴结怡红院的人，是"狗颠儿似的"。柳家的又说了一番，大意是：整个大观园连姑娘带姐儿四五十人，一天也就是两只鸡，两只鸭子，十来斤肉，一吊钱菜蔬，干什么都不够。本来两顿饭都支撑不住，哪里还搁得住你们点这个点那个？你们想这样做，不如回了老太太，像大厨房预备老太太的饭那样，把天下所有菜蔬用水牌写了，天天转着吃，一个月现算。看来贾府能维持顶级享受的只剩下贾母，姑娘们要享受贾母式的高水平饮食，不可能了。

柳家的这么说，实际上想伸手要钱。接着她说："连前儿三姑娘和宝姑娘偶然商议了要吃个油盐炒枸杞芽儿来，现打发个姐儿拿着五百钱来给我，我倒笑起来了，说：'二位姑娘就是大肚子弥勒佛，也吃不了五百钱的去。这三二十个钱的事，还预备的起。'赶着我送回钱去。到底不收，说赏我打酒吃。"这不就是比出来的？意思是让莲花告诉司棋，你想吃炖鸡蛋，也给我送钱来。这时司棋又打发人来催，说莲花死在这里了？莲花回去添了一番话挑拨，司棋心头起火。侍候完迎春吃饭，司棋带着小丫头们到厨房，一进厨房，就说：

"凡箱柜所有的菜蔬，只管丢出去喂狗，大家赚不成。"小丫头们七手八脚上去，一顿乱翻乱扔。厨娘们求司棋："姑娘别误听了小孩子的话。柳嫂子有八个头，也不敢得罪姑娘。说鸡蛋难买是真。我们才也说他不知好歹……他已经悟过来了，连忙蒸上了。"她们说的是真话。司棋虽然不是怡红院的人，总还是贾府正头香主小姐的贴身大丫鬟，柳家的也得罪不起。柳嫂子蒸好令人送去，司棋泼到了地下。司棋伺候的小姐迎春是"二木头"，锥子扎一下都不出声，司棋却蛮横、张狂，是不是物极必反？小姐懦弱，我得刚强。但是她这一次有点儿倚势欺人，过分了也就结怨了。柳嫂子有很多亲戚朋友，将来司棋出事时，她们就落井下石了。

柳五儿被当贼拿

柳家的打发柳五儿喝了汤，把茯苓霜的功效对柳五儿说了。柳五儿想分些送给芳官，便包了一半，黄昏人稀时进怡红院找芳官，大约打算再催催芳官给她办进怡红院的事。大观园没人盘查，她到了怡红院，不敢进去，只在玫瑰花跟前站着。可巧小燕出来了，她把茯苓霜给了小燕，自己回来。路上遇见林之孝家的带着几个婆子查夜。柳五儿藏躲不及，只好上来问好。林之孝家的说："我听见你病了，怎么跑到这里来？"五儿赔笑说："因这两日好些，跟我妈进来散散闷，才因我妈使我到怡红院送家伙去。"她解释自己为什么跑进来，没想到林之孝家的发现了她的话有漏洞。林之孝家的说："这话岔了。方才我见你妈出去我才关门。既是你妈使了你去，他如何不告诉我说你在这里呢。"见柳五儿神色慌张，林之孝家的怀疑王夫人丢东西会不会和她有关。无巧不成书，小蝉、莲花和几个媳妇走过来，见林之孝家的查住柳五儿，都说要林奶奶审审她，这两天她总往里面跑，鬼鬼祟祟的不知道干什么。小蝉说，昨天玉钏儿姐姐说，太太耳房里的柜子开了，少了好些零碎东西，玫瑰露也少了一罐子。莲花又说，她今天倒看到个玫瑰露瓶子。这应该是莲花随司棋到厨房乱翻看到的。林之孝家的忙问她在哪儿看见的，莲花说在厨房里。林之孝家的打了灯笼找，柳五儿说那是芳官给她的。林之孝家的说："不管你方官圆官，现有了赃证，我只呈报了，凭你主子前辩去。"一边说，一边进了厨房，莲花带路，把玫瑰露瓶子找出来，又找到一包茯苓霜，带了五儿向李纨、探春汇报。

李纨因为兰哥病了不管事，让她们去找三姑娘。探春正在梳洗，丫鬟对林之孝家的说，探春让她找平儿回二奶奶去。林之孝家的找到平儿，平儿回了凤姐。凤姐什么态度？吩咐用很重的刑罚严厉处置："将他娘打四十板子，撵出去，永不许进二门。把五儿打四十板子，立刻交给庄子上，或卖或配人。"平儿按这话吩咐林之孝家的。柳五儿吓得哭哭啼啼，给平儿跪着，说玫瑰露是芳官给她的，茯苓霜是舅舅送妈妈的。平儿说，这样说你倒是无辜的了，现在天晚了，奶奶刚睡下，这点小事我就不再去絮叨。平儿认为这是小事，可对柳五儿却性命交关。平儿告诉林之孝家的：先把柳五儿交给上夜的人看守，明儿她回了奶奶，再做道理。林之孝家的带了柳五儿出来，交给上夜的媳妇看守。媳妇们说林之孝家的不该做这样没行止的事，我们上夜这么累，还弄个贼来叫我们看着。和柳嫂子不和的人还说了很多闲话，嘲笑柳五儿。

宝玉替人瞒赃

柳五儿本就身体弱，被关着，既没水喝，也没有睡觉的铺盖，哭了一夜。那些和她母亲不和的人，第二天悄悄给平儿送东西，奉承平儿办事简断，说柳嫂子坏话。平儿都答应着。平儿悄悄找袭人问，是不是芳官给了柳五儿玫瑰露？袭人说玫瑰露给了芳官，芳官转给什么人就不知道了。袭人问芳官，芳官赶忙说给了柳五儿。芳官再告诉宝玉，宝玉也慌了，说，玫瑰露有着落了，定会再勾起茯苓霜，她舅舅好心好意送她们东西，"反被咱们陷害了"。他和平儿商量，干脆说茯苓霜也是芳官给她的算了。平儿对宝玉说，柳五儿昨晚已和人说是她舅舅给的了，怎么再说是你给的？何况王夫人丢的玫瑰露现在不知道是谁偷的，你现在把有嫌疑的放了，找谁去？晴雯插了一句："太太那边的露再无别人，分明是彩云偷了给环哥儿去了。"晴雯聪明，人与人之间，谁和谁好，谁会办什么事，常常一语中的。平儿说，可不就是这缘故。现在玉钏儿在那儿哭，彩云不但不应，还说是玉钏儿偷了，两人吵得合府皆知，我们当然得查。但殊不知告失盗的就是贼，又没赃证，怎么说她？宝玉说，算了，这事我也应起来，就说是吓唬她们，偷了太太的这两样东西，不就都完了？平儿说，其实从赵姨娘屋里起出赃证也容易，我只怕又伤着一个好人的体面，我可怜的是她，不肯为老鼠伤了玉瓶，一边说一边把三个手指头一伸。平儿的意思是不能伤害到三姑娘探春。大家都说，还是我们应起来算了。

平儿虽然把这事欺瞒过去，但平儿管理大家庭，这次混过去了，下次继续这么干可不行，她得找当事者说明。平儿把玉钏儿和彩云叫来，告诉她们，贼已经有了。玉钏儿先问在哪里？平儿说："现在二奶奶屋里呢，你问他什么应什么。我心里明知不是他偷的，可怜他害怕都承认。这里宝二爷不过意，要替他认一半。我待要说出来，但只是这做贼的，素日又是和我好的一个姊妹。"这是说谁呢？是彩云。"窝主却是平常"，窝主是谁？是赵姨娘。"里面又伤着一个好人的体面，因此为难，少不得央求宝二爷应了……如今反要问你们两个，还是怎样？若从此以后大家小心存体面，这便求宝二爷应了；若不然，我就回了二奶奶，别冤屈了好人。"这话说得太有策略了，她不点是谁偷的，但明明已经说出来是我的一个好姐妹偷的，而窝藏赃物的是个很平常、很没地位的人，真相揭发出来却要伤了一个正在管家的好人的体面。平儿最后说，宝玉应了是存大家体面，如果你们以后不心存体面，我就不叫宝玉应。

彩云听了，羞恶之心感发，说："姐姐放心，也别冤了好人，也别带累了无辜之人伤体面。偷东西原是赵姨奶奶央告我再三，我拿了些与环哥是情真。……如今既冤屈了好人，我心也不忍。姐姐竟带了我回奶奶去，我一概应了完事。"彩云有良心，不叫别人替她受冤。大家听了觉得她有肝胆。宝玉说："彩云姐姐果然是个正经人。如今也不用你应，我只说是我悄悄的偷的唬你们顽，如今闹出事来，我原该承认。只求姐姐们以后省些事，大家就好了。"彩云又说："我干的事为什么叫你应，死活我该去受。"平儿和袭人劝她：你应了就把赵姨娘牵出来了，三姑娘不会生气吗？宝二爷应了，大家就都没事了。彩云想了想，这才同意了。

平儿以宽就严

平儿叫了五儿，悄悄教他让她说茯苓霜也是芳官送的。平儿带着五儿来，林之孝家的已押着柳嫂子等候多时。林之孝家的告诉平儿，今天一早她押了柳嫂子来，园子里没人侍候开饭，就叫秦显的女人去侍候。请姑娘回明奶奶，秦显家的干净谨慎，以后就派她在大观园管厨房吧。林之孝家的刚把柳嫂子押来，还没有等到王熙凤具体的处理结果，一个早饭的工夫，就已经派亲信到厨房抢班夺权了。司棋才大闹厨房，这下接替厨房的又是她婶子。平儿说事已查清，是宝玉和她们闹着玩，咱府里的茯苓霜还在议事厅上没动。事都查清了，柳家的和柳五儿都没事，我回了奶奶再说。

平儿把宝玉设好的话汇报给凤姐。凤姐明察秋毫，她说："虽如此说，但宝玉为人不管青红皂白，爱兜揽事情。别人再求求他去，他又搁不住人两句好话，给他个炭篓子戴上，什么事他不应承。咱们若信了，将来若大事也如此，如何治人。……依我的主意，把太太屋里的丫头都拿来，虽不便擅加拷打，只叫他们垫着磁瓦子，跪在太阳地下，茶饭也别给吃，一日不说跪一日，便是铁打的，一日也管招。又道是'苍蝇不抱无缝的蛋'。虽然这柳家的没偷，到底有些影儿，人才说他。虽不加贼刑，也革出不用。"凤姐残酷毒辣，对王夫人的丫鬟都敢用私刑。

平儿劝："何苦来操这心！'得放手时须放手'，什么大不了的事，乐得不施恩呢。依我说，纵在这屋里操上一百分的心，终久咱们是那边屋里去的。"平儿的意思是，纵使你在王夫人这里帮着管家，最后还是要回到邢夫人那边去的，干吗要和这些小人结怨。"况且自己又三灾八难的，好容易怀了一个哥儿，到了六七个月还掉了。焉知不是素日操劳太过，气恼伤着的！如今乘早儿见一半不见一半的，也倒罢了。"通过平儿与王熙凤的闲谈，曹雪芹说出王熙凤这次流产是六七个月的男胎，确实可怜。平儿劝王熙凤网开一面，当然有为王熙凤着想的成分，更重要的还是平儿跟彩云等姐妹情深，又顾忌从彩云牵出赵姨娘再牵扯到探春。

平儿以宽就严，平儿的话，凤姐还是听进去了。按照平儿的主意，王熙凤把这事一一发放，这件事就算结案了。凤姐明察秋毫，对宝玉的个性了解得很透彻，但她显然没有协理宁国府时的那股冲劲儿了，有点儿得过且过了。

大观园儿女最后的狂欢节

——第六十二回　憨湘云醉眠芍药裀　呆香菱情解石榴裙

第六十二回写宝玉、平儿、宝琴、邢岫烟过生日，贾宝玉的生日成为大观园儿女最后的狂欢节。花团锦簇的生日宴会，却时不时透出衰音。

出现在回目上的是两个性格不同的女性。性格娇憨的湘云在宴会上喝醉了，跑到山后的石凳子上，用芍药花瓣做枕头睡了一觉。大家找到她时，她还在梦中说她创造的酒令。学诗学成呆子的香菱和荳官芳官玩斗草游戏打闹起来，滚在地上，把石榴裙弄脏，宝玉找来袭人同样的石榴裙给她换上。

第六十二回接续第六十一回平儿判案。平儿吩咐林之孝家的，大事化小事，小事化没事，方是兴旺之家。柳嫂子仍回去当差，秦显家的被退回。林之孝家的抢班夺权，想要安插自己人。秦显家的趁空占据大观园厨房总管的位置。她到厨房上任，先查出来柳家的亏空，接着就打点送礼，送林之孝家一篓炭、五百斤木柴、一担米，又给账房送礼，还准备几样菜请厨娘同人。她会不会把这些礼物算成前任的"亏空"，就不得而知了。平儿宣布柳家的仍然回来当差，秦显家的垂头丧气，偃旗息鼓，卷包走了，白丢了些东西，还得想办法补上亏空，只兴头一个早上，偷鸡不成蚀把米。林之孝家的安插亲信，不向王熙凤汇报，先安排再"备案"；秦显家的小人得志，正在兴头上，却转眼成空。半瓶玫瑰露，一包茯苓霜，竟然敷衍出这么多故事，描写了这么多人物，故事环环相扣，人物各有风采，曹雪芹真是妙笔生花。

耐人寻味的四人同天生日

前几回似乎不大有意思，都是大观园里的鸡毛蒜皮，丫鬟和婆子打架，赵姨娘和小丫鬟打架，出来个茯苓霜，出来个蔷薇硝，就是一段故事，总是读这些，未免有点儿郁闷。进入第六十二回，好像阴雨连绵后，天突然放晴，阳光明媚。怎么回事？贾宝玉要过生日了。

贾宝玉生日时，贾府的掌权人物外出，凤姐生病，贾府内里只有薛姨妈和尤氏两人管事。薛姨妈是亲戚，面子情儿照管一下，不会深管也不会真管，尤氏是宁国府的，也不会真管。大观园此时成了更加自由的天地。贾宝玉的生日简直成了大观园青年儿女的狂欢节。

贾宝玉的生日写得特别细致，先接受礼物，有张道士和几处僧尼庙的和尚尼姑送的带吉祥性质的礼物，舅舅姨妈的衣服、寿桃、长寿面，还有姐妹们的贺礼。这生日会要按照生日礼节一步步进行。第一步先拜祭天地，李贵他们设下香烛，贾宝玉炷香、烧纸、行礼。第二步拜祖宗，需要到宁国府祭拜。第三步，拜长辈，因为贾母、贾政、王夫人都不在家，贾宝玉拜完祖宗以后，到月台上向他们遥拜。贾宝玉遥拜的人里没有贾元春。有的红学家如吴世昌先生曾提出，所谓老太妃之丧，实际上最初写的是贾元春死了。我认为吴先生分析得对，贾府平常的节日元妃都会赏赐礼物，她最爱的弟弟过生日，她怎么会毫无表示？贾宝玉过生日没有收到元妃的礼物，他也没有遥拜元妃姐姐，只能解释成他的贵妃姐姐已经不在人世。

贾宝玉遥拜完不在家的长辈后，又拜家里的长辈，从宁国府长嫂尤氏开始，回到荣国府拜薛姨妈，再叫晴雯和麝月跟着，小丫头抱着毡子，从李纨开始，一个一个，把比自己年长的人都拜了。奇怪的是，在各种场合总会发表精彩言论的王熙凤，宝玉生日时并没有出现。贾宝玉到她那儿去拜，她也不出现，理由居然是平儿在给她梳头，这太不合理了。凤姐和宝玉本就不拘形迹，凤姐姐梳头，宝兄弟就不能进来拜？看来曹雪芹有意在淡化王熙凤。然后宝玉到四个奶妈那儿让了一会儿，宝玉不能向身为奴才的奶妈们行礼，只是让她们参加宴会。

贾宝玉完全按家庭要求的礼教行事，他毕竟是荣国府的宝二爷，不是《水浒传》里动不动拿大斧头"砍他娘的"李逵，这是他的身份决定的。但贾宝玉的生日成了一次平等的聚会。从大观园的姐妹们，到大大小小的丫鬟，所有人似乎都平等起来了。

这次是四个人一块儿过生日。曹雪芹把平儿和贾宝玉的生日安排到同一天，而且是由袭人说出来的。平儿自己解释，我们生日没有拜寿的福，受礼的职分，可吵闹什么？平儿没有过生日的权利，偏偏探春要给她过生日。探春不是讲究等级讲究得不近人情吗？对生母一口一个"姨娘"，探春现在要给通房大丫头过生日，看来她要安抚平儿。因为探春开始理家时，曾经不给平儿面子。当探春身边的丫鬟告诉外面掌事的管家娘子去把宝钗的饭端过来时，探春说没规矩，平儿在这儿，让她叫去。这等于说，平儿再有脸面，也是丫鬟。平儿在贾府的下人当中非常有人缘。探春说今儿要替她过生日，自己心里才过得去，看来探春通过理家看出平儿确实可疼可爱，甚至可敬。探春还不知道平儿挖空心思保护她，不叫赵姨娘办的丑事闹出来，这是小说家天才的调度，很多事情读者都知道，但当事人不知道。

探春一挑头，柳家的马上跪下给平儿磕头。平儿保护了她，她正找不到理由感谢，又有赖大家、林之孝家这种大管家送礼，上、中、下三等家人送礼的也不少。在王熙凤长久不理家的情况下，故事忽然出现众人为平儿庆寿的情节，是不是曹雪芹借此描写平儿得人心、顺民意，渐渐要取王熙凤而代之？

贾宝玉的生日和平儿是同一天，贾府的凤凰和一个通房大丫头是同一天庆生日已耐人寻味，贾府最得宠的薛宝琴和最贫寒的邢岫烟的生日也是这一天，是不是曹雪芹要借此写人生荣辱交替，贫富交替？

生日宴会座次安排得不分尊卑，这恰好是最讲究等级观念的探春安排的。主桌宝琴和岫烟上座，平儿和宝玉侧坐，探春和鸳鸯陪坐。第二桌坐的是宝钗、黛玉、湘云、迎春、惜春、香菱、玉钏儿，有姑娘，也有丫鬟。第三桌坐的是尤氏、李纨、袭人、彩云。第四桌是紫鹃等丫鬟。当家奶奶尤氏和李纨坐到了第三桌，丫鬟鸳鸯坐到了第一桌，完全打破了尊卑等级观念。

妙趣横生的酒令

宴会上，行酒令必不可少，这次行的令叫"射覆"[1]。轮到宝钗和

---

[1] 原为古时的猜物游戏。射，猜；覆，遮盖。游戏时将一样物品遮盖起来，再让人猜是什么东西，后成为酒令的一种。——编者注

宝玉对了点子，宝钗覆了个"宝"，是想叫宝玉射他的玉。宝玉想了想，指了通灵宝玉说："姐姐拿我作雅谑，我却射着了，说出来姐姐别恼，就是姐姐的讳'钗'字就是了。"大家问怎么解？宝玉说："他说'宝'，底下自然是'玉'了。我射'钗'字，旧诗曾有'敲断玉钗红烛冷'，岂不射着了？"这句话是不祥之兆。红烛是结婚的蜡烛，玉钗敲断，红烛冷了，两个人即使结合，贾宝玉也要离家出走。

湘云觉得这话不好，说："这用时事却使不得，两个人都该罚。"对唐诗不很了解的香菱说，唐诗里有宝玉的出处，她说了岑参的"此乡多宝玉"。香菱是不知道，还是故意没说出来"此乡多宝玉"的下一句是"慎莫厌清贫"呢，难道这预示将来贾宝玉会很穷？香菱说，不仅宝玉的名字在唐诗上，宝钗的名字也在唐诗上。是哪一句？"宝钗无日不生尘"。香菱没有说的前一句是"若但掩关劳独梦"，岂不是说薛宝钗将来要孤零零自己一个人住？这些酒令确实别有深意！

湘云醉眠芍药裀

湘云在酒席上创造个新酒令："酒面要一句古文，一句旧诗，一句骨牌名，一句曲牌名，还要一句时宪书[1]上的话，共总凑成一句话，酒底要关人事的果菜名。"她刁难宝玉，宝玉想不出来，黛玉张嘴就来："落霞与孤鹜齐飞"，出自王勃的《滕王阁序》；"风急江天过雁哀"，出自陆游的《寒夕》；"却是一只折足雁"，"折足雁"是骨牌名；"叫的人九回肠"，"九回肠"是曲牌名；"这是鸿雁来宾"，"鸿

---

1 时宪书即历书，是按照一定历法排列年、月、日、节气、纪念日等供查考的书。——编者注

雁来宾"出自《礼记·月令》。黛玉拿起一个榛穰，说酒底是"榛子非关隔院砧，何来万户捣衣声"。林黛玉这个酒令，天上孤鹜在飞，折足雁在哀鸣，叫得人九曲回肠。酒底的"榛子"和捣衣的"砧子"读音相通，而在古代常借榛子指妇人忠贞执着。李白《子夜吴歌·秋歌》，"长安一片月，万户捣衣声"，是怀念良人、描述恋人分别的诗。林黛玉的酒令哀婉萧瑟，和她将来泪尽而亡有关系。

湘云要考贾宝玉，可能她自己早就想好令了。"奔腾而砰湃"，出自欧阳修的《秋声赋》；"江间波浪兼天涌"，出自杜甫的《秋兴八首》；"须要铁锁缆孤舟"，"铁锁缆孤舟"是骨牌名；"既遇着一江风"，"一江风"是曲牌名；"不宜出行"是历书上的话。湘云的酒令，词意险恶，暗示史湘云未来的人生风波。湘云的酒底最好玩，她举着正在吃的鸭头，说："这鸭头不是那丫头，头上那讨桂花油。"惹得晴雯莺儿们起哄，要湘云一人给一瓶桂花油。这本是小姐的酒令，这时没了丫鬟和小姐的界限，众人愈发开心。没想到林黛玉顺口说了句"他倒有心给你们一瓶子油，又怕挂误着打盗窃的官司"。林黛玉是调侃贾宝玉，没想到却挖苦了彩云。彩云低了头，宝钗瞅了黛玉一眼。心直口快的人总不会像心思绵密的人那样想得周到。

众人又行令又划拳，喝得热闹，起席时不见了湘云，到处找。一个小丫头笑嘻嘻地说："姑娘们快瞧云姑娘去！吃醉了图凉快，在山子后头一块青板石凳上睡着了。"大家跑来看，湘云卧于一个石凳上，"业经香梦沉酣，四面芍药花飞了一身，满头脸衣襟上皆是红香散乱，手中的扇子在地下，也半被落花埋了，一群蜂蝶闹嚷嚷的围着他，又用鲛帕包了一包芍药花瓣枕着"。这幅图画太漂亮了！是《红楼梦》最有诗意也最有个性的行为描写之一，是史湘云个性和人格魅力的大写意，简直是天仙画境，可以和黛玉葬花媲美。大观园里面谁能跑到石凳上睡？黛玉肯定不行，她在潇湘馆暖和的床上还得感冒；宝钗肯定不干，大家闺秀岂能在花园石凳上躺着；只有史湘云大大方方，想睡就睡，想在哪儿睡就在哪儿睡。这就看出史湘云个性"好一似，霁月光风耀玉堂"。

湘云想出这么好的酒令，岂能只说一次，她在睡梦里又来了一个。"泉香而酒洌"，出自欧阳修的《醉翁亭记》；"玉碗盛来琥珀光"，出自李白的《客中行》；"直饮到梅梢月上"，"梅梢月上"是骨牌名；"醉扶归"，"醉扶归"是曲牌名；"却为宜会亲友"，这句是历书上的话。做梦都做得这么有才气，这就是史湘云。

我最喜欢的《红楼梦》的场景是湘云醉卧，它既像一幅西方油画，又像一支舒伯特的《小夜曲》。湘云脖子下面枕的是花瓣，身上落的是花瓣，在她周围飞的是蝴蝶，闹嚷嚷围着的是蜜蜂，梦里说话用的是吴侬软语，甚至有点儿咬舌头，说的是古文古诗。史湘云真是古代最美丽的醉中仙。

如果问读者朋友，贾宝玉怎么样过生日？可能大多数读者没在意，但是如果问湘云醉卧是怎么回事？肯定无人不知。两百多年来，多少个艺术形式再造湘云醉卧，多少大画家大展身手，多少能工巧匠精雕细琢！"醉眠芍药裀"是《红楼梦》这部青春文学最美的标志之一，翻过这一页，大观园就开始百花凋零了。

香菱情解石榴裙

这一回的另一个重要内容，是"呆香菱情解石榴裙"。香菱为什么是呆的？因为她学诗入魔，整天跟湘云拿着诗做正经事讲起来。宝钗曾经挖苦过："呆香菱之心苦，疯湘云之话多。"香菱进了大观园，名义上是宝钗的丫鬟，却也登上了贾宝玉的生日宴席。香菱是金陵十二钗副册之首，必须要和贾宝玉挂钩。曹雪芹让香菱在宝玉生日那天和大观园的丫鬟斗草，巧妙地和宝玉发生了联系。

斗草又叫"斗百草"，是古代青年女子喜欢的游戏。玩游戏时，参加斗草者各自采了花、草、竹、物，用自己采的东西来对，对得好的就得胜。香菱和荳官等人斗草，观音柳对罗汉松，君子竹对美人蕉，星星翠对月月红，牡丹花对枇杷果，都对好了。荳官说，她有姊妹花，香菱对个夫妻蕙。香菱胜了，荳官没得说，就挖苦香菱，什么夫妻蕙，你是想你汉子了。两人动手闹起来，把香菱刚穿上的石榴裙拖到泥里了。

贾宝玉也拿了并蒂菱要参加斗草。贾宝玉总有些女儿气，女孩子斗草，他也要参加。香菱说，什么夫妻蕙、并蒂菱，你看看我这裙子！宝玉替香菱着想，说，如果被姨妈知道，又得埋怨。你也不能动，一动连内衣都弄脏了，把袭人的裙子拿来换下来吧！宝玉去通知袭人来送裙子，一路上胡思乱想，可惜这么个人，没父母，连自己本姓都忘了，被人拐出来，偏又卖给了薛蟠这呆霸王。宝玉联想到上次能照顾平儿是意想不到的事，现在能照顾香菱更意想不到。有早期的红学家居然认为宝玉对香菱有邪念，香菱对宝玉有私情。这完全是误解。平儿和香菱都是宝玉兄长的侍妾，两个兄长又一味好色，不知道作养脂粉，爱护女性。所以，宝玉对香菱和平儿是出于同情和爱护。

欢乐背后有矛盾

贾宝玉过生日，除了欢乐的情节，还写到种种矛盾。这一回开头就写到，宝玉承认是他和彩云、玉钏儿开玩笑，拿走王夫人的东西，赵姨娘庆幸逃过一劫。贾环却起了疑心，把彩云送他的东西都拿出来，朝着彩云的脸摔了下去，说："这两面三刀的东西！我不稀罕。你不和宝玉好，他如何肯替你应。你既有担当给了我，原该不与一个人知道。如今你既然告诉他，如今我再要这个，也没趣儿。""不看你素日之情，去告诉二嫂子，就说你偷来给我，我不敢要。你细想去。"贾环无情无义，无赖无耻，是《红楼梦》数一数二的讨人嫌、脸谱化的人物，可以和他妈赵姨娘并列。

大观园一再出事，这些都通过宝钗和宝玉的闲谈说了出来。薛蟠给宝玉送了四样礼物，宝玉过去陪他吃面。宝钗嘱咐她弟弟，你请伙计们吃酒，我和宝兄弟过去，在那儿陪人。宝钗和宝玉一块儿回来，一进角门，宝钗就命婆子把门锁上，把钥匙要来。宝玉说，你为什么这么小心？宝钗说，小心没有过逾的，那边这几天七事八事，却没有我们这边的人，可见我这门关得有效。薛宝钗为人谨慎小心，什么坏事也不能有一点儿沾到自己身上，什么都预先防备着。宝玉笑说，原来姐姐也知道我们那边丢了东西？宝钗说："你只知道玫瑰露和茯苓霜两件，乃因人而及物。若非因人，你连这两件还不知道呢。殊不知还有几件比这两件大的呢。若以后叨登不出来，是大家的造化；若叨登出来，不知里头连累多少人呢。"这说明大观园里还有比玫瑰露、茯苓霜更严重的事，很可能就是后来出现的赌博、吃酒、夹带不雅东西等。

欢声笑语的生日宴会后，探春和宝琴下棋，林之孝家的带进来一个愁眉苦脸的媳妇，那媳妇到探春阶下只跪下磕头。林之孝家的向探春汇报："这是四姑娘屋里的小丫头彩儿的娘，现是园内伺候的人。嘴很不好，才是我听见了问着他，他说的话也不敢回姑娘，竟要撵出去才是。"探春问是不是告诉了大奶奶、二奶奶？林之孝家的一一作答。探春听后说："既这么着，就撵出他去，等太太来了，再回定夺。"这个非常不经意的小细节，说明贾府不断出事，下层有很多不安定的因素。

贾府的败局连潇湘妃子都担心起来了。黛玉和宝玉站在花下，黛玉说："你家三丫头倒是个乖人。虽然叫他管些事，倒也一步儿不肯多走。差不多的人就早作起威福来了。"宝玉和黛玉叫苦，说她干了好几件事，专门拿他和凤姐姐作筏子，最是心里有算计。黛玉说道："要这样才好，咱们家里也太花费了。我虽不管事，心里每常闲了，替你们一算计，出的多进的少，如今若不省俭，必致后手不接。"只知在潇湘馆教鹦鹉念诗的林姑娘，居然也考虑起贾府进得少出得多的问题了。

贾宝玉过生日，怡红院很多大丫鬟都来参加宴会，有些小丫鬟不能参加。宝玉回到怡红院，芳官发牢骚，你们吃酒不理我，教我闷了半日，我就回来睡觉了。小姑娘以自我为中心，觉得受到了冷落，向宝玉撒娇，宝玉应了她说要晚上吃酒。

正在聊着，柳嫂子派人给芳官送饭来，一碗虾丸鸡皮汤，一碗酒酿清蒸鸭子，一碟腌的胭脂鹅脯，一碟奶油松瓤卷酥，一大碗热腾腾碧荧荧蒸的绿畦香稻粳米饭。恐怕贾探春也只能吃这些了！柳嫂子为了把女儿弄进怡红院，想尽一切办法巴结芳官。芳官和小燕吃饭。宝玉也吃了个卷酥，觉得比自己平时吃的东西还好吃。袭人她们回来找宝玉吃饭，宝玉说已经吃过饭了。晴雯拿手指头戳在芳官的额上说："你就是个狐媚子，什么空儿跑了去吃饭，两个人怎么就约下了，也不告诉我们一声儿。"袭人似乎宽厚，说道："不过是误打误撞的遇见了，说约下了可是没有的事。"晴雯反击，以后我们都走了，让芳官一个人侍候就够了。袭人和晴雯算起账来了，说我们都可以走，就你走不了。晴雯说，我又笨又懒，脾气又不好，又没用。袭人笑道："倘或那孔雀褂子再烧个窟窿，你去了谁可会补呢。你倒别和我拿三撇四的，我烦你做个什么，把你懒的横针不拈，竖线不动……怎么我去了几天，你病的七死八活，一夜连命也不顾给他做了出来，这又是什么原故？"晴雯平时有点儿懒，但在贾宝玉困难时，会舍命出力。袭人不允许宝玉身边出现比自己美丽、比自己灵巧、和贾宝玉特别投脾气的丫鬟，特别是不能让这丫鬟成为准姨娘。很多红学家说，袭人没有陷害晴雯，我们往后看就知道。怡红院内部说的很多话，王夫人都知道了，那是谁汇报的呢？

怡红夜宴掣花签

——*第六十三回　寿怡红群芳开夜宴　死金丹独艳理亲丧*

　　贾宝玉过生日，怡红院丫鬟凑钱给他开夜宴，请来李纨、宝钗、黛玉、湘云、探春、香菱等，行酒令，掣花签。这些人走后，怡红院的丫鬟继续饮酒取乐。这是怡红院最后一个欢乐的夜晚。第二天，贾敬服用丹砂中毒身亡，贾珍和贾蓉都不在家，尤氏处理丧事。第六十三回最重要的内容是"怡红夜宴掣花签"，而贾敬之死揭开了红楼"二尤"悲剧的序幕。

　　宝玉过生日，白天大观园姐妹给他过，晚上怡红院丫鬟凑钱继续给他过。宝玉过意不去，被晴雯好一顿抢白，"这原是各人的心。那怕他偷的呢"。晴雯快人快语，话说得响亮透辟。宝玉马上说："你说的是。"袭人则说："你一天不挨他两句硬话村你，你再过不去。"袭人对宝玉周围的事物特别留神，自觉或不自觉显示出是宝玉最亲密的人，甚至是宝玉的监管人。晴雯竟说袭人"架桥拨火儿"，太过幼稚了。丫鬟们你三钱我五钱集资办的宴会，没有山珍海味，没有冷盘热炒，只准备了四十个果碟，一坛绍兴酒，结果玩得比什么豪宴都舒心。本来是宝玉和丫鬟们关起门来玩，又想起来如果占花名，人少了没意思，就干脆把宝钗、黛玉、湘云、李纨、探春、香菱也请来。怡红院里众人没事偷着乐，变成了大观园姐妹借占花名同乐。

占花乐预伏悲剧命运

乐极生悲，怡红夜宴，占花乐，预伏悲剧结局。张潮《幽梦影》说，世间万物都有知己感，菊花以陶渊明为知己，荔枝以杨太真为知己，茶以卢仝、陆羽为知己。中国的花卉早就被文人赋以人格特点，牡丹是花王，松、竹、梅是"岁寒三友"，荷花意味着高洁。曹雪芹把历代人花交辉的文章用到小说中，用到"怡红夜宴擎花签"这一情节中，既以花比喻人，又暗藏诗句出处的特殊内涵。读《红楼梦》要顺藤摸瓜，既要知道诗句出处，还要知道和这句诗句相连、没写到《红楼梦》里却更重要的诗句，这样才能明白曹雪芹用这句诗的内涵，弄清曹雪芹在花签里暗藏的意思。曹雪芹够狡猾，用小说跟读者玩古典诗词知识竞赛。

开夜宴前，宝玉还得先假装睡下。林之孝家的来查夜，说大家公子应早睡早起，好好读书，不然就成了挑脚汉，又教训宝玉不可以叫姑娘们的名字，她们是老太太、太太的人，嘴里得尊重。几句话就把有点儿倚老卖老的世代家奴形象活画出来。林之孝家的走后，夜宴拉开序幕。

夜宴重头戏擎花签，宝钗第一个抓，签上画的是牡丹，题"艳冠群芳"，下面刻的小字"任是无情也动人"。大家说，你原本就配牡丹花，宝钗欣然接受大家祝贺。如果博学多才的宝钗当时能想起全诗，肯定高兴不起来。"任是无情也动人"出自唐代诗人罗隐的《牡丹花》，全诗是："似共东风别有因，绛罗高卷不胜春。若教解语应倾国，任是无情亦动人。芍药与君为近侍，芙蓉何处避芳尘。可怜韩令功成后,辜负秾华过此身。"这首诗前面六句写牡丹美丽高贵,用了李白"名花倾国两相欢"的典故,把牡丹花和倾国倾城的美人相比。"任是无情也动人",放到薛宝钗身上很合适,因为薛宝钗是冷美人,博学聪明,善解人意。但曹雪芹给薛宝钗命名牡丹的玄机,却在这首诗后边的韩令砍牡丹。根据《唐国史补》记载,因为京城人喜玩牡丹,每到春天,车马如狂,以不耽玩为耻。元和末年,韩弘任京城令尹,看到人们玩牡丹玩得耽误正事,见自己居地也有牡丹,就命人都砍了。"任是无情也动人"虽然符合薛宝钗的美丽、富贵、艳冠群芳,但暗藏被砍杀的命运。大家闺秀的郎君出家当和尚,和牡丹花被砍有什么不一样?薛宝钗的签上还写着,"在席共贺一杯,此为群芳之冠,随意命人,不拘诗词雅谑,道一则以侑酒"。宝钗说:"芳官唱一支我们听罢。"芳官便唱了《赏花时》。这段唱词出自汤显祖《邯郸记》,吕洞宾下凡度人,代替何仙姑天门扫花。何仙姑唱《赏花时》嘱咐吕洞宾快去快回。吕洞宾到了邯郸客店,把一个神奇的磁枕交给卢生,卢生见磁枕有个洞,那洞越来越大,有亮光发出,他就跳了进去。卢生在梦中享高官厚禄,富贵荣华,醒来后黄粱米饭未熟。芳官唱的《赏花时》:"翠凤毛翎扎帚叉,闲为仙人扫落花。您看那风起玉尘沙。猛可的那一层云下,抵多少门外即天涯。您再休要剑斩黄龙一线儿差,再休向东老贫穷卖酒家。您与俺眼向云霞。洞宾呵,您得了人可便早些儿回话,若迟呵,错教人留恨碧桃花。"汤显祖是文辞派大师,"临川四梦"[1]的语言早已形成自己独有的风格。宝钗抽到了牡丹花签,又接上了黄粱梦,言外

---

[1] "临川四梦"是明代剧作家汤显祖的《牡丹亭》《紫钗记》《邯郸记》《南柯记》四个剧目的合称。——编者注

之意，牡丹再美，不过是黄粱一梦。薛宝钗和贾宝玉的姻缘就是一场梦，这就和白天的酒令联系起来了："敲断玉钗红烛冷。"

林黛玉掣到的签上画着一枝芙蓉，题着"风露清愁"，上面有句旧诗"莫怨东风当自嗟"。芙蓉是荷花，荷花是高洁人格的象征。屈原《离骚》写道："制芰荷以为衣兮，集芙蓉以为裳。"周敦颐的《爱莲说》也写莲是花中的君子，"中通外直，不蔓不枝，香远益清，亭亭净植，可远观而不可亵玩焉"。这里用荷花比喻林黛玉的清高。而"莫怨东风当自嗟"这句诗出自欧阳修的《和王介甫明妃曲二首》其二。诗很长，其中有这样几句："明妃去时泪，洒向枝上花。狂风日暮起，飘泊落谁家。"又有眼泪，又有狂风吹落鲜花，好像跟林黛玉还泪葬花也扯得上关系。有红学家考据，林黛玉被迫嫁给北静王，后泪尽而死。其实，曹雪芹引的"莫怨东风当自嗟"前面还有句"红颜胜人多薄命"。将来贾府发生巨变，狂风日暮起，比《葬花吟》的"风刀霜剑"更有破坏力，宝玉外出逃难，黛玉为他担忧，整日以泪洗面，最终花落人亡两不知。

史湘云有男孩脾性，她"揎拳掳袖"掣根花签出来，上面画着一枝海棠，题着"香梦沉酣"，还有苏轼的诗句"只恐夜深花睡去"。苏轼《海棠》："东风袅袅泛崇光，香雾空蒙月转廊。只恐夜深花睡去，故烧高烛照红妆。"林黛玉敏捷地说："'夜深'两个字，改'石凉'两个字。"聪明地打趣了湘云。海棠花早就是湘云的象征。大观园诗社的第一次诗会咏白海棠，湘云后到，补了两首，写得风流俊逸。"蘅芷阶通萝薜门，也宜墙角也宜盆"，形容海棠适应任何环境，没有特殊要求，湘云也是如此，随遇而安。但是海棠又是传说中的断肠花。按照曹雪芹的构思，湘云和卫若兰结为夫妻，郎才女貌，夫唱妇随，可不久就因为金麒麟发生误会，两人像牛郎织女，隔河相望，断肠相思，像倩女离魂一般。这些在湘云的白海棠诗中都有透露，"自是霜娥偏爱冷，非关倩女亦离魂"。脂砚斋在旁边加个批语："又不脱自己将来形景。"湘云掣了海棠花，进一步坐实白海棠诗所透露的不幸的人生是湘云的未来。

探春掣到的花签是杏花，上面红字书"瑶池仙品"，诗是"日边红杏倚云栽"，还加了个注，"得此签者，必得贵婿"。这句诗出自唐代诗人高蟾的《下第后上永崇高侍郎》："天上碧桃和露种，日边红杏倚云栽。芙蓉生在秋江上，不向东风怨未开。"读书人都用日比喻皇帝，杏花能在日边栽意指攀上皇室。探春的才貌不次于元春。但探春成年后，贾府已到末世，探春只能攀上外番，极大可能还是为救助贾府去和亲，和亲人永远离别。绝对不是通行本后四十回所写的那样，贾探春嫁到海疆帅府，还衣饰鲜明回娘家。探春掣到杏花，将来远嫁，永不回家，这才符合贾宝玉梦游太虚境时看到的金陵十二钗中探春的判词："才自精明志自高，生于末世运偏消。清明涕送江边望，千里东风一梦遥。"

李纨掣出花签后，说"这劳什子竟有些意思"，她的花签上画着一枝老梅，写着"霜晓寒姿"四个字，旧诗是"竹篱茅舍自甘心"，这很符合李纨的身世和个性。李纨住在稻香村，房屋是竹篱茅舍。她是寡妇，形如槁木，心如死灰，这个花签和贾宝玉梦游太虚境见到的李纨判词"如冰水好空相妒，枉与他人作笑谈"一样，曹雪芹似乎对李纨多了一份温情，更加同情她。

不仅大观园姑娘们掣花签，丫鬟们也掣花签。丫鬟们的花签也有深刻含义。香菱掣了根并蒂花，上面题"联春绕瑞"，诗是"连理枝头花正开"，这句诗似乎在说香菱和薛蟠的婚姻和美，其实奥秘全都藏在"连理枝头花正开"这句诗的原诗里。原诗是朱淑真的《落花》："连理枝头花正开，妒花风雨便相催。愿教青帝常为主，莫遣纷纷点翠苔。"香菱把薛蟠看成终身之靠，白天斗草都身不由己斗出夫妻蕙，所以荳官才挖苦她想汉子。但迫害香菱的"妒花风雨"马上就要刮过来了。薛蟠娶夏金桂为妻，香菱不久就像花落青苔，被夏金桂虐待而死。通行本后四十回写香菱不仅给薛蟠生下儿子，还在夏金桂死后做了正妻，不符合曹雪芹原来的构思。

麝月的花签上画着一枝荼蘼花，题着"韶华胜极"，诗是"开到荼蘼花事了"，下面小注"在席各饮三杯送春"。麝月问怎么讲？贾宝玉皱着眉头把签藏了。贾宝玉喜聚不喜散，而麝月的花签意味着繁华到顶点一切都该结束。"开到荼蘼花事了"出自宋代王淇的《春暮游小园》："一从梅粉褪残妆，涂抹新红上海棠。开到荼蘼花事了，丝丝天棘出莓墙。"根据脂砚斋评语，将来袭人嫁蒋玉菡时，曾说"好歹留着麝月"。而宝玉有宝钗为妻、麝月为婢，却仍出家为僧，就像天棘爬出莓墙。也有红学家说，天棘是佛家话语，预示着贾宝玉要做和尚。

袭人掣得的花签既和她本人有关，也和贾宝玉有关，还和所有的人有关。袭人掣得桃花，题的是"武陵别景"，旧诗"桃红又是一年春"。武陵别景指桃花源，是逃避现实的地方。这句诗出自宋代谢枋得的《庆全庵桃花》："寻得桃源好避秦，桃红又是一年春。花飞莫遣随流水，怕有渔郎来问津。"渔郎，谐音"玉郎"，袭人最后嫁给蒋玉菡，所以"又是一年春"。袭人和蒋玉菡后来曾奉养贫困的贾宝玉，成了贾宝玉临时的"桃花源"。袭人的花签有个注："杏花陪一盏，坐中同庚者陪一盏，同辰者陪一盏，同姓者陪一盏。"大家都说好热闹有趣。其实这个注解用不幸把众人一网打尽。陪饮的都是谁？杏花是探春，同岁的是香菱、晴雯、宝钗，同辰的是黛玉，同姓的是芳官。这六个人，哪个幸福？哪个幸运？杏花探春远嫁，芙蓉花黛玉夭折，香菱、晴雯也夭折，宝钗守了活寡，芳官出家做了尼姑。

袭人掣花签这个地方还特地写到黛玉调侃探春："命中该着招贵婿的，你是杏花，快喝了，我们好喝。"探春叫李纨顺手给黛玉一下子，李纨说："人家不得贵婿反挨打，我也不忍的。"李纨似乎在开玩笑，但黛玉最终不得贵婿又是铁一般的事实。我怀疑，后四十回续书的作者很可能注意到了这一段描写，所以在黛玉之死中特笔描写李纨对黛玉之死的不忍，写得相当感人。

这么热闹的掣花签，怎么截住？薛姨妈派人来接黛玉。列藏本《脂砚斋重评石头记》中有条批语"奇文。不接宝钗，而接黛玉"，其实薛姨妈这样做很正常，自理能力很强的薛宝钗住在蘅芜苑，曹雪芹从没写过宝钗的母亲到蘅芜苑照顾她。而贾母给老太妃送丧外出时千叮咛万嘱咐，托薛姨妈照管林黛玉，薛姨妈已搬到潇湘馆，"一应药饵饮食十分经心"。自幼父母双亡的林黛玉突然有了像母亲一样的人照顾她，是不幸中的万幸，后黛玉呼薛姨妈为"妈"、薛宝钗为"姐"、薛宝琴为"妹"。二更以后也就是深夜十一点多，薛姨妈派人接黛玉，说明薛姨妈一直没睡，在等着林黛玉。我会联想到我的母亲夜晚等着我们这些在学校上晚自习的兄妹回家。我总感叹，曹雪芹这个伟大作家，怎么能琢磨出这样常人不能理解，甚至不能想象的情节？黛玉和宝玉的情缘是水中月、镜中花。黛玉六七岁进贾府，父母双亡，又经常作"司马牛之叹"[1]，在接近生命的终点时忽然有了

---

1 指对孑然一身、孤立无援的感叹，出自《论语·颜渊》："司马牛忧曰：'人皆有兄弟，我独亡。'"——编者注

"妈"，有了姐姐妹妹，这些亲人却恰好是从她理论上的"情敌"薛宝钗那儿借来的！古代那些写滥了才子佳人的小说家，还有写二人势不两立所谓三角恋的当代作家，大概想破脑袋，也想不出这样的情节和细节。

黛玉被薛姨妈派人接走，李纨、宝钗、湘云、探春和香菱也走了，怡红院的丫鬟们兴犹未尽，继续饮酒行令、猜拳、赌输赢、唱小曲，晴雯唱了，袭人也唱了。到四更时分，如果不是怡红院老妈妈们明着吃、暗里偷，把酒缸里的酒弄光，这帮年轻人大概要热闹到天亮。酒醉的结果是众人胡乱一躺，黑甜一觉。芳官被袭人扶到宝玉身边睡着，第二天醒来，袭人似乎忘记芳官如何睡到宝玉身旁，倒说芳官："不害羞，你吃醉了，怎么也不拣地方儿乱挺下了。"宝玉则说，如果知道芳官躺在身边，就往她脸上抹些黑墨。富察·明义《题红楼梦》二十首中的第十三首描写这个情节是："醉倚公子怀中睡，明日相看笑不休。"怡红院主子奴才平等相待如同朋友的描写，奴才和奴才之间比如袭人和晴雯、芳官亲如姐妹的描写，非常珍贵。如果白天宝玉的生日宴会是大观园儿女，主要是小姐们和宝玉青春记忆的欢乐之巅，那么怡红夜宴掣花签，丫鬟跟宝玉的聚会，就是怡红院丫鬟们的欢乐顶峰，此后将永远成为追忆。

第二天一早平儿笑嘻嘻走来，因为她过生日大家请了她，她要回请大家，晴雯笑说："可惜昨夜没他。"袭人给平儿解释昨夜如何热闹，平儿笑道："好，白和我要了酒来，也不请我，还说着给我听，气我。"晴雯脱口而出："今儿他还席，必来请你的，等着罢。"平儿立即从晴雯的话里瞅出毛病："他是谁，谁是他？"丫鬟绝对不能称主子为"他"，晴雯对宝玉不拘形迹的称呼，无意中透露出自己对宝玉的真实感情。我看到这个地方就想，言者无心，听者有意，平儿能公开跟晴雯开玩笑，默默在一旁听着的袭人，听到晴雯称呼宝玉为"他"，好像妻子称呼丈夫，她又会有什么感想？天真的晴雯危险了。

关于"怡红夜宴掣花签"这段情节，我都统计不出来红学家们到底写了多少文章，仅仅关于座次，就有许多文章。其实，在我看来，红楼夜宴谁挨着谁坐并不重要，重要的是，红楼夜宴既是小说好看好玩、可以好好琢磨的情节，也是曹雪芹构思小说布局的大章法。他延续了《红楼梦》一贯的做法，在小说的进展过程中，像歌剧咏叹调一样，不断咏唱悲剧主题。在红楼夜宴前已经有过元妃点戏，暗示贾府的命运，脂砚斋批语曾提到：第一出《豪宴》，"伏贾家之败"；第二出《乞巧》，"伏元妃之死"；第三出《仙缘》，"伏甄宝玉送玉"；第四出《离魂》，"伏黛玉死"。清虚观打醮，佛前点戏，又预示贾府命运：第一出《白蛇记》，暗喻贾府起家；第二出《满床笏》，暗喻贾府的富贵荣华；第三出《南柯梦》，暗喻贾府的繁华不过是一梦。"怡红夜宴掣花签"这段情节，再次预示了主要人物的命运，贾府的结局将来注定是个大悲剧。前两次通过点戏预示，贾府的重要人员都在场，似乎预示了整个贾府的命运，这次掣花签，只有大观园儿女在，似乎着重宣示了年轻人的不幸。

槛外人贺槛内人

这么多人掣花签，金陵十二钗中有个人不可能参加这个宴会，那就是妙玉。第二天早上，妙玉送来的贺帖被贾宝玉惊喜地发现。贾宝玉起来梳洗，看到砚台底下压张纸，就说丫鬟们随便压东西不好。四儿跑来说，这是昨天妙玉送来的帖子。众人都道宝玉大惊小怪的。贾宝玉特别感动，妙玉竟然给他写贺帖。他觉得妙玉这么看得起我，我得写个回帖。他拿起笔来，看妙玉贺帖上署了什么名，"槛外人妙玉恭肃遥叩芳辰"。贾宝玉琢磨半天，想不出如何署名。宝玉想：去问宝钗？宝钗肯定说太怪诞，要不去问问黛玉吧。

在去潇湘馆路上，宝玉碰到邢岫烟。邢岫烟居然和妙玉关系密切，妙玉是她的半师。邢家曾租赁妙玉庵里的房子住了十年，妙玉教她认字，教她读诗。邢岫烟告诉贾宝玉，妙玉是因为不合时宜、权势不容才到这儿来的。贾宝玉一听，好像听了焦雷一般，高兴地说："怪道姐姐举止言谈，超然如野鹤闲云，原来有本而来。"但是邢岫烟对老师不以为然。她看到妙玉给贾宝玉的拜帖，说妙玉的脾气改不了，这样放诞诡僻，从来没见拜帖上下别号的，这可是俗语说的"僧不僧，俗不俗，女不女，男不男"，成个什么道理！邢岫烟"放诞诡僻"的评语，形容妙玉很恰当。宝玉说："姐姐不知道，他原不在这些人中算，他原是世人意外之人。因取我是个些微有知识的，方给我这帖子。我因不知回什么字样才好，竟没了主意，正要去问林妹妹，可巧遇见了姐姐。"邢岫烟告诉贾宝玉，妙玉最喜欢的两句诗是："纵有千年铁门槛，终须一个土馒头。"所以她自称"槛外之人"。她既然自称"槛外之人"，你给她回帖，写个"槛内人"就行了。贾宝玉很高兴，回去就写个"槛内人宝玉熏沐谨拜"，亲自去庵里隔了门缝儿投进去。

这一回还有大段描写，大观园原来的小戏子，从怡红院的芳官开始，都改名了。芳官改为耶律雄奴，其他小戏子也有改名的，也有改小子打扮的，湘云把她的葵官改名大英。这些描写是大观园女孩子们想尽办法展示自己的青春。也有人做更深的解读，像耶律雄奴，就有人解读成曹雪芹对少数民族的看法了。

贾敬归天，二尤登场

怡红夜宴第二天，尤氏带两个年轻侍妾来凑热闹。尤氏刚来，就传来了大老爷宾天的消息。而贾敬之死，拉开了《红楼梦》二尤悲剧的序幕，接着贾府灾变迭起。参加红楼夜宴的美丽可爱的人物，一个一个按照她们掣的花签，被卷入黑暗的深渊。

贾敬一死，贾珍和贾蓉得到皇帝恩典，从为太妃送葬的队伍中回来。他们先到贾敬棺前磕头，一直哭到天亮，嗓子都哭哑了。然后他们开始处理贾敬的丧事。更重要的是，宁国府来了两位新人物。尤氏继母来看家，把两个没出嫁的女儿带来了，尤二姐和尤三姐从此羊入虎口。

贾蓉听说两位姨娘来了，就对贾珍一笑。父子俩都与尤二姐和尤三姐勾勾搭搭。贾珍叫贾蓉赶快回去，贾蓉骑马飞奔到家，实际上是来找尤二姐。贾蓉一看到尤二姐就说："二姨娘，你又来了，我们父亲正想你呢。"这是什么话！尤二姐竟这样回答："蓉小子，我过两日不骂你几句，你就过不得了。越发连个体统都没了。"说着顺手拿起一个熨斗，搂头就打。"搂头"，搂到怀里，太不自重。贾蓉滚到怀里告饶，什么动作！贾蓉一边跪到炕上求饶，一边和尤二姐抢砂仁吃。尤二姐嚼一嘴渣子吐他一脸，贾蓉居然用舌头舔着吃了，太可恶了。丫鬟们都看不下去，笑说："他两个虽小，到底是姨娘家，你太眼里没有奶奶了。回来告诉爷，你吃不了兜着走。"贾蓉抛下尤二姐，抱着丫头亲嘴，说了一番揭贾府臭底的话："谁家没风流事，别讨我说出来。连那边大老爷这么利害，琏叔还和那小姨娘不干净呢。凤姑娘那样刚强，瑞叔还想他的帐。那一件瞒了我！"

贾蓉在《红楼梦》出现过几次，第六十三回对这个家伙的描写，将其浪荡公子的特性写活了。尤老娘出来后，他故意捉弄她："我父亲每日为两位姨娘操心，要寻两个又有根基又富贵又年青又俏皮的两位姨爹，好聘嫁这二位姨娘的。这几年总没拣得，可巧前日路上才相准了一个。"贾蓉在胡说八道，却不幸言中，贾琏马上就要来和尤二姐搞一番情遗九龙佩。

幽淑女题诗，浪荡子遗佩

——第六十四回　幽淑女悲题五美吟　浪荡子情遗九龙佩

　　"幽淑女"指林黛玉，林黛玉说曾看到古史中有才色的女子，终身遭际令人可喜、可羡、可悲、可叹者甚多，饭后无事，她便选出数人，凑了几首诗，寄托感慨。她的诗被贾宝玉翻到，宝玉拿出来和薛宝钗讨论了一番。"浪荡子"指贾琏。贾琏一向放荡，到处猎艳，他贪图尤二姐的美貌，寻机把九龙佩解下来，与尤二姐的荷包交换，算两人定情。

　　第六十四回，不仅写林黛玉题《五美吟》，贾琏遗九龙佩，还写了其他内容，但曹雪芹把"幽淑女"和"浪荡子"做对照放到回目中，显然要写两种完全不同的人生态度。林黛玉是深闺奇女，有绝世才华，又情痴伤感，她感叹古代有才色的女子命薄，用诗歌表达出来。贾琏是浪荡子，尤二姐是放荡女，他们二人不过是警幻仙子所说的皮肤滥淫，不能和林黛玉同日而语。列藏本第六十四回有首五言古体诗：

> 深闺有奇女，绝世空珠翠。
>
> 情痴苦泪多，未惜颜憔悴。
>
> 哀哉千秋魂，薄命无二致。

嗟彼桑间[1]人，好丑非其类。

这首诗吟咏了像林黛玉这样身处深闺的奇女子，她们纵然有着绝世才华和珠翠般的美貌，也不能改变悲剧的命运。林黛玉太单纯，太痴情，为了心上人，不惜使心力交瘁，红颜憔悴，令自己和自古以来有才色的女子一样命薄。贾珍、贾琏以及二尤之流，不过是皮肤滥淫，不是真情人。宝玉、黛玉和贾琏、尤二姐之间的美和丑，完全不可相提并论。

《红楼梦》开始不久就已穷形尽相地写了秦可卿大丧。秦可卿是主人里身份最低的重孙媳妇，贾敬是她的太公公，但贾敬的葬礼居然只用八个字"丧仪炫耀，宾客如云"交代。一方面，宁国府大丧已写过，另一方面，贾府已经败落，不可能再出现像秦可卿葬礼那样风光的大丧。

贾珍和贾蓉得按照礼法在贾敬灵旁藉草枕块居丧。即使这样，他们还要抽空找二尤厮混。根据脂砚斋的批语来看，贾珍厮混的对象不仅有尤二姐，还有尤三姐。而在程高本一百二十回中，尤三姐已变成贞节烈女，和曹雪芹的构思不一样。

宝玉也跟着穿孝，这天，他早早从守丧的地方回来，走到怡红院，芳官一边笑一边从里面跑出来，几乎和宝玉撞个满怀。芳官说："你怎么来了？你快与我拦住晴雯，他要打我呢。"后面晴雯赶来骂："我看你这小蹄子往那里去，输了不叫打。宝玉不在家，我看你有谁来救你。"原来，宝玉不在家，丫鬟们在做游戏，抓子儿。有一年的国际《红楼梦》学术研讨会上，有位学者宋女士的论文论述的内容

1　桑间，是古代对男女幽会处的代指。——编者注

就是晴雯抓子儿。宋女士是旗人，她根据她母亲的介绍，认为抓子儿用的是羊拐骨。她在会上讲完后，先后有中国、美国、澳大利亚的赫赫有名的红学家站起来跟她讨论。有的说晴雯抓子儿，不是用羊拐骨，是猪拐骨。有的说不是拐骨，是小石子，有的说不是小石子，是小豆子。后来1987年版电视剧《红楼梦》民俗顾问邓云乡先生几乎是做总结说，羊拐骨、猪拐骨、小石子、小豆子，甚至大米都可以。《红楼梦》在当代叫"显学"，也有人说它是"闲学"，《红楼梦》什么都研究，就连晴雯抓子儿都可以成为研究主题。

林黛玉的五美诗

宝玉去看黛玉，黛玉在干什么？黛玉准备了菱藕瓜果在私室祭奠，写出了宝玉命名的《五美吟》。林黛玉觉得中国古代有那么多有才色的女子，她们的终身遭遇有的可喜，有的可羡，有的可悲，有的可叹，她挑出几个吟诵，寄托感慨。这五个人身处的时代不同、身份也不同。

第一首写西施："一代倾城逐浪花，吴宫空自忆儿家。效颦莫笑东村女，头白溪边尚浣纱。"传说，倾国倾城的西施在吴国灭亡时被沉江。她在吴宫时，一直怀念溪边浣纱的情景，但她永远回不去了。而东施，头发白了，还继续在溪边洗纱。

第二首写虞姬，虞姬是楚霸王的爱姬："肠断乌骓夜啸风，虞兮幽恨对重瞳。黥彭甘受他年醢，饮剑何如楚帐中。"西楚霸王面临失败时，他的乌骓马迎风夜啸，虞姬和项羽对歌，这是《史记》描写的场景，楚霸王的名将黥布与彭越投降刘邦后，为刘邦立下汗马功劳，最后却惨遭酷刑而死。他们怎能比得上在楚帐白刎的虞姬？

第三首写明妃："绝艳惊人出汉宫，红颜命薄古今同。君王纵使轻颜色，予夺权何畀画工？"王昭君到匈奴和亲，她离开汉室后，汉元帝才发现她的美貌。其实红颜薄命古今一样，汉元帝即便不重女色，为什么要把取舍的权力交给一个画工呢？

西施、虞姬、明妃，三位基本都是比较有名的宫廷女子，西施和明妃属于中国四大美女。2016年我在《文史知识》开设了一年《趣话美女》专栏，读了很多历代关于四大美女的诗歌。我发现，林黛玉写的诗与欧阳修、王安石、苏轼写的诗相比毫不逊色。也就是说，曹雪芹写的诗非常有文采。

后面两首写绿珠和红拂。绿珠是晋代富豪石崇的歌妓，美丽，善吹笛。权势人物孙秀在石崇被免职后，便向石崇索要绿珠。石崇不给，孙秀大怒，劝说赵王抓捕石崇。石崇在宴席上对绿珠说，我是因你而获罪的。绿珠说，我愿死于你眼前，遂坠楼而死。林黛玉笔下的绿珠："瓦砾明珠一例抛，何曾石尉重娇娆。都缘顽福前生造，更有同归慰寂寥。"石崇并没看重绿珠，曾把绿珠像瓦砾一样抛弃，绿珠没有受到他的保护，却以死报答他。人的福分都是前生注定的，绿珠和石崇同死同归算是互相安慰吧。

最后一首和前四首不太一样，如果说前四首诗都是悲剧，最后一首比较有新意。唐朝杜光庭《虬髯客传》中的红拂女是隋朝大臣杨素的丫鬟。李靖以布衣身份去见杨素，纵论天下大事。红拂慧眼识英雄，知道李靖必定大有可为，就夜晚私奔至李靖处，表明心意，愿伴其闯荡天涯。二人与虬髯客后来共辅李世民，人们把红拂、李靖、虬髯客称为"风尘三侠"。林黛玉写红拂："长揖雄谈态自殊，美人巨眼识穷途。尸居余气杨公幕，岂得羁縻女丈夫。"红拂告诉李靖，杨素已苟延残喘，你可以自创一番事业。腐朽的杨公幕府怎能束缚女中豪杰？

林黛玉一开始写《葬花吟》，后来写《题帕诗》，再后来写《秋窗风雨夕》，这些诗词都是感叹个人悲苦命运的。但这一回的五首已显示出林黛玉不同的审美观点。她关心古代奇女子的命运。所以林黛玉并不是整天泪汪汪只会哭的小姑娘，她是深闺奇女。曹雪芹把林黛玉悲题《五美吟》这段故事和贾府的国公府公子贾琏放到一回里，有强烈的对比意义。

宝玉看了林黛玉的诗，赞不绝口，给它定名《五美吟》。宝钗也认为这些诗写得好，命意新奇，别开生面。宝钗有学问，她旁征博引，王安石和欧阳修怎么写明妃，她都能引出原句来肯定黛玉的诗。林黛玉的《五美吟》将来还会和她的《十独吟》对照，但《十独吟》我们看不到了。

纨绔子弟算计金屋藏娇

贾敬葬礼，二尤在《红楼梦》隆重登场。红楼二尤是戏剧舞台的宠儿，戏剧中王熙凤的其他故事可能都比不上和尤二姐斗法的故事，尤三姐更是在各个剧种中异军突起。尤氏姐妹为什么在六十多回才出场，还有点儿喧宾夺主？因为她们和金陵十二钗哪一个都不一样，她们的人生有特殊的思想意义和红尘意味，故事也特别跌宕起伏。曹雪芹写尤氏姐妹的故事，是为了描述贾府子弟无可救药的堕落。两个市井女子用生命诠释了两种不同类型却都不是真爱的爱情。尤二姐因一块汉玉九龙佩坠入贾琏编织的所谓"情网"，尤三姐用一柄鸳鸯宝剑结束了爱情迷梦，尤二姐与尤三姐和通俗小说的爱情女主角很不一样。曹雪芹特别会用所谓小说道具，尤二姐和贾琏定情时出现了汉玉九龙佩，尤三姐和柳湘莲定亲时出现了鸳鸯宝剑，曹雪芹把这两个小道具使用到了极致。

贾琏有娇妻美妾，但整天和外面的女人厮混，多姑娘、鲍二家的，都是沾满油烟气的女人，和他身边的凤姐、平儿这些脂粉香娃完全不一样，但他就是爱那些人，连贾母都认为贾琏偷情的品位太低，"成日家偷鸡摸狗，脏的臭的，都拉了你屋里去"。贾琏为什么这样？当然因为他是纨绔子弟，但也很可能和凤姐太强势有关。有哪个男人希望妻子既像家庭总裁，又像家庭教师爷？多少男人都希望妻子小鸟依人，把男人当成神一样供着。而贾琏在王熙凤跟前，永远矮三分。当尤二姐闯进贾琏的视野，贾琏就产生了金屋藏娇的想法。

贾琏是在给贾敬送丧时和尤氏姐妹熟悉的。他早就知道尤氏姐妹和贾珍、贾蓉父子有聚麀[1]之消，两姐妹和父子俩都有不正当关系。贾琏贪恋美色，趁机百般撩拨。贾琏是不是想在自己身边再造个多姑娘？可能是。贾琏和贾蓉叔侄二人闲话，贾琏说王熙凤不及尤二姐"一零儿"，贾蓉听后极力促成他和尤二姐的婚姻，说了很多二叔可以娶二姨当二房的理由。贾蓉说："叔叔既这么爱他，我给叔叔作媒，说了做二房，何如？"贾琏说："敢是好呢。只是怕你婶子不依，再也怕你老娘不愿意。况且我听见说你二姨已有了人家了。"贾蓉把他的顾虑打消了，他告诉贾琏，我二姨、三姨都不是老爷养的，是老娘带来的，就是所谓拖油瓶。我老娘当年在那边的时候，把二姨指腹为婚，许给了张家，张家已经败落，只要给他十几两银子，他就会退婚，而我老娘，看到我们这样的人家，她不会不同意，就是

1　麀：母鹿。此处讽刺父子同占一女的行为。——编者注

婶子那里比较难办。贾蓉也知道婶娘不好对付。贾琏心花怒放，但想不出办法，只是一味呆笑。贾蓉说，叔叔如果有胆量，我就给你出个主意。你在咱们府后面买上一所房子，拨两窝子家人过去服侍，择了日子，把二姨娶过来，在这儿住着。如果走漏了风声，老爷不过骂你一顿，你就说婶子总不生育，为了子嗣起见，才私自在外面做成此事。婶子看到生米做成了熟饭，也只能作罢了，再求一求老太太，没有不完的事。"欲令智昏"，贾琏居然相信了贾蓉的话。他不想想，他现在身上有孝，给老太妃守丧和亲大爷守丧，怎能国丧家丧期间娶妾？但他只顾着贪图尤二姐的美丽，把这些可能给自己带来官司的祸患全都忘了。贾蓉让贾琏娶尤二姐，也不是出于好意，他和两个姨娘有情，有他爹在里面，自是不能痛快，贾琏娶了尤二姐在外面住，贾琏不在的时候，贾蓉就可以去鬼混。

贾琏很高兴："好侄儿，你果然能说成了，我买两个绝色的丫头谢你。"

偷情高手仿《聊斋志异》名篇信物定情

贾琏和贾蓉是在贾珍派他们回去找尤老娘要银子的路上说了上面的话。曹雪芹似乎信手点染几句，便交代了宁国府的经济状况已经今不如昔。贾珍当年为小情人、儿媳秦可卿办丧事"尽我所有"，豪横撒钱，现在办父亲的丧事，银子却不凑手，得搜寻甄家的祭银充数。贾琏去找尤老娘要银子，贾蓉嘱咐他，今天遇见二姨别性急。贾蓉去荣国府给贾母请安，贾琏则急于见尤二姐，让贾蓉保密，不要告诉贾母他也来了。贾琏进了宁国府，家人们请安，贾琏随便问些话，就去找尤老娘，实际上是去找尤二姐。

他进房中一看，南边炕上只有尤二姐带着两个丫鬟在做活，不见尤老娘与三姐。尤二姐让座，贾琏靠东边板壁坐了，把上座让给二姐，表示怜香惜玉。丫鬟去倒茶，无人在跟前，贾琏"睨视二姐一笑"，斜着眼瞅，带着调情的意味，他暗示尤二姐：咱们的机会来了！尤二姐低头含笑不理。不理是假正经，含笑是纵容。贾琏不敢贸然动手动脚，就找尤二姐要槟榔吃。尤二姐说我的槟榔从不给人吃。贾琏想挨近了拿，趁机下手。尤二姐大概怕丫鬟回来看到不好，便把她手中的荷包撂过去。贾琏故意拣了半块尤二姐吃剩下的放到嘴里，这是告诉尤二姐：我专门吃你的香唇咬过的！接着嬉皮笑脸地把尤二姐的荷包揣起来，这样，一件定情物到手了。

丫鬟倒茶回来，贾琏一边喝茶，一边把一个汉玉九龙佩解下拴在手帕上，趁丫鬟回头，向二姐撂过去，尤二姐只装看不见。尤二姐是调情高手，她这是在逗贾琏玩。忽然帘子响了，三姐和尤老娘回来了。贾琏送目与二姐，令其拾取，尤二姐只是不理。贾琏很着急，只好迎上来和尤老娘问好，再悄悄回头看时，手帕和九龙佩已不见了。尤二姐像没事人一样笑着。两个偷情高手在母亲和妹妹的眼皮子底下完成了荷包换玉佩的定情。

20世纪70年代，赵冈教授说，贾琏、尤二姐用九龙佩定情和《聊斋志异·王桂庵》中的人物王桂庵、芸娘用金钏定情如出一辙。他说得很对。《王桂庵》写河北大名府世家公子王桂庵，因妻子去世心中郁闷，坐船到南方玩。船停在江岸边，王桂庵看到附近船上有个美貌的女子在船头绣花，目不转睛地看了许久。绣花女好像没察觉。王桂庵大声吟王维的诗"洛阳女儿对门居"，绣花女抬头看了他一眼，低下头继续绣花。王桂庵掏出一锭黄金向绣花女投过去。黄金落到绣花女的衣襟上，绣花女捡起来又给他丢了回去。王桂庵又拿股金钏掷过去，恰好落在绣花女脚下。绣花女仍然只管绣花，不管金钏。一会儿，附近船的船夫，也就是绣花女的父亲回来了，王桂庵担心他看到金钏追问来历，很着急，再一看，绣花女已从容地悄悄用双脚把金钏钩起来，遮掩过去。从送去这金钏起，王桂庵开始了漫长的人海寻找和期待，一对纯情男女靠一股金钏最后终成眷属。《王桂庵》是《聊斋志异》中著名的爱情故事。但在当代文学中，王桂庵儿子的爱情故事比他的更著名，赵丽蓉演过的评剧《花为媒》就改编自《聊斋志异·王桂庵》的附则《寄生》。

而贾琏和尤二姐的故事，始于一块汉玉九龙佩，《红楼梦》擅长偷情的一对男女开始向悲剧深渊坠落。

放荡男女谈婚论嫁

贾琏和尤二姐完成九龙佩定情后，贾琏就假装正经地和尤老娘说起公事来了：有一包银子亲家太太收起来了，今天要还人，大哥叫我来取，也看看家里有事没事。我也要给亲家太太请安，瞧瞧二位妹妹，亲家太太脸面倒好，只是二位妹妹在我们家受委屈了。贾琏说的比唱的还好听。尤老娘也说，家里自从先夫去世，家计也着实艰难了，全亏了这里姑爷帮助。如今姑爷家里有了这样的大事，我们别的不能出力，白看一看家，还有什么委屈？尤老娘一番话说明，她因家计艰难才来投靠贾珍。两个娇花嫩玉一样的女儿到了色狼贾珍身边，哪儿还跑得了？两个少女也许早在秦可卿之死时，就已落入贾珍之手。这时贾蓉来了，给他老娘、姨娘请安，然后故意跟尤老娘说，那一次我和老太太说的，我父亲要给二姨说的姨爹就和我这叔叔面貌身量差不多，老太太说好不好？这个滑贼用半开玩笑的话试探尤老娘的态度，一边说一边悄悄拿手指着贾琏和尤二姐努嘴。可见贾蓉和尤二姐之间有暧昧关系，而他又要给他的情人说亲。二姐不好说什么。三姐笑骂："坏透了的小猴儿崽子！没了你娘的说了！等我撕他那嘴！"这是市井女子的骂人话。尤二姐和尤三姐身上，一点儿都没有贾府小姐、黛玉、宝钗身上的那些贞静，她们浑身都是世俗味。

贾蓉回去向贾珍汇报，贾珍听了贾蓉的话，不知道这主意是贾蓉出的，以为是贾琏看上尤二姐了。贾珍想了想，也罢了，不知道尤二姐愿意不愿意，打算明儿和尤老娘商量，问准了尤二姐，再做定夺。尤氏认为这事不好，她肯定预料到凤姐不会答应，但她从来都得听贾珍的，而且尤二姐、尤三姐和她不是亲姐妹，所以也不便管得太多。

贾蓉又回来看尤老娘，把贾珍的话说了，然后天花乱坠地说贾琏怎么好，他的媳妇凤姐快死了，凤姐一死，就接二姨进去做正室。真不知道到底是他二姨先死还是凤姐先死！他这样一说，尤老娘就同意了。尤老娘平时全靠贾珍周济，现在贾珍要把小姨子嫁出去，而且还出嫁妆，找的青年公子贾琏比张华强十倍，由不得她不肯。尤二姐当然也愿意。她原来就和贾珍关系暧昧，埋怨母亲当年把自己许给穷小子张华，现在看到贾府公子贾琏对自己有情，姐夫把自己嫁出去，有什么不好？贾琏在贾府后面的小花枝巷买了所房子，买了两个丫鬟。贾珍让鲍二夫妻过去服侍，又把张华父子找来，逼他们写退婚书。尤老娘给了他十两银子，两家退婚。贾珍把贾琏娶尤二姐的事办妥了，贾琏选了黄道吉日娶尤二姐进门。

在这一回最后，曹雪芹写了两句诗："只为同枝贪色欲，致教连理起戈矛。"同枝是什么意思呢？贾珍、贾琏是同枝的兄弟，但是他们都是好色之徒。连理是什么意思呢？连理是指贾琏和凤姐，他们二人是在地愿为连理枝的夫妻。而贾琏娶了尤二姐，他们家庭当中就要起戈矛了。

豪门纨绔和市井女子

——第六十五回　膏粱子惧内偷娶妾　淫奔女改行自择夫

　　《红楼梦》第六十五回，现存版本有不同的回目，《脂砚斋重评石头记》庚辰本以及通行本的回目是《贾二舍偷娶尤二姨　尤三姐思嫁柳二郎》，明白晓畅，但只不过说明了贾琏偷娶尤二姐，尤三姐想嫁柳湘莲的事实。《脂砚斋重评石头记》蒙古王府本回目叫《膏粱子惧内偷娶妾　淫奔女改行自择夫》。"膏粱子"指贾琏，"淫奔女"指尤三姐，回目就有了明显的倾向性。

　　尤三姐和尤二姐原本是同样货色，是落入贾珍父子魔掌被玩弄的可怜少女。尤氏姐妹怎样落入贾珍父子魔掌？其实就是贫富之间的弱肉强食。

贾琏贾珍打无耻算盘

　　第六十四回尤老娘对贾琏说，我们家自从先夫去世，家计艰难，全亏姑爷帮助。像贾珍这种连儿媳妇都要染指的人物，看到美艳的尤氏姐妹，岂能放过？羊羔躲不了老狼，姐妹两个都成了贾珍的玩物。尤二姐乐在其中，尤三姐却上了贼船惦记着下贼船，她本来也风流放荡，却想改过自新。

经过贾蓉紧锣密鼓的操作，贾珍允许贾琏偷娶尤二姐，到了他们选定的黄道吉日，先把尤老娘和三姐送到新房。次日五更，用一乘小轿把尤二姐抬来，和贾琏拜天地。贾琏和尤二姐百般恩爱，贾琏越看越爱，越瞧越喜，吩咐家人，不许提二说三，不许说"二奶奶"，直接叫"奶奶"，竟把家里的阎王老婆一笔抹倒，和尤二姐过起甜蜜日子。

过了两个月，贾珍在铁槛寺做完父亲的佛事，因和尤氏姐妹久别，想去探望。先叫小厮打听贾琏在不在，听说贾琏不在，暗想有机会和尤家姐妹重温旧情，心下欢喜，叫小童牵马。到了贾琏的新房子，悄悄进去，把马拴到马圈。贾珍先看到尤氏母女，二姐出来，贾珍仍叫二姨，大家说了一会儿闲话。贾珍说，我这个保山做得好。尤二姐派人预备下酒菜，贾珍又把鲍二教训一顿，说你来服侍必有你的好处。我与贾琏是兄弟，不比别人，这儿缺什么找我去。

尤二姐已嫁贾琏，想和贾珍脱钩，便创造机会让贾珍和尤三姐在一块儿，邀请母亲离开，只剩下小丫头们。贾珍就和三姐挨肩擦脸，百般轻薄，小丫头们看不过，躲了出去，凭他俩自在取乐，不知做些什么勾当。很明显，尤三姐不是什么贞节烈女，小丫头们在跟前，她就和贾珍百般轻薄，小丫头们躲出去，他们还能做什么？曹雪芹不写，是菩萨心肠。

没想到，贾琏回来了。贾琏叫小童把马拴到马圈。小童一看那里已经有贾珍的马，就知道是怎么回事了。几个小童也喝酒去了，并说了些下层人的污秽话语。忽然二马同槽不能相容，互相蹶踢起来。这段描写颇有讽刺意味，讽刺贾珍、贾琏兄弟像畜类，兄弟两人玩弄尤氏姐妹像二马同槽。尤二姐看到贾琏来了，又听到马在闹，心里不安，以言语混乱贾琏。贾琏其实不在乎这些事，看到尤二姐美丽，搂着她说："人人都说我们那夜叉婆齐整，如今我看来，给你拾鞋也不要。"尤二姐说："我虽标致，却无品行，看来到底是不标致的好。"尤二姐掉着眼泪对贾琏说真心话："我生是你的人，死是你的鬼，如今既作了夫妻，我终身靠你，岂敢瞒藏一字。我算是有靠，将来我妹子却如何结果？据我看来，这个形景恐非长策，要作长久之计方可。"贾琏听了，说："你且放心，我不是拈酸吃醋之辈，前事我已尽知。"贾琏不在乎贾珍和尤二姐之前的事，他要去和贾珍说，干脆让贾珍把尤三姐娶来当小妾。

贾琏推门进去，见贾琏来了，贾珍有点儿不好意思。贾琏无耻地对尤三姐自称"小叔子"，这是明显地表示：贾珍可以收尤三姐做小妾，做他贾琏的嫂子。贾珍乐得见肥肉送上门，欣然接受，自叹不及贾琏，大概是指在无耻这方面，他说："老二，到底是你，哥哥必要吃干这钟。"

尤三姐破罐子破摔

没想到无耻犯浑的，碰到了无耻老辣的。尤三姐对着他们兄弟二人好一通臭骂，说你们哥儿俩拿着我们姐儿俩权当粉头取乐，你们打错了算盘。《红楼梦》出现了和前面的诗意描写完全不一样，和一般通俗小说也不一样的精彩文字：

> 这尤三姐松松挽着头发，大红袄子半掩半开，露着葱绿抹胸，一痕雪脯。底下绿裤红鞋，一对金莲或翘或并，没半刻斯文。两个坠子却似打秋千一般，灯光之下，越显得柳眉笼翠雾，

檀口点丹砂。本是一双秋水眼，再吃了酒，又添了饧涩淫浪，不独将他二姊压倒，据珍、琏评去，所见过的上下贵贱若干女子，皆未有此绰约风流者。二人已酥麻如醉，不禁去招他一招。他那淫态风情，反将二人禁住。那尤三姐放出手眼来略试了一试。他弟兄两个竟全然无一点别识别见，连口中一句响亮话都没了，不过是"酒色"二字而已。自己高谈阔论，任意挥霍洒落一阵，拿他弟兄二人嘲笑取乐，竟真是他嫖了男人，并非男人淫了他。一时他的酒足兴尽，也不容他弟兄多坐，撵了出去，自己关门睡去了。

尤三姐破罐子破摔，在珍、琏兄弟前表演得比妓女还风流、还淫荡。她为什么要这样做？因为她看透了兄弟俩想干什么。她站在炕上，指着贾琏先说了一通：

你不用和我花马吊嘴的，咱们清水下杂面，你吃我看。提着影戏人子上场，好歹别戳破这层纸儿！你别油蒙了心，打量我们不知道你府上的事。这会子花了几个臭钱，你们哥儿俩拿着我们姐儿两个权当粉头来取乐儿，你们就打错了算盘了。我也知道你那老婆太难缠，如今把我姐姐拐了来作二房，偷的锣儿敲不得。我也要会会那凤奶奶去，看他是几个脑袋几只手。若大家好取和便罢，倘若有一点叫人过不去，我有本事先把你两个的牛黄狗宝掏了出来，再和那泼妇拼了这命，也不算是尤三姑奶奶！

骂够了，尤三姐就灌这两兄弟的酒，"咱们来亲香亲香"。两个无耻之徒就这样被市井少女教训住了。

尤三姐这番话，这番态度，痛快淋漓，新颖别致。尤三姐破罐子破摔，放荡，泼辣，什么妇德，什么男女有别，什么尊卑上下，她都踩到脚底下。你们不是玩女人？姑奶奶就酣畅淋漓耍酷，故意诱惑你们二人，又是红袄绿裤，又是柳眉、红唇、秋水眼、雪白胸脯，还有三寸金莲，要怎么迷人就怎么迷人。但现在是姑奶奶拿你们开心取乐，我不是你们想炒就炒、想涮就涮、想怎么吃就怎么吃的盘中餐！我是你们看中的红香和有刺的玫瑰，是你们眼馋、吃起来却烫嘴的羊肉。尤三姐在两个姐夫跟前尽显淫态风情，令那两人垂涎三尺，却也不敢近前。这样一次后贾珍也不敢轻易登门了。贾珍不是不敢来？尤三姐就请他来。"谁知这尤三姐天生脾气不堪，仗着自己风流标致，偏要打扮的出色，另式作出许多万人不及的淫情浪态来，哄的男子们垂涎落魄，欲近不能，欲远不舍，迷离颠倒，他以为乐。"尤三姐的形象就这样立了起来。

风雷般笔力创造不朽形象

尤三姐痛快淋漓地臭骂贾珍，跟《红楼梦》描写宝黛爱情那种花娇月媚、花前月下的文字完全不同，跟大观园诗会那种柔美蕴藉、诗情画意的文字也完全不同，它像狂风骤雨，像惊涛骇浪，像犀利的杂文，令读者耳目一新。这些文字把尤三姐这位市井少女受到欺凌、受到贵族老爷玩弄后的愤怒心理尽情发挥出来。这次臭骂之后，"略有丫鬟、婆娘不到之处，便将贾琏、贾珍、贾蓉三个泼声厉言痛骂，说他爷儿三个诓骗了他寡妇孤女"。她说得一点儿不错，贾府三个纨绔子弟就是诓骗了她们。尤三姐这样做，她的母亲和姐姐十分相劝，尤三姐说："姐姐糊涂。咱们金玉一般的人，白叫这两个现世宝沾污了去，也算无能。"

尤三姐这段话明确说明，尤氏姐妹本来像含苞未放的鲜花一样纯洁无瑕，像金玉一样珍贵，却都受到贾珍玩弄。这是曹雪芹原有的构思。程伟元和高鹗根据无名氏的续书将《红楼梦》订补为一百二十回时，对曹雪芹前八十回一些原文也进行了删改，将这段文字改成：贾琏偷娶尤二姐之后，贾珍到小花枝巷，尤二姐离开后，尤老娘还一直留在那里，尤三姐虽然和贾珍偶有戏言，但不似她姐姐那样随和，贾珍虽有垂涎之意，也不敢造次。尤三姐成了冰清玉洁的少女。曹雪芹原来描写尤三姐淫态风情的文字也一起被改掉了，这跟曹雪芹塑造的尤三姐这个特殊艺术形象的初衷背道而驰。

尤三姐清醒地认识到，尤二姐现在满足于和贾琏的所谓恩爱，将来肯定会有大灾难。至于是什么样的灾难，像尤三姐这样社会经验欠缺的少女，不可能想象得到王熙凤的手段。她只是揣测贾琏"家有一个极利害的女人，如今瞒着他不知，咱们方安。倘或一日他知道了，岂有干休之理，势必有一场大闹，不知谁生谁死。趁如今我不拿他们取乐作践准折，到那时白落个臭名，后悔不及"。多么可怜的心理，尤三姐以暴易暴，以邪治邪，她拿贾氏兄弟取乐作践，真能防止两个姐妹被侮辱被损害？根本不能。她的所谓作践，无非像小说里写的"天天挑拣穿吃，打了银的，又要金的，有了珠子，又要宝石，吃的肥鹅，又宰肥鸭，或不趁心，连桌一推，衣裳不如意，不论绫缎新整，便用剪刀剪碎，撕一条，骂一句"。尤三姐只能在言辞上、在物质上，报复贾家兄弟，获得一点儿心灵上的安慰，并不能真正报复两位花花公子。贾珍和贾琏无非挨几句骂，损失点儿财物，贾珍无非不能像往日一样随心所欲拿尤三姐取乐。尤三姐能损害国公府少爷的身份吗？不能。能损害到贾珍的三等将军、贾琏的五品同知的功名吗？同样不能。家境贫寒的弱女子尤三姐对抗国公府的公子，是势力完全不均衡的对抗。但尤氏姐妹的所谓臭名却要一直背下去。这个臭名还会导致王熙凤在贾府造尤二姐是烂桃的舆论，导致柳湘莲悔婚，尤三姐自杀。

《红楼梦》写到六十几回，尤氏姐妹的出现，特别是尤三姐对抗花花公子的言论和行为，颇有思想力度。有红学家推测，尤氏姐妹可能都是金陵十二钗副册中的人物。这两个人物，既非贾府小姐，也非贾府丫鬟，她们有着与贾府裙钗完全不同的人生。这是曹雪芹以风雷般笔力创造出的另类的不朽的文学形象。姐妹两个人的性格截然不同，尤三姐格外出格，格外特立独行。这个人物太不一样了，是另类当中的另类。中国古代小说中的女性，有大家闺秀，有小家碧玉，有青楼女子，但是大家闺秀不会有尤三姐的行为，小家碧玉出不了尤三姐的姿态，青楼女子也没有尤三姐这样的故事。看唐传奇、"三言二拍"，甚至看《金瓶梅》《聊斋志异》，都找不到这样一个人物。这是一个什么样的人物？这是一个被侮辱、被损害，又对损害侮辱自己的人，以其人之道还治其人之身的人，尤三姐可以算作一朵恶之花。

尤三姐破罐子破摔，两个姐夫像捧着带刺的玫瑰花，丢开不舍得，抱着扎手，怎么办？尤二姐和贾琏商量，把她聘出去。尤二姐备了酒把尤三姐请来，尤三姐知道姐姐、姐夫想干什么，自己先掉了眼泪，说："姐姐今日请我，自有一番大礼要说。但妹子不是那愚人，也不用絮絮叨叨提那从前丑事。"这句话说得很到位，以前做的都是丑事。"既如今姐姐也得了好处安身，妈也有了安身之处，我也要自寻归结去，方是正理。但终身大事，一生至一死，非同儿戏。我如今改过守分，只要我拣一个素日可心如意的人方跟他去。若凭你们拣择，虽是富比石崇，才过子建，貌比潘安的，我心里进不去，也白过了一世。"这非常重要，尤三姐在婚姻上要自主选择，不接受别人的支配，不承认父母之命、媒妁之言。这些思想远远高于贾宝玉和林黛玉的思想。贾宝玉和林黛玉的身份教养决定了他们不可能说出尤三姐这样的话，而尤三姐说得痛痛快快。贾琏居然以为尤三姐爱上了贾宝玉，而且还觉得十分合适。尤三姐啐了一口："我们有姊妹十个，也嫁你弟兄十个不成。难道除了你家，天下就没了好男子了不成！"贾宝玉都看不上，她看上了谁？尤三姐说："别只在眼前想，姐姐只在五年前想就是了。"这是个悬念，这次并没说出来。

兴儿演说荣国府

心腹小厮兴儿来请贾琏，说老爷叫。贾琏叫隆儿跟他去，把兴儿留下。尤二姐想听兴儿说说贾府的事，便拿了两碟菜，斟了酒，叫兴儿在炕沿儿下蹲着吃。她问兴儿老太太多大年纪，太太多大年纪，姑娘几个。兴儿说了很多贾府的事。他告诉尤二姐，我们二爷也算是个好的，但是我们奶奶心里歹毒，口里尖快，倒是她身边的那个平姑娘，为人很好，背着她常做些个好事。这个奶奶为人如何歹毒？兴儿说："如今合家大小，除了老太太、太太两个人，没有不恨他的，只不过面子情儿怕他。皆因他一时看的人都不及他，只一味哄着老太太、太太两个人喜欢。他说一是一，说二是二，没人敢拦他。又恨不得把银子钱省下来堆成山，好叫老太太、太太说他会过日子。"如果有了错，"他便一缩头推到别人身上来，他还在旁边拨火儿。如今连他正经婆婆大太太都嫌了他，说他'雀儿拣着旺处飞，黑母鸡一窝儿。自家的事不管，倒替人家去瞎张罗'"。尤二姐说："你背着他这等说他，将来你又不知怎么说我呢。"兴儿赶快跪下发誓，我们商量着想叫二爷把我们要出来伺候奶奶，如果二爷早就娶了奶奶，我们也少些担惊受怕了。尤二姐说："我还要找了你奶奶去呢。"兴儿赶快说："奶奶千万不要去，我告诉奶奶，一辈子别见他才好。"这是至理名言，然后兴儿对王熙凤的为人做了高度概括："嘴甜心苦，两面三刀，上头一脸笑，脚下使绊子，明是一盆火，暗是一把刀：都占全了。"

兴儿介绍了王熙凤的特点，又介绍平儿怎样比王熙凤得人心，王熙凤怎么阻挠平儿和贾琏在一起，后来说起了贾府的其他人，特别是姑娘们："我们大姑娘不用说，但凡不好也没这段大福了。二姑娘的浑名是'二木头'，戳一针也不知嗳哟一声。三姑娘的浑名是'玫瑰花'……又红又香，无人不爱的，只是有刺戳手。也是一位神道，可惜不是太太养的……四姑娘小，他正经是珍大爷亲妹子……奶奶不知道，我们家的姑娘不算，另外有两个姑娘，真是天上少有，地下无双。一个是咱们姑太太的女儿，姓林，小名儿叫什么黛玉，面庞身段和三姨不差什么，一肚子文章，只是一身多病，这样的天，还穿夹的，出来风儿一吹就倒了。我们这起没王法的嘴，都悄悄的叫她'多病西施'。还有一位姨太太的女儿，姓薛，叫什么宝钗，竟是雪堆出来的。每常出门或上车，或一时院子里瞥见一眼，我们鬼使神差，见了他们两个，不敢出气儿。"尤二姐说，你们大家规矩，看见小姐们，当然应该藏一边去。兴儿连忙摇手说，不是，不是，我们自然藏开了。就是藏开了我们也不敢出气，生怕气大了，吹倒了姓林的，气暖了，吹化了姓薛的。贾琏的贴身小厮像说书人一样生动精彩地形容贾府人物。兴儿已提醒了尤二姐，王熙凤多么厉害，多么能吃醋，尤二姐听了还有点儿半信半疑。她如果早就警惕，以后也不至于上那么大的当。

《红楼梦》二尤情节是贾府败落的重要笔墨

《红楼梦》读到第六十五回，在怡红院读《南华经》的贾宝玉不见了，在潇湘馆对月吟诗的林黛玉不见了，妙语如珠的王熙凤不见了，接替凤姐理家的风雅博学的宝钗和精明强干的探春不见了，雍容华贵的贾母不见了，王夫人和薛姨妈二姐妹不见了，国公府的灯火楼台都不见了。贾府的三个顶级花花公子——贾珍、贾蓉、贾琏在贾府之外活动，跟两位市井女子尤二姐和尤三姐打交道，贾府几个油嘴滑舌的小厮如兴儿跑龙套。大观园诗情画意的文字收起来了，三言二拍式的市井语言满地横流。林黛玉论诗、薛宝钗论画的温文尔雅的话语不见了，宋元话本里快嘴李翠莲式的尤三姐石破天惊的话语，令人目不暇接。这到底是怎么回事？

从《红楼梦》成书的过程来看，《红楼梦》二尤的故事，本来就是曹雪芹早期作品《风月宝鉴》的内容。曹雪芹把它们放到《红楼梦》里，肯定要脱胎换骨重新写。从《红楼梦》作为封建社会的百科全书来看，《红楼梦》二尤的悲剧故事，是不可缺少的深邃的社会内容，也是构成贾府"忽喇喇似大厦倾"的重要条件。

读到第六十五回，读者会更深切地体会到鲁迅先生说《红楼梦》"悲凉之雾，遍被华林"的意思。《红楼梦》的人物都在做美梦。尤二姐正在做高门妾室的美梦，被贾琏偷娶进小花枝巷，身上行头焕然一新，跟贾琏颠鸾倒凤，百般恩爱。喜新厌旧的登徒子贾琏对尤二姐正在新鲜劲儿上，不知道怎么奉承自己的新宠，甚至叫下人直接叫尤二姐"奶奶"，自己也这么叫。尤二姐就像鸵鸟一样将脑袋埋进沙堆，似乎真成了所谓"奶奶"。她难道不知道，在贾府的深宅大院里，贾琏已经有位出身名门、明公正道、当家理事的奶奶，而且还是位醋罐子夜叉奶奶？一旦被真奶奶知道假奶奶的存在会怎么样？尤二姐还在贾琏的误导下做起了正式进入贾府做姨奶奶，甚至取王熙凤而代之的春秋大梦。贾琏把自己积攒的体己都搬来叫尤二姐收存，把凤姐素日的为人都在枕边告诉尤二姐，只等凤姐一死，就把尤二姐接进去。贾蓉这坏小子早就说凤姐死了可以扶正二姨，大概尤二姐盼望的就是这样的结果。她根本不想一想，贾府能容忍曾经跟姐夫不妥的女子登堂入室吗？秦可卿的丑事暴露，只有上吊一条路，如果传出贾琏的妾原本是贾珍父子的玩物，尤二姐岂不是上吊都找不到白绫？

尤二姐在嫁给贾琏之后，确实想改变过去，想一心一意跟贾琏过日子，她告诉贾琏，我虽然标致，品性不好，这是直接承认自己婚前不贞。又说"你们拿我作愚人待，什么事我不知？"意思是你越是对我过去做的事装聋作哑、一个字不提，我越是心里发虚。她干脆明明白白告诉贾琏，你知道我过去的事，但是现在"我终身靠你"，这等于承诺再也不会和姐夫有什么来往。尤二姐这番几乎可算作坦白交代的话，引来了贾琏对她的许诺："前事我已尽知，你也不必惊慌。"似乎过去的就让它过去了。尤二姐还替尤三姐做梦。她对贾琏说："将来我妹子却如何结果？据我看来，这个形景恐非长策，要作长久之计方可。"这几句话是什么意思？尤二姐暗示贾琏，贾珍不能这么戏弄完我妹子就算了，应该也给她一个正式名分。所以贾琏提出来，他要破了这个例，叫哥哥作妹夫，尤二姐默许。在她看来，自己给贾琏做妾，妹妹给贾珍做妾，都算有好结果。尤二姐想不到，贾琏是个喜新厌旧的货色，他的所谓"恩爱"根本靠不住，尤二姐真想实现高门姣室的美梦，必须得经过王熙凤同意，那无异于与虎谋皮。

其实王熙凤也是可怜的做美梦的人，她是风光无限的管家奶奶，丈夫却一直寻花问柳，她还一心一意想跟贾琏继续做夫妻，因为宗法社会，女子嫁鸡随鸡，她不得不这样。她以为自己和贾琏的感情能有所改善，可她想不到，贾琏也正在做着摆脱夜叉婆的美梦。鲍二家的事件后，贾琏的心思没改，一直盼着凤姐死。在曹雪芹的构思中，贾琏最后倒是美梦成真，终于把王熙凤休了，但国公府不再是国公府，贾宝玉和甄宝玉都"金满箱，银满箱，展眼乞丐人皆谤"，贾府败落，没有一技之长的琏二爷连吃饭都成了问题，哪儿还有条件寻花问柳？至于尤三姐，她虽然跟贾珍放荡在先，却不想做姨奶奶，她在做更美好也更凄惨的梦，她在做漂白自己灵魂就可以漂白自己名声的非常幼稚的梦。那个社会能容许她做这样的好梦吗？

尤三姐的惨烈悲剧

——第六十六回　情小妹耻情归地府　冷二郎一冷入空门

　　回目中的"情小妹"是尤三姐，"冷二郎"是柳湘莲。尤三姐经贾琏牵线，得到柳湘莲的定礼鸳鸯剑，柳湘莲答应娶她为妻。柳湘莲听说尤三姐一直在宁国府贾珍身边待着，继而后悔，想要索回定礼退婚。尤三姐知道柳湘莲嫌弃自己是不贞女子，用鸳鸯剑殉情。贾琏说柳湘莲最冷面冷心。柳湘莲看到尤三姐当着他的面刚烈殉情，后悔不迭，心灰意冷，最终跟着跛足道人出家。

将来准是林姑娘

　　第六十五回的结尾，兴儿形容见到林姑娘和薛姑娘时，连气都不敢出，怕气大吹倒林姑娘，气暖吹化薛姑娘。贾珍派来的鲍二家的打了兴儿一下，说他这话倒像宝玉那边的人说的。鲍二家的是非常次要，又在小说构思中起一定穿针引线作用的人物。凤姐泼醋，原来的鲍二家的已吊死了，贾琏给了鲍二二百两银子叫他再娶一房。恰好贾琏的另一个情人多姑娘，她的丈夫破烂酒头厨子多浑虫死了，多姑娘嫁给鲍二，成了新的鲍二家的。这个新的鲍二家的，最后还会出现在晴雯之死的情节，又恢复成晴雯的表嫂。这是曹雪芹构思上的一个漏洞。

尤三姐笑着问，你们家的宝玉平时做什么？兴儿按照世俗观点大大褒贬一番：他长这么大，没上过正经学堂；他是老太太的宝贝，成天疯疯癫癫；外面的人看着他清俊，但是他见了人不会说话，只爱在丫头群里混；我们这些小厮见了他，坐着卧着不理他，他也不责备。尤三姐说："主子宽了，你们又这样；严了，又抱怨。可知难缠。"尤二姐同意兴儿对贾宝玉的评价，尤三姐却不同意她姐姐的话，说："姐姐信他胡说，咱们也不是见一面两面的，行事言谈吃喝，原有些女儿气，那是只在里头惯了的。若说糊涂，那些儿糊涂？姐姐记得，穿孝时咱们同在一处，那日正是和尚们进来绕棺，咱们都在那里站着，他只站在头里挡着人。人说他不知礼，又没眼色。过后他没悄悄的告诉咱们说：'姐姐不知道，我并不是没眼色。想和尚们脏，恐怕气味熏了姐姐们。'接着他吃茶，姐姐又要茶，那个老婆子就拿了他的碗去倒。他赶忙说：'我吃脏了的，另洗了再拿来。'这两件上，我冷眼看去，原来他在女孩子们前不管怎样都过的去，只不大合外人的式，所以他们不知道。"

尤三姐观察到的贾宝玉，是个体谅女性、爱护女性的人物，世人反而不理解他。尤二姐一听，便打趣要把尤三姐许给宝玉，这就又引起兴儿的一段议论，这段议论对宝黛爱情的结果，有一定提示作用。兴儿说："若论模样儿行事为人，倒是一对好的。只是他已有了，只未露形。将来准是林姑娘定了的。因林姑娘多病，二则都还小，故尚未及此。再过三二年，老太太便一开言，那是再无不准的了。"兴儿这段话说明，整个贾府都认定宝玉、黛玉是一对，此前连薛姨妈都这样认为。为什么没定下来，还是贾母在清虚观打醮时说的话：宝玉不宜早娶。贾母没发话，兴儿认为再过一个阶段，比如两三年，贾母一定会开口定下"二玉"之姻。但是两三年内贾府会发生什么变故？宝玉会发生什么变故？黛玉越来越弱的身体还能支持多久？

尤二姐盘问尤三姐一夜，贾琏来后，尤二姐知道贾琏要到平安州出差，就说你放心走，不用记挂，三妹不会朝更暮改，她说了改悔，就一定改悔。她已经选定了一个人，只要依她就是。"这人此刻不在这里，不知多早才来。也难为他眼力。他自己说了，这人一年不来，他等一年；十年不来，等十年；若这人死了，再不来了，他情愿剃了头当姑子去。"贾琏问什么人这么动她的心？尤二姐说，五年前我们老娘家里做生日，妈和我们到那里与老娘拜寿。他家请了一起串戏的，里面有个做小生的叫柳湘莲。她现在只嫁这个人。听说柳湘莲惹了祸，逃走了，不知现在回来了没有。贾琏道原来是他，眼力倒真不错。柳二郎那样一个标致人，最是冷面冷心，对差不多的人都无情无义，他最和宝玉合得来。去年因为打了薛呆子，不好意思见我们，不知哪里去了，什么时候回来，一问宝玉的小厮就知道了。他不来，岂不耽搁了。尤二姐说："我们这三丫头说的出来，干的出来，他怎样说，只依他便了。"

尤三姐走进来说："姐夫，你只放心，我们不是那心口两样的人，说什么是什么。若有了姓柳的来，我便嫁他。从今日起，我吃斋念佛，只服侍母亲，等他来了，嫁了他去，若一百年不来，我自己修行去了。"说着，把一根玉簪一击成两半，"一句不真，就如这簪子！"。

贾琏走后，尤三姐非礼不动，非礼不言，收敛放荡行为，不再和贾珍等人有任何来往。

贾琏去平安州，鬼鬼祟祟的，先在贾府说走了，到尤二姐这里住了两天，然后才悄悄地走了，发现尤三姐果然像换了个人。

往平安州走了三天，对面来了一群人，十来匹马，竟是薛蟠和柳湘莲！贾琏赶快和他们相见，找酒店住下叙谈叙谈。贾琏问，你们两个闹了后，我本想给你们和解，谁知找不到柳兄，你们怎么倒凑一块儿了？贾琏很会说话，他说柳湘莲和薛蟠闹了之后，不说柳湘莲打了阿呆之后。薛蟠说，天下就有这样奇事，我和伙计们买了货物，一路平安，谁知道前天到了平安州。遇见一伙强盗，他们把东西抢去了，没想到，柳二弟把强盗赶散，把货物夺了回来，救了我们的性命。我要谢他，他不接受，我们就结拜了生死兄弟。从此我们是亲兄弟，到前面的岔路口上我们就分开，他去看他姑妈，我回去安排家事，给柳二弟找个房子，娶门亲事。

柳湘莲救薛蟠的事，十分奇怪。薛蟠遇到的是一伙强盗，柳湘莲单打独斗，怎么能赶散一帮强盗，还把被劫的货物要回来？这伙强盗拦路抢劫，像群狼，而不是一群羊，柳湘莲一个人怎么能把他们都"赶散"？曹雪芹在这里设置了一个谜，牵涉到柳湘莲何时做强梁。

贾琏祝贺薛蟠和柳湘莲成了结义兄弟，又说，我有一门好亲事配给柳二弟。就把自己怎么娶了尤二姐，又要嫁小姨子的事说出来。他没说是尤三姐自主选择，那时如果说了是哪个女孩自己选择的，似乎没面子。如果他说了，恐怕反倒有好处。

薛蟠很高兴，说："早该这样，这都是舍表妹之过。"这个称呼有点奇怪，凤姐该是薛蟠的表姐。薛蟠打死冯渊后进京时，王熙凤已生下女儿并开始管家，她的富家表哥怎么还不成家？柳湘莲表示，我本来决心要娶个绝色女子为妻，既然你们兄弟对我这么好，我就听你们的吧！贾琏说，我内姨品貌是古今有一无二的。柳湘莲说那太好了，我探望过姑母，到京再定如何。贾琏说，我有点儿信不过你，你萍踪浪迹，如果总不来，岂不误了人家？你得留个定礼。柳湘莲说，我有把鸳鸯剑，是家传之宝，我随身收藏，拿这个为定吧。

贾琏到平安州办完了公事，平安州节度嘱咐他十月前后再来一次。他这次出门办了尤三姐的事，下次再出门，尤二姐就要倒霉了。

贾琏回来，到了尤二姐这儿，看到尤三姐果然只是侍奉母亲，安分守己。这里有一段这样的描写，"虽是夜晚间孤衾独枕，不惯寂寞，奈一心丢了众人，只念柳湘莲早早回来完了终身大事"。从这段描写看，尤三姐确实曾和贾珍、贾蓉关系暧昧，现在改弦更张，不习惯晚间孤衾独枕。她过去经常不是孤衾独枕，而是和混账男儿即所谓"众人"胡闹。贾琏进门后，将鸳鸯剑交与三姐，尤三姐接到鸳鸯剑，看到剑上一把刻着"鸳"，一把刻着"鸯"，冷飕飕，明亮亮，两痕秋水一般，她喜出望外，把剑挂在绣房床上，每天都看着剑，觉得终身有靠了。

贾琏回去复了贾赦的命令，把要聘嫁尤三姐的事告诉贾珍。贾珍因有了新的"女朋友"，把这事丢开，给了贾琏三十两银子准备尤三姐嫁妆。

只有两个石头狮子干净

湘莲到八月才来，先拜见薛姨妈，第二天便来见贾宝玉，两人很高兴。柳湘莲说到贾琏娶二房的事，宝玉说："我又听见茗烟说，琏二哥哥着实问你，不知有何话说。"湘莲把在路上定亲的事告诉宝玉。宝玉笑了："大喜，大喜！难得这个标致人，果然是个古今绝色，堪配你之为人。"宝玉的话证明尤三姐确实极其漂亮。但是柳湘莲奇怪起来："既是这样，他那里少了人物，如何只想到我。况且我又素日不甚和他厚，也关切不至此。路上工夫忙忙的，就那样再三要来定，难道女家反赶着男家不成？我自己疑惑起来，后悔不该留下这剑作定。所以后来想起你来，可以细细问个底里才好。"这不就是婚前调查？宝玉说："你原是个精细人，如何既许了定礼又疑惑起来？你原说只要一个绝色的，如今既得了个绝色便罢了。何必再疑？"柳湘莲像推理小说的侦探一样，继续问贾宝玉，你既然不知道贾琏娶妾，又怎么知道他的小姨子是绝色？贾宝玉说："他是珍大嫂子的继母带来的两位小姨。我在那里和他们混了一个月，怎么不知？真真一对尤物，他又姓尤。"贾宝玉这话对尤三姐非常不利。这番话恰恰从向来不说女人坏话的贾宝玉嘴里说出来，杀伤力太强了。贾宝玉这番回答句句都是在往柳湘莲的心上插刀，"他是珍大嫂子的继母带来的两位小姨"，臭名远扬的贾珍能放过两个绝色小姨子吗？尤三姐对尤二姐谈到贾宝玉，说的是"咱们也不是见过一面两面的"，贾宝玉竟然说"混了一个月"。贾宝玉都和尤氏姐妹混了一个月，色狼贾珍和尤三姐能没事儿？贾宝玉最后还说"真真一对尤物，他又姓尤"。这番话决定了尤三姐的命运。

柳湘莲跌脚道："这事不好，断乎做不得了。"然后说，"你们东府里，除了那两个石头狮子干净，只怕连猫儿狗儿都不干净。我不做这剩忘八。"脂砚斋评这句是"极奇之文！极趣之文！"。红学家把东府"除石头狮子干净"一句，看成总结贾府人伦败坏的典型语言。贾宝玉也在东府里混了一个月。既然东府所有人都不干净了，贾宝玉能干净？这话等于连贾宝玉都骂了。柳湘莲向贾宝玉道歉作揖："我该死胡说，你好歹告诉我，他品行如何。"贾宝玉怎么说？"你既深知，又来问我做甚么，连我也未必干净了。"贾宝玉等于直接承认尤三姐品性不怎么样。于是，柳湘莲决心去退婚。

薛姨妈因柳湘莲救了薛蟠的命，已给他买了房子并准备了迎娶尤三姐的妆奁。柳湘莲想，现在去找薛蟠，薛蟠浮躁，还不知道会怎么着，干脆自己去把定礼要回来就完了。

谁都想不到，对尤三姐致命的一剑竟是贾宝玉刺出的。贾宝玉不是说女儿是水做的骨肉吗，人世间至清至净不过女儿吗？看来贾宝玉对贾珍干的坏事，已有耳闻，对不自爱的尤三姐不以为然。假如贾宝玉知道尤三姐对柳湘莲的自主选择，他会不会同情她，给她隐瞒不自重的过错？估计很多读者会对贾宝玉有这样的疑问。很多读者应该还会问：既然尤三姐五年前就对柳湘莲一见钟情，为什么她以后还要和贾珍、贾蓉厮混？看似不清净的女儿尤三姐能理解贾宝玉的所谓痴傻行为，贾宝玉却不能理解尤三姐，这真是个悲剧。

尤三姐做人的底线是，跟贾珍逢场作戏可以，变成永久的玩物不行，她要找个可心的人嫁过去，了却终身大事。这就是她撕破脸皮和贾珍大闹的原因。她终于要到一把鸳鸯剑，而这把鸳鸯剑恰好要了她的命。

没想到是这等刚烈贤妻

柳湘莲一进小花枝巷的房子，就已不承认定的亲，他见了尤老娘作揖称"老伯母"，自称"晚生"，按说定了亲的女婿，该称女方的母亲岳母大人，跪下磕头才对。他的表现令贾琏奇怪，接着柳湘莲说，姑妈给我定亲了，只好来把定礼要回去。贾琏说，定了就是定了，婚姻之事还能这么随意？两人争论起来。柳湘莲说咱们到外面说，他不想叫尤三姐听见，但尤三姐已经听见了。尤三姐好容易等了他来，看到他反悔，知道他在贾府得了消息，"嫌自己淫奔无耻之流，不屑为妻"，如果他和贾琏退亲，贾琏无法自处，自己岂不没趣。一听说他们要出去，尤三姐就把挂在床头上的鸳鸯剑取下来，把一股雌锋隐在肘后，出来对他们说："你们不必出去再议，还你的定礼。"一面说，一面泪如雨下，左手把鸳鸯剑和剑鞘给湘莲，右手回肘往脖子上一横。

曹雪芹写尤三姐自杀，用了两句非常简练的话语："揉碎桃花红满地，玉山倾倒再难扶。""玉山倾倒"是《世说新语》中描写嵇康的名句。嵇康长得英俊，喝醉了像玉山倾倒；桃花揉碎，是对自杀流血做的隐晦描述。

尤三姐的悲剧在于，她已经犯了"淫"字，却还心心念念"情"字。她想不到，封建社会允许男人犯"淫"字，允许浪荡子回头，却不允许女人犯"淫"字，更不接受淫奔女回头，何况还要做正妻？这和中国古代其他小说不一样，唐传奇中的妓女从良，可以封国夫人。但你本是良家女子，在娘家就和人私通，想改过自新嫁作正妻，封建社会不允许。

贾琏要捆了柳湘莲送官，尤二姐劝，这是妹妹自己寻短见，人都死了，送他打官司有什么用？柳湘莲反而不走，说，我不知道她是这等刚烈贤妻，可敬可敬！抚着尸首大哭一场，买来棺木入殓，又扶着棺木大哭一场，这才告辞。

柳湘莲有没有做"强梁"

柳湘莲出了门，脑袋昏昏的，没想到尤三姐这么标致又这么刚烈。薛蟠的小厮来找他，说已给你准备好新房。他到了新房，忽然听到"环佩叮当"，尤三姐从外面进来了，一手捧着鸳鸯剑，一手捧着一卷册子，这就是太虚幻境金陵十二钗的册子。尤三姐对柳湘莲哭着说："妾痴情待君五年矣。不期君果冷心冷面，妾以死报此痴情。妾今奉警幻之命，前往太虚幻境修注案中所有一干情鬼。妾不忍一别，故来一会，从此再不能相见矣。"

《红楼梦》不像《聊斋志异》，经常出现各种鬼，《红楼梦》很少有鬼魂出来说话，但尤三姐的鬼魂出来了，说话文文雅雅，一口一个"妾"，说完就走。柳湘莲上来想拉住她，尤三姐说："来自情天，去由情地。前生误被情惑，今既耻情而觉，与君两无干涉。"这话的意思是：我之前确实做了些不好的事，我感觉非常可耻，我现在觉悟了，想重新安排人生。我自杀和你没有关系。尤三姐自杀，是社会迫害的，是贾珍他们这些人迫害的。

这是柳湘莲做的梦，在准备好的新房里，他梦到原来打算迎娶的新娘前来告别。梦醒了，柳湘莲发现他在的地方并不是薛家的新房，而是个破庙，旁边坐着个跛足道人。跛足道人又来了！柳湘莲起来问道士这是什么地方？您的法号是什么？道士说："连我也不知道此系何方，我系何人，不过暂来歇足而已。"这是道士在指点迷津。人生是怎么回事儿，我都不知道，是暂时来，很快就要离开这儿。跛足道人唱了《好了歌》，甄士隐抢过了道人的褡裢，搭到肩上跟着他出家。柳湘莲听了道士一席话，觉得像寒冰侵骨，仿佛把人生都参透了，他掣出那股雄剑，把自己的头发一挥而尽，跟着道士不知道上哪儿去了。

雌剑尤三姐拿来自刎，雄剑柳湘莲拿来削发。这对情侣用鸳鸯剑斩断情缘，从此尤三姐回到警幻仙子那儿，柳湘莲出家了。

柳湘莲的悲剧在于，他不能真正理解尤三姐。尤三姐自杀后，他哭着说，不知道尤三姐是这等的刚烈贤妻。尤三姐的形象仿若一朵雪莲，但这朵雪莲，也曾是盛开在宁国府烂泥地上的罂粟花。她要改过，封建社会不会接受她。尤三姐这个可怜的精灵靠着对柳湘莲的挚爱把心灵漂白了，但尤三姐想不到，她心爱的柳湘莲却被世俗的偏见蒙住了眼睛。

柳湘莲最后结局是什么？有的红学家曾经写过文章，说柳湘莲后来成了农民起义的领袖，带着义军兵临城下，皇帝知道了贾府和柳湘莲的关系，赐死了贾元春。

柳湘莲到底有没有做过强梁？如果他做过强梁，他又是什么时候做的强梁？这些都是红学家争论不休的话题。第一回甄士隐给跛足道人的《好了歌》加注时，有一句"训有方，保不定日后作强梁"。甲戌本《脂砚斋重评石头记》在这句旁加的批语是"柳湘莲一干人"。按照曹雪芹的构思，柳湘莲做过强梁。从小说布局来看，柳湘莲在尤三姐死后心灰意冷，看破世情，似乎不可能在出家之后，重出江湖做强梁，那就应该是在他打了薛蟠外出后做了强梁。所谓强梁，可以是啸聚山林的盗匪，也可以是行侠仗义的侠客。估计，柳湘莲没有成为打家劫舍的绿林好汉，而成了名震江湖的侠客。不然，抢了薛蟠一帮人财物的强盗，怎么会被柳湘莲一个人赶散？很可能不是因为柳湘莲有一人敌万夫的武力，而是因为他在江湖上的名气。当然，柳湘莲和薛蟠再次相遇，也是曹雪芹小说构思的妙招，是小说家多层次写人物的妙笔，这里就再次写了极次要的人物薛蟠。薛蟠是个作恶多端、粗俗之极、把"唐寅"说成"庚黄"、杀了人都不偿命的角色，但他同时又孝敬母亲、爱护妹妹，讲究朋友交情，有时还有点儿可爱。薛蟠跟柳湘莲的关系就是这样，薛蟠先被柳湘莲一顿打，后来二人又成了生死弟兄。曹雪芹这位伟大作家，就是能够淡淡几笔，描画出活灵活现的人物。

这一回和上一回的小厮兴儿也是曹雪芹用不多的笔墨写得非常成功的人物，甚至可以和贾宝玉的小厮茗烟媲美。红学家把它叫"兴儿演说荣国府"。《红楼梦》其实有两个兴儿，一个在第五十三回出现过，是贾珍的小厮；一个是第六十五至六十七回出来的贾琏的小厮。这个像说书人一样的小厮兴儿对荣国府主要人物长篇大论的演说，常被红学家认为与"冷子兴演说荣国府"有同样的作用。实际上，兴儿对《红楼梦》的两个核心人物针针见血的评价，超出冷子兴。王熙凤是"心里歹毒，口里尖快"，贾宝玉是"不喜读书"，"外清而内浊"，"说的话人也不懂，干的事人也不知"。关于王熙凤和贾宝玉，兴儿还有其他一些非常生动的语言。兴儿说到大观园女性，还给他们起了传神的绰号：李纨叫"大菩萨"，林黛玉是"多病西施"，薛宝钗是"雪堆出来的"，迎春叫"二木头"，探春叫"玫瑰花"，这些都成了红学家常使用的说法。曹雪芹借一个多嘴多舌、夸张卖弄讨好尤二姐的小厮的嘴，对《红楼梦》的主要人物做了侧面描绘和精彩点评。《红楼梦》戚序本第六十五回回前的批注说到兴儿所起的作用："文有双管齐下法，此文是也。事在宁府，却把凤姐之奸毅刻薄，平儿之任侠直鲠，李纨之号菩萨，探春之号玫瑰，林姑娘之怕倒，薛姑娘之怕化，一时齐现，是何等妙文。"

王熙凤闻讯审家童

——第六十七回　馈土物颦卿念故里　讯家童凤姐蓄阴谋

薛蟠回来后，宝钗把他带回的特产送给贾府各色人等，因和黛玉关系好，送得特别丰厚。黛玉看到家乡物产，想到家乡，哭了起来，贾宝玉前去安慰。凤姐听说贾琏偷娶，审讯家童。这回的重点是凤姐审家童。

第六十七回有两种不同的版本[1]

《红楼梦》第六十七回不论回目还是文字，不同版本之间有很大差异，主要分成两大类。一类代表是程高本即一百二十回本的回目，叫《见土仪颦卿思故里　闻秘事凤姐讯家童》，描写重点是凤姐讯家童，这也是读者常见到的本子的回目，比如人民文学出版社红楼梦研究所校注本、冯其庸先生《瓜饭楼重校评批红楼梦》，这两个本子都以《脂砚斋重评石头记》庚辰本为底本，庚辰本恰好缺第六十七

1　本节如无特别说明，第六十七回的引文均见《石头记》，中华书局，1986年4月出版。

回，于是从程高本一百二十回本抄配；另一类代表是《脂砚斋重评石头记》列藏本，《蔡义江新评红楼梦》用的就是这个版本，叫《馈土物颦卿念故里　讯家童凤姐蓄阴谋》，描写重点是凤姐蓄阴谋。这两个版本有什么不同？

列藏本的文字比程高本长很多，王熙凤的形象和程高本中的似乎是两个不同的人。我觉得列藏本和程高本各有一定的优点，也各有其弱点。冯其庸先生曾说，这一回写的凤姐讯家童，俨如酷吏断案，声色老辣，言辞峻严，忽施以威，忽宽以情，旺儿、兴儿在她的声势威慑下终于将事情和盘托出。像冯先生那样的大红学家有这样的认识，自然有一定的依据和道理。但是我觉得，这两个本子都不像曹雪芹的手笔。

多少年来，红学家们一直想找出第六十七回最理想的版本。我自己家里就有十几种《红楼梦》的版本，我曾经把它们都摊开，仔细对照这些本子，看看第六十七回到底用哪种版本更好。我的结论是列藏本稍微好一点儿。我说"稍微好一点儿"，是相对程高本而言的，其实这个本子我也不满意。因为成功的小说家的笔墨，就跟每个人自己特有的指纹一样，会跟其他人区别得清清楚楚。而在极其细微的地方，不管是程高本还是列藏本，对人物行为、对话、心理的描写都不像《脂砚斋重评石头记》甲戌本各回那样妥帖，都像对曹雪芹文字的刻意模仿、照猫画虎，与"意绵绵静日玉生香"那类"曹雪芹文学指纹"对照后，终究不太一样。比如，列藏本第六十七回里边，袭人叫王熙凤"我的奶奶"，王熙凤叫袭人"我的姑娘"，王熙凤见了袭人居然说："贵人从那阵风儿刮了我们这个贱地来了？"这可太不像她们平时说的话了，因为她们说话的口气不符合她们的身份和关系。总之，一个伟大作家留下的空白，是一千个专家想破脑袋也解决不了的。

薛蟠馈土物和人情冷暖

薛蟠知道结义兄弟柳湘莲因尤三姐死了，削发出家，大哭一场，其他人都很难过，但有一个人不在意，那就是薛宝钗。她对薛姨妈说："俗语说的好，'天有不测风云，人有旦夕祸福'，这也是他们前生命定。"大观园冷美人对人居然如此冷漠！哥哥的结义兄弟和他的未婚妻一个出家，一个自杀，她完全不当一回事。宝钗之冷，可以想象。

薛蟠带来的"土物"让宝玉满心欢喜，薛蟠带来的都是什么？小说不厌其烦地写了一大段："宝钗他的那个箱子里，除笔、墨、砚、各色笺纸、香袋、香珠、扇子、扇坠、粉、胭脂、头油等物外，还有虎丘带来的自行人、酒令儿、水银灌的打金斗的小小子、沙子灯、一出一出的泥人儿的戏，用青纱罩的匣子装着，又有在虎丘山上作的薛蟠的像，泥捏成，与薛蟠毫无相差。"薛蟠是个呆霸王，又粗心又没有文化，但是他疼爱妹妹，孝敬母亲，能够单独买上一箱女孩喜欢的文具、玩具，难能可贵。

宝钗把哥哥带来的土特产分成若干份送人，给黛玉的格外加厚。这些土特产都是南方的，黛玉从小常见，看到家乡的东西，想到自己父母双亡、离乡背井，黛玉非常伤心，满脸泪痕。紫鹃苦口婆心地安慰黛玉，宝玉变尽法儿地想转移黛玉思乡的念头，拉她到宝钗那边道谢，其实是让黛玉离开那些令她伤心的家乡物品。对"馈土物颦卿念故里"这个情节，小说写了差不多三千字，我没有太深的印象，反而觉得描写有些牵强造作，宝玉、宝钗、黛玉说的话，都缺点儿灵气，不像曹雪芹随笔生春的笔墨。

赵姨娘看到宝钗送贾环东西，很高兴，心想，还是宝丫头会做人，她哥哥能带多少东西，她谁都送到了，若是林姑娘，正眼也不瞧我们娘儿们。这样一想，赵姨娘就拿着那些土特产，到王夫人这儿来，说："这是他宝姑娘才给环哥他兄弟送来的，他年轻轻的人想的周到，我还给了送东西的小丫头二百钱。听见说姨太太也给太太送来了，不知是什么东西。你们瞧瞧这一个门里头这就是两分儿，能有多少呢？怪不的老太太同太太都夸他、疼他，果然招人爱。"说着，把东西捧上去叫王夫人看。王夫人头也不抬，手也不伸，说"好，给环哥儿顽罢咧"。赵姨娘特来巴结，结果又碰了一鼻子灰，自讨没趣，灰溜溜回去了。读者过去看到的都是赵姨娘狠毒、泼辣，这次却写到她如何讨好、趋奉有地位的人，特别是"我还给了送东西的小丫头二百钱"这句话，像抹在小丑鼻头的白灰，相当传神。但是一直想对王夫人取而代之的赵姨娘会不会真的这样做？我却存疑。

凤姐如何得知贾琏偷娶

宝钗派莺儿给王熙凤送礼，礼物居然被莺儿抱回来了，宝钗叫她再送回去。刚才莺儿为什么没送下？丰儿说，琏二奶奶不在家。从莺儿送礼，我们能看到凤姐是怎么知道贾琏偷娶的消息，又是怎么处理的。

《红楼梦》第六十七回，人民文学出版社出版的红楼梦研究所的本子，重点写王熙凤怎么审讯，写得热热闹闹、生动有趣，情节较简单。王熙凤审问家童与之前泼醋审问小丫鬟的方式一样，急不可待，毫不掩饰，这样，凤姐的威和辣便显示出来了。列藏本的回目叫《馈土物颦卿念故里　讯家童凤姐蓄阴谋》，重点放在蓄阴谋上。这一回写得好像平淡，但仔细琢磨，比较有味。凤姐对旺儿和兴儿的态度和凤姐泼醋时对小丫鬟的态度完全不一样，这次，她深思熟虑。这样一来，就把凤姐的阴和毒写得活灵活现。一个伟大作家，不会用同样的笔墨写同一人物对待同样事件的表现。凤姐泼醋显示了威和辣，讯家童则显示了阴和毒。我认为列藏本的内容比较接近曹雪芹的写作特点。

凤姐怎么知道贾琏偷娶？是平儿报告的。这好像和平儿的为人不太一致。平儿在多姑娘头发事件上软语救贾琏，现在她又告密，这是为什么？因为这件事对平儿的影响和多姑娘出现的影响不一样。贾琏招蜂引蝶，凤姐会吃醋，但影响不到平儿的切身利益。偷娶尤二姐就不一样了，按照国公府的规矩，贾琏早晚得有姨娘。平儿早就是通房大丫头，最有把握做琏二姨娘，现在冒出尤二姨娘，首受其害的就是平儿，平儿又忠于凤姐，她告密就可以理解了。

莺儿送礼物，丰儿告诉莺儿二奶奶从老太太房里回来，不像往日欢天喜地，一脸怒气，叫了平儿去叽叽咕咕，还不叫人听见。自己都被撵出来了，你就不要见她了。这给人的印象是平儿向凤姐汇报了一件事，凤姐很生气。实际上，贾琏偷娶就是平儿在凤姐从老太太屋里回来的路上向她报告的。刚刚说完，莺儿不早不晚来送礼，凤姐当然不想见她。宝钗在王夫人跟前很有脸，她派人送礼，凤姐不见，说明凤姐刚听到贾琏偷娶的事，一时反应不过来，失态了。

莺儿走了。凤姐跟平儿商量贾琏的事，袭人来看王熙凤。凤姐对袭人和对莺儿的态度完全不一样，她连忙止住话，勉强带笑寒暄。为什么同样是丫鬟，凤姐的态度就不一样？因为袭人是贾宝玉的准姨娘，比莺儿更有脸面，而且凤姐已从刚刚的打击中镇定下来，开始琢磨对策。她耐住性子和袭人聊了好长时间。聊天内容曹雪芹写了将近一千字。表面上笑容满面，语气缓和，心里却挂记着贾琏这件事，凤姐好生了得。

当袭人跟平儿聊起巧姐怎么可爱时，凤姐不失时机插一句"宝兄弟在家做什么呢？"这话好像是关心宝玉，实际上是提醒袭人该走了。袭人马上告辞。凤姐为了早点儿听平儿说贾琏偷娶的事，巧妙地下了逐客令。

兴儿交代贾琏偷娶过程

凤姐在平儿跟前不需要做戏，马上赤裸裸地表示愤怒，问平儿贾琏在外面偷娶老婆是听谁说的？平儿说是旺儿说的。旺儿是王熙凤娘家带来的亲信。王熙凤和贾琏各有亲信，在荣国府主子和主子之间，主子和奴才之间，奴才和奴才之间，有很多潜规则。兴儿曾向尤二姐讲，他是贾琏的亲信，而有的小厮是王熙凤亲信。"奶奶的心腹我们不敢惹，爷的心腹奶奶的就敢惹"，这说明王熙凤在小家庭中最有威风。

王熙凤把旺儿叫来，单刀直入地问："你二爷在外边买房子娶小老婆，你知道么？"旺儿说："小的终日在二门上听差，如何知道二爷的事，这是听见兴儿告诉的。"凤姐问："兴儿是几时告诉你的？"旺儿告诉凤姐是二爷还没起身的时候。凤姐问："兴儿在那里呢？"旺儿说："兴儿在新二奶奶那里呢。"旺儿一不留神，对尤二姐叫个"新二奶奶"。凤姐一听，满脸怒气地啐了一口，骂道："下作猴儿崽子！什么是'新奶奶''旧奶奶'，你就是私自封了'奶奶'了？满嘴里胡说，这就该打嘴巴。"凤姐不是醋罐子吗，她听到别人说尤二姐是"新奶奶"，表现出了强烈反感，但凤姐知道什么是燃眉之急，她不和叫错奶奶的旺儿纠缠，也不叫旺儿打嘴巴，马上把兴儿提溜来追查。

兴儿进来请了安，在旁边侍立。凤姐怎么对他？凤姐对自己的亲信开门见山，对贾琏的亲信则是敲山震虎，威逼。她先瞪了兴儿两眼，给他个下马威，接着吓唬兴儿："你们主子奴才在外面干的好事！你们打谅我是呆瓜？不知道？你是紧跟二爷的人，自必深知根由，你须细细的对我实说，稍有一些儿隐瞒撒谎，我将你的腿打折了！"这番话真真假假，说真，是凤姐已经知道贾琏偷娶，说假，是凤姐并不知贾琏具体怎么偷娶。她对兴儿这样说，好像她已全盘掌握，只等兴儿来证实。凤姐一提尤二姐，兴儿就有段思想活动：这件事两府的人都知道了，就只是瞒着老爷、太太、老太太和二奶奶，他们早晚也得知道；再说这件事又不是我干的，这是珍大爷父子和琏二爷干的，和我有什么关系，我赶快照实说了，免得挨打。于是，兴儿像竹筒倒豆子，全盘交代。这段话四百多个字，像律师陈诉案情：

> 奶奶别生气，等奴才回禀奶奶听：只因那府里的大老爷的丧事上穿孝，不知二爷怎么看见过尤二姐几次，大约就看中了，动了要说的心。故此先同蓉哥商议，求蓉哥替二爷从中调停办理，作了媒人说合，事成之后，还许下谢候的礼。蓉哥满应，将此话转告诉了珍大爷；珍大爷告诉了珍大奶奶合尤老娘。尤老娘狠愿意，但说是："二姐从小儿已许过张家为媳，如何又许二爷呢？恐张家知道，生出事来不妥当。"珍大爷笑道："这算什么大事，交给我！便说那张姓的小子，本是个穷苦破落户，那里见得多给他几两银子，叫他写张退亲的休书，就完了。"后

来，果然找了姓张的来，如此说明，写了休书，给了银子去了。二爷闻知，才放心大胆的说定了。又恐怕奶奶知道，拦阻不依，所以在外边咱们后身儿买了几间房子，治了东西，就娶过来了。珍大爷还给了两个人使唤。二爷时常推说给老爷办事，又说替珍大爷张罗事，都是些支吾的谎话，竟是在外头住着。从前原是娘儿三个住着，还要商量给尤三姐说人家，又许下厚聘嫁他；如今尤三姐也死了，只剩下尤老娘跟着尤二姐住着作伴儿呢。这是一往从前的实话，并不敢隐瞒一句。

兴儿好像老吏断狱，四百多个字就把贾琏偷娶尤二姐的前因后果扼要简练、滴水不漏地交代清楚了。兴儿有这样高度概括的语言能力吗？有。兴儿曾经在尤二姐和尤三姐跟前来了番演说荣国府，说到每个人都针针见血，以一当十。现在，兴儿在认真思考、权衡利害后，像决了堤的长江之水一样，哗啦啦地向凤姐交代了实情，而且交代得特别中肯。但有一点要注意，那就是兴儿交代的不是全部的事实，他有所侧重，有所增删。贾琏偷娶，贾琏应该是首犯，但兴儿把责任推到贾珍、贾蓉身上，好像在偷娶事件中起主要作用的是贾珍父子。后来，兴儿又说出贾琏以外出办事、去东府办事为名，住在尤二姐那里。这本来就是事实，兴儿故意说出来，是讨好凤姐，免得挨揍。这一番话就把这个乖巧小厮写活了。

奇怪的是，在兴儿交代的过程当中，凤姐非常冷静，她一句话也不插，一个表示愤怒的姿态也没有，十分冷静。对于凤姐这样的烈货，这种表现是不是太不可思议了？但仔细琢磨一下，曹雪芹这样写反而更有道理。凤姐这时迫切需要弄清楚贾琏偷娶的基本事实，所以她压住怒火，绝不随意打断兴儿，挑兴儿的刺，更不会借着骂家童作威作福。她现在考虑的是怎么和贾琏过招，不需要拿贾琏的亲信撒气，暴露自己的动机。凤姐是谁？凤姐是女曹操，不是女张飞。

凤姐听完兴儿的话，"只气得痴呆了半天，面如金纸，两只吊梢子眼越发直竖起来了，浑身乱战。半晌，连话也说不上来，只是发怔"。凤姐猛一低头，看见兴儿还在地下跪着，便说道："这也没你的大不是，但只是二爷在外边行这样的事，你也该早些告诉我才是。这却很该打，因你肯实说，不撒谎，且饶恕你这一次。"王熙凤这番说辞，似乎是她已经问清了贾琏偷娶一事，并没有打算对付贾琏和尤二姐。兴儿赶忙回答："未能早回奶奶，这是奴才该死！"叩头有声。王熙凤又嘱咐："叫你时，须要快来，不可远去。"这倒是话里有话，意思是：你不能跑去给尤二姐通风报信！这是凤姐讯家童的漂亮尾声。她这么做似乎只是要查明事实，对贾琏的作为，好像一点儿办法、一点儿想法也没有。

程高本这段的描写跟列藏本很不一样。在兴儿交代的过程中，王熙凤不断冷笑发火，经常打断兴儿的话，发威怒骂，兴儿则不断磕头求饶，甚至自打嘴巴。整个审问过程，凤姐问一句，兴儿答一句，场面看起来好看，但那样描写的王熙凤，有威有势，急躁火爆，却缺少心计。

一计害三贤

贾琏偷娶完全落实了，凤姐怎么也想不到，她平日严密监控的丈夫，居然能干出这种事。平时飞扬跋扈的凤姐呆了，但她对兴儿说话时，平静、随和、通情达理，一点儿也没有作威作福。她怎么会这样平静？凤姐很清楚，她现在需要对付二三其德的丈夫，不是丈夫的小跟班，特别不能因对丈夫的小跟班过激而打草惊蛇，这是凤姐的心机过人之处，也是凤姐可怕的地方。

实际的情况就是这样。兴儿在凤姐审问后，并没有怀疑凤姐会对二爷怎么样，既没有抓紧给贾琏送信，也没有给尤二姐通风报信，只是庆幸自己没有挨打。看来在贾琏这帮小跟班的心里，贾琏偷娶尤二姐不过是一件令王熙凤寻常吃醋的事件，她会很生气，但是她再生气能怎么着，她敢怎么着，顶多再闹一场就是了。

凤姐讯家童之后，和平儿反复讨论，这段讨论文字居然也有一千多字，二人对贾琏、贾珍、尤氏，连说带骂，王熙凤气得午饭也没吃，躺在床上，闭着眼睛想主意。王熙凤把事情从头到尾细细盘算了一番，得了个"一计害三贤"的主意。她没有把这主意告诉平儿，而是传人收拾出了东厢房，在外面则做出嬉笑自若、若无其事的样子，一点儿也不显示她的恼恨和嫉妒。连平儿都不相信，她怎么能这么平静？凤姐的保密意识和心理承受能力太强大了，这很符合古代打仗的统帅心理。三国纷争，蜀国最核心的军事机密只有诸葛亮知道。凤姐的计划不能让平儿知道，因为平儿是贾琏的通房大丫头，万一她走漏了风声，凤姐非但不能治贾琏，反而赔了夫人又折兵。

凤姐想的"一计害三贤"化用了典故"二桃杀三士"。《晏子春秋》记载，齐景公手下有三个能干而不听话的勇士，晏婴想除掉他们，便让齐景公给三个人送了两个桃子，叫他们论功吃桃，这引发了三个人的矛盾，三人最后都自杀了。王熙凤不识字，她怎么能知道这个典故？估计是她看戏知道的。那么王熙凤要害的"三贤"是哪"三贤"呢？贾琏、贾珍、尤二姐。怎么个害法？递状子到都察院，让察院来查贾琏在国孝和家孝中停妻再娶的行为；亲自到宁国府大闹，教训贾珍；把尤二姐赚入大观园，然后再把她轰出荣国府。

凤姐跟平儿说贾琏、贾珍、尤二姐怎么不好时，已经对所谓"三贤"都做了评判。"三贤"实际上就是三不贤。凤姐对平儿说她的丈夫贾琏："天下那有这样没脸的男人！吃着碗里，看着锅里，见一个，爱一个，真成了喂不饱的狗，实在的是个弃旧怜新的个坏货。"凤姐泼醋不是已经泼到贾母都出来维护她孙子的男权了吗，这次凤姐怎么办？这次，凤姐借官场的手来教训贾琏，"多早晚在外面闹一个很没脸、亲戚朋友见不得的事出来，他才罢手呢！"什么事很没脸，亲戚朋友见不得？察院传讯、张华告状等。

凤姐怎么看贾珍呢？凤姐认为贾琏偷娶事件中，贾珍不仅纵容，更是教唆。你珍大哥也是官场中人，难道不明白国孝和家孝之中停妻再娶该当何罪？你珍大哥是族长，兄弟当中年纪最大、官位最高，怎么不教导兄弟？凤姐必须借尤二姐的事件狠狠敲打贾珍，叫他从此之后不再助纣为虐。

而关于尤二姐，凤姐好像知道她的底细，说尤家姐妹原来就是混账烂桃，她知道尤二姐原来和贾珍有事。凤姐就是要让这个"烂"女人先进国公府，把脸丢尽以后，再灰溜溜滚蛋。

这样一来，凤姐这位不识字的闺阁才人，仿佛真成了《孙子兵法》的传人了。她只是歪在床上思索，就想出了一个孤军深入、挑战贾琏和贾珍的高招，她前呼后应演了几场连场大戏，导演了尤二姐之死。她自己既是编剧，又是导演，还是主演，演得妙不可言。

王熙凤是怎样靠聪明才智和过人胆识单枪匹马赶走尤二姐这个外来者，惩治贾琏这个没脸的男人的呢？从第六十八回《苦尤娘赚入大观园　酸凤姐大闹宁国府》，到第六十九回尤二姐自杀，凤姐将交出自己的答案。

王熙凤运筹帷幄战二姐

——第六十八回　苦尤娘赚入大观园　酸凤姐大闹宁国府

　　尤二姐进入大观园是她悲惨命运的开始。王熙凤待贾琏出差，到小花枝巷花言巧语，低声下气，把尤二姐骗进大观园，安置在李纨那儿。然后她唆使尤二姐原来的未婚夫到都察院告状。察院收状纸后，王熙凤大闹宁国府，把尤氏折磨得够呛，把宁国府闹了个底儿掉。

　　王熙凤运筹帷幄战二姐，演了出连场大戏，先是扮演温柔和顺的闺门旦欺骗尤二姐，后是扮演撒泼耍赖的刀马旦大闹宁国府，还让包括官场和贾府在内的众人，都按照她编的剧本，共同演出了《红楼梦》前八十回带压轴戏性质的大戏——尤二姐之死。

王熙凤妙演闺门旦

　　贾琏是见一个爱一个的浪荡子，尤二姐之前和贾珍父子不清不楚，他们之间的感情大概不能算爱情，只能算艳遇鬼混。从封建伦理上说，尤二姐陷贾琏于国孝家孝期间停妻再娶的不义；从现代意义上说，尤三姐是不道德的第三者插足。正义本在凤姐这一面。尤二姐不靠能力，不靠学问，不靠辛苦劳动，靠漂亮脸蛋和"柔情蜜意"来博取有钱男人的青睐。这种人缺智少谋，纯属花瓶，总认为年轻貌美就是一切，平时预计不到人生的艰难。人心险恶，一旦遇到，她就会一筹莫展。

现在，尤二姐成了凤姐的心头大患。如果尤二姐进入贾府，凤姐能不能像对平儿一样，一年才容许二姐和贾琏有一次共度良宵的机会？肯定不行。更重要的是，尤二姐可能给贾琏生下儿子。母以子贵，有了儿子就有了地位，凤姐就丧失了希望，这就是深门大宅你死我活的斗争。如果凤姐按照王夫人那样行事，对赵姨娘恨之入骨，表面上仍保持第一夫人的气度，也可以。但凤姐的性格决定了她要跟三从四德对着干，王熙凤的性格决定了尤二姐的命运。

王熙凤为什么一定要把尤二姐弄进贾府？因为尤二姐如果一直住在小花枝巷，她就是自由的。她可以和贾琏甜甜蜜蜜，也可以给贾琏生儿育女。小花枝巷的香巢一天不端掉，凤姐就睡不安枕，所以凤姐选择在贾琏出差的时候把尤二姐赚进大观园。

对付尤二姐这样的无脑儿，只要好好用脑子就行了。凤姐赚尤二姐选择的时机、带的随从、穿的服饰、说的话，都特别有心计。

她选择的时机是贾琏外出的一个月。凤姐分秒必争，贾琏前脚走，凤姐后脚就传匠人收拾东厢房，然后报告贾母、王夫人要外出烧香，名正言顺地离开荣国府，直扑小花枝巷。她带的随从里，男仆有她的亲信旺儿，贾琏的亲信兴儿，女仆只带了贴身丫鬟平儿、丰儿，还有旺儿家的、周瑞家的。周瑞家的是王夫人的陪房，为什么要带她？是要叫周瑞家的做现场的目击证人，向王夫人报告王熙凤怎样顾全大局，善待丈夫的外室。

王熙凤出现在小花枝巷，给她开门的鲍二家的吓得"顶梁骨走了真魂"。为什么？前一个鲍二家的就是因为王熙凤泼醋吊死的，续娶的鲍二家的怎么可能不知道？鲍二家的飞快地报告尤二姐。尤二姐只好整衣迎出来。凤姐是什么打扮？像悲剧名角隆重登场，"头上皆是素白银器，身上月白缎袄，青缎披风，白绫素裙。眉弯柳叶，高吊两梢，目横丹凤，神凝三角；俏丽若三春之桃，清洁若九秋之菊"。这身打扮就给了尤二姐下马威。这就相当于告诉尤二姐，我身上穿的是丈夫亲大爷的孝，你身上穿的是红嫁娘衣服。

凤姐和尤二姐说话，和《三国演义》里诸葛亮舌战群儒有一比，我总结为八个字："脸面给足，后路全堵。"

凤姐在尤二姐跟前摆出忍气吞声、深明大义、顾全大局的姿态，披肝沥胆地告诉尤二姐，我因为治家严，受到小人误解，好心做了驴肝肺，有怨无处诉。你想想，我上有公婆，下有弟妹，怎么会叫我横行？如果我真嫉妒，怎会听到二爷娶了姐姐，亲自来请？我过去管他，是怕他眠花宿柳伤害身体，现在他娶了二房，可以生育，我高兴还高兴不过来呢！现在我亲自登门恳求姐姐回荣国府。你我姐妹同居同处，彼此合心谏劝二爷慎重事务，保养身体。王熙凤说得恳切，不由得尤二姐不信。凤姐还说，你不跟我回去，我就搬到你这儿来。她可怜兮兮地对尤二姐说："奴愿作妹子，每日服侍姐姐梳头洗面，只求姐姐在二爷跟前替我好言方便方便，容我一席之地安身，奴死也愿意。"

凤姐还告诉尤二姐，你住外面对二爷的名声有损害。这样一来，尤二姐就不能不跟着王熙凤走。如果她不走，就成了不顾丈夫声誉、破坏家庭、不懂事的人。凤姐还对尤二姐描绘她进入贾府后的美好前景："我今来求姐姐进去和我一样同居同处，同分同例，同侍公婆，同谏丈夫，喜则同喜，悲则同悲，情似亲妹，和比骨肉。"连说了八个"同"，甚至取消了大老婆小老婆的分别，好像两人成了风雨同舟的亲姐妹。尤二姐没有社会经验，心下认为，我遇到个受小人诽谤的极好的人。于是，凤姐的金钩成功钓上了尤二姐这条蠢鱼。

凤姐见尤二姐，先送绸缎、首饰做见面礼。平儿来拜见尤二姐，尤二姐还礼，凤姐不让她还，说平儿是丫鬟，和你是不一样的。因为凤姐在突袭小花枝巷之前已经收拾了东厢房，给别人造成的印象就是她很把贾琏的二房当回事儿，以礼相待。周瑞家的也向尤二姐说，府中已给你预备了房屋。

凤姐把尤二姐可能产生的顾虑，可能推托的理由，都提前化解，叫尤二姐无路可退。凤姐到小花枝巷扮演美丽柔弱、单纯善良的闺门旦来忽悠尤二姐，要怎么和软就怎么和软，要怎么讨好就怎么讨好，要怎么忍让就怎么忍让。王熙凤连说话的语气和用词都和她平时在贾府说话完全不同，她一口一个"奴""奴家"，说话温柔平和，完全没了平时在贾府颐指气使、张牙舞爪的样子，没有一句"扯你娘的臊"之类的市侩话语，完全变成了知书达理、典雅忍让、顾全大局、爱护丈夫的贵族少妇。

尤二姐则把头脑简单表现得淋漓尽致。一见凤姐，凤姐还没开口，她先把姐姐尤氏出卖了。她说，奴家年轻，诸事都是家母和家姐做主的，把嫁给贾琏做二房的责任推给尤氏，给了凤姐大闹宁国府的把柄。凤姐要尤二姐跟她回去，尤二姐竟连一句"等二爷回来再商量"的话都不会说，还无意中把贾琏出卖了："我也没有什么东西，那也不过是二爷的。"凤姐马上明白，贾琏不仅偷娶小老婆，还有小金库！她马上叫周瑞家的记好，把箱子抬到东厢房，等二姐一死，贾琏还没回过神来，凤姐已把他多年的小金库一锅端了。

告假状，清君侧

　　凤姐制造张华告贾琏的假案，告到了当时最高的司法机关都察院。罪名是"国孝家孝之中，背旨瞒亲，仗财依势，强逼退亲，停妻再娶"。这案子是正儿八经的要案，但凤姐只是要教训贾琏、贾珍，驱逐尤二姐，绝对不会让贾琏受到真正的伤害。她把张华勾来养活，让他去告状。张华不敢，凤姐让旺儿说给张华，就算告我们家谋反也没事，你告大了，我自然能平息。张华告了，凤姐马上派王信到都察院行贿，告诉察院虚张声势。最高司法机关的官员成了在凤姐跟前听吆喝的，让怎么审，就怎么审。凤姐还安排张华告旺儿挑唆，旺儿当堂诱使张华把贾蓉说出来，察院只好传讯贾蓉。张华明明告的是贾琏，察院却传讯贾蓉，这都是凤姐的安排——就算让贾蓉丢人也不能让贾琏丢人。而宁国府银子一递，察院又不审贾蓉了，判张华无赖，打了他一顿轰出来。凤姐继续派兴儿挑唆张华，我给你银子安家过活，你只要回原妻就行，还给察院捎信。结果察院批下来的就是张华所定之亲，仍令其有力时娶回。官司完全按照凤姐的战略部署进行。凤姐简直是能掐会算，她本来可以在贾琏还没有从平安州回来以前就把尤二姐清除了。当然，假如事情完全按凤姐最初的如意算盘进行，尤二姐死不了，故事反而没这么好看了。

　　尤二姐被王熙凤赚进大观园。王熙凤先把尤二姐的丫头轰出去，派了自己的丫头。这个丫头有个特别有趣的名字，叫善姐，这是反意取名，意为来者不善，使唤三天就不听尤二姐的了。尤二姐要头油，善姐反问说尤二姐怎么不知好歹没眼色？我们奶奶天天承应了老太太，又要承应太太、姐妹。一日少说大事一二十件，小事三五十件。哪里好因为这点子小事就去烦她？咱又不是明媒正娶的，她这样一个贤良人待你，差些的人早把你丢在外，死不死，活不活，你又敢怎样呢！善姐执行王熙凤迫害尤二姐的安排，在精神上给了尤二姐极大的压力，后来干脆连好饭都不端给尤二姐吃，端来的都是吃剩下的。凤姐还要来和尤二姐说，如果下人有不周到的地方，你要告诉我，我打他们。愚蠢的尤二姐还为丫鬟掩饰，她哪儿想到善姐这样做就是王熙凤的指示。

王熙凤扮刀马旦大闹宁国府

尤二姐进了大观园后，王熙凤就上演了大闹宁国府的全武行。如果说到小花枝巷的凤姐是温柔和气的闺门旦，到宁国府的凤姐就是又摔又打又哭又闹的刀马旦。王熙凤真是天才演员，演什么像什么。

表面上看，"酸凤姐大闹宁国府"是为出气，我认为其实不是。王熙凤闹的时候有明确目的和层次。她有四个目的：一是教训贾珍；二是让尤氏按她的要求，蒙骗贾母，帮她树立贤良的声名；三是让贾蓉把尤二姐请出荣国府；四是敲诈几百两银子。最后，她的目的都达到了。

最不可思议的是，凤姐闹宁国府的目的之一是尤氏。这一点很奇怪，既然兴儿向凤姐汇报，是贾珍在贾琏娶尤二姐一事上教唆拍板，凤姐应该对贾珍恨之入骨，她一到宁国府就遇到了贾珍，却没有揪住贾珍大闹。为什么？贾珍是三品将军，又是族长。凤姐如果揪住贾珍大闹，就会违反礼法，犯不敬尊长的七出罪名。贾珍就可以指使贾琏把她休了。王熙凤很聪明，她不管怎么恨贾珍都必须放过贾珍。因为作为小婶子，如果她动手拉扯大伯子贾珍，她会先违反男女有别的封建礼法，在贾氏宗族丢人现眼，还会被看成不懂礼法家规的泼妇贱人。凤姐见到贾珍只吓唬了他一句："好大哥哥，带着兄弟们干的好事。"贾珍溜了，她也不管。贾珍表现得也相当机灵，他本想带着贾蓉一起躲避，王熙凤已经眼明手快地拉住贾蓉，婶娘拉住侄儿、长辈拉住晚辈教训，合乎礼法。贾珍连忙嘱咐贾蓉"好生伺候你姑娘，吩咐他们杀牲口备饭"。贾珍为什么不称呼王熙凤是贾蓉"婶娘"，而称呼"姑娘"？这是为了跟王熙凤套近乎，如果称"婶娘"，那就跟贾琏联系到了一起，而称呼"姑娘"，则是向王熙凤求情：不管我怎么对不起你，我跟大妹子可是有从小喊哥哥妹妹的交情，还请你多担待呀！

尤氏是非常好的妯娌，曾全心全意替凤姐办生日，凤姐怎么好意思拉下脸来大哭大闹？我们山东人形容某种人是"翻脸猴子"，这种人需要什么时候翻脸就什么时候翻脸，需要跟什么人翻脸就跟什么人翻脸，不管你是什么人，只要你触碰我的利益，不管你以前对我多好，只要你现在得罪我，我就翻脸不认人。王熙凤就是这样的人。

凤姐见到笑脸相迎的尤氏，先照脸一口唾沫，然后骂尤氏，你尤家的丫头没人要了，偷着只往贾家送！害得贾琏被告了国孝家孝中停妻再娶的罪名，害得我偷了太太五百两银子去打点。这一番骂里真中有假，贾琏确实被告了这个罪名，凤姐确实送了银子，但是贾琏被告以及被告的罪名，是凤姐操纵的，送的银子是三百两而不是五百两。凤姐还说，现在察院指明提我，要休我！她继续质问尤氏，你是不是受到老太太指使，做个圈套要挤我出去？咱一块儿见官去，回来请族中人评理，给我休书我就走！这些话没一句真话，都是吓唬尤氏、讹尤氏的。尤氏上哪儿去查这是不是真的，只能听任凤姐滚到她怀里，撒泼撞头，大放悲声。凤姐还对尤氏说，嫂子的兄弟是我的丈夫，嫂子怕绝后，我岂不比嫂子更怕绝后？嫂子的妹妹就是我的妹妹，我欢天喜地迎了来，金奴银婢地住在园里面。这些话就没一句是真的了，王熙凤把尤二姐接进大观园是为了整治她，但是从表面上看，又确实是嫡妻把丈夫藏在府外的外室接进来，好让外人看来她多贤良多懂事明礼！

凤姐骂贾蓉："天雷劈脑子、五鬼分尸的没良心的种子！不知天有多高，地有多厚，成日家调三窝四，干出这些没脸面、没王法、败家破业的营生。你死了的娘阴灵也不容你，祖宗也不容，还敢来劝我！"这些话都是真话，凤姐骂贾蓉没良心，婶婶这么重用你，你怎么能欺骗我？说死了的娘阴灵和祖宗都不容你，更是正常。凤姐一边骂，一边扬手就打。贾蓉磕头有声，说："婶婶别动气，仔细手，让我自己打。"完全是晚辈向长辈赔礼的语气。接着贾蓉左右开弓打自己嘴巴，自己问自己："以后可再顾三不顾四的混管闲事了？以后还单听叔叔的话不听婶婶的话了？"这是犯了错误的晚辈为讨好长辈在表演。

有研究者、当代作家认为凤姐和贾蓉有情人关系，那是看错《红楼梦》的版本了，程伟元、高鹗根据无名氏续书补订后四十回时，给前八十回的王熙凤加了许多似乎跟贾蓉关系暧昧的文字，如动不动脸红，当着宁国府众人的面对贾蓉说似乎受情人委屈的小女人语言等。在刘姥姥一进荣国府时，我已剖析过，贾蓉是凤姐信赖的晚辈，他们是一块儿办坏事的"同伙关系"，不是情人关系。

尤氏骂贾蓉："孽障种子！和你老子作的好事！我就说不好的。"凤姐就搬着尤氏的脸又骂上了："你发昏了？你的嘴里难道有茄子塞着？不然他们给你嚼子衔上了？为什么你不告诉我去？"凤姐骂人不吐核，牲口才衔嚼子，接着她又说尤氏："你又没才干，又没口齿，锯了嘴子的葫芦，就只会一味瞎小心图贤良的名儿。总是他们也不怕你，也不听你。"

这番话把凤姐瞧不起尤氏，蔑视尤氏的心理表现出来了，说完凤姐还啐了几口，但最后她来了句"总是他们也不怕你，也不听你"，这是表示我体谅你，原谅你。有这一句话，就把刚才撕破脸的妯娌关系修复了。尤氏马上领情，惨兮兮地说，怨不得妹妹生气。

真不知道王熙凤的牙齿和舌头是怎么长的，说起话来天花乱坠。贾蓉告诉凤姐，既然张华告状，给他钱就是。凤姐说，给他银子花光了又来闹事，终究是不了之局。贾蓉判断出，原来凤姐是要轰走我姨娘，马上表示，那就"来是是非人，去是是非者"，我劝二姨娘叫她还嫁给张华去吧。凤姐说，我可舍不得你姨娘，还是多给张华钱吧。这是句非常"恳切"的假话。贾蓉也知道是假话，所以他得想办法叫尤二姐走人。像凤姐这样拿着假话当真话说的人，也只有长期在她帐前听令的小混混贾蓉才能看透她的心思。

王熙凤大闹宁国府，闹到贾蓉下跪求饶，自打耳光；闹到尤氏被来回揉搓；闹到宁国府下人乌压压跪了一地求情；闹到尤氏和贾蓉全盘接受她的城下之盟。凤姐见好就收。凤姐大闹宁国府，大获全胜，尤氏和贾蓉承认，一概都是我们的不是，我们赔你那五百两银子，我们叫尤二姐出来嫁给张华。尤氏还向凤姐讨教怎样向贾母撒谎，这正中王熙凤下怀。王熙凤就是需要尤氏按她的布置去忽悠贾母。凤姐说，我是个心慈面软的人，凭人撮弄我，我还是一片痴心。说不得让我应起来！凤姐要让剧情按照她的想法向前发展。尤氏居然恭维凤姐，你可真是宽宏大量，足智多谋。这场面有些好笑，可怜的尤氏，连身上给凤姐蹭上的眼泪鼻涕还没擦干，就傻呵呵地给凤姐凑趣了。

英姿飒爽女宰辅变撞头打滚破落户

在中国古代小说甚至世界小说名著中，像王熙凤大闹宁国府这样的情节实属罕见，一件生活琐事写得紧锣密鼓、高潮迭起，令人目不暇接，我想，除《红楼梦》外绝无仅有。

王熙凤在尤二姐事件上，策划于闺阁，点火于官场，利用官府整丈夫，控制荣国府蒙贾母，大闹宁国府整贾珍，三管齐下，里勾外连，手段狠毒，行为泼辣。在凤姐打响的这场战斗中，贾府里里外外都懵懵懂懂听她指挥，官府上上下下都见钱眼开为她所用。凤姐有高瞻远瞩的战略部署，有细针密线的战术准备；有全局规划，有细节操作；一会儿一个花样，一会儿一个模式；凤姐这个天才"作家"浓墨重彩地做了篇真真假假、假假真真、真中有假、假中有真的妙文章、大文章。"酸凤姐大闹宁国府"，什么时候该说真话？什么时候该说假话？什么时候似真实假？什么时候似假实真？火候掌握得恰到好处。什么时候应该哭闹？什么时候应该缓和？什么时候要倒赔不是？什么时候鸣金收兵？分寸掌握得也恰到好处。

王熙凤大闹宁国府，时机抓得极其准确。都察院刚刚装腔作势"审案"，凤姐立即突袭宁国府；闹宁国府的时机不能早也不能晚，早了没有闹宁国府的理由；晚了，贾珍就会有掌控和扑灭官司的机会，凤姐想闹也闹不起来。凤姐的聪明就在于，一个女人单枪匹马跟官府、贾府斗争，所谓"一女斗两府"，却愣是把主动权掌握在了自己手里。

在大闹宁国府之前，凤姐给贾府众人留下的深刻印象是辣。贾母叫她"凤辣子",说她是"泼皮破落户",那原来是老祖宗开玩笑的话。但王熙凤大闹宁国府,确确实实成了泼皮破落户,甚至能令人联想到《水浒传》里没理翻缠的牛二。

如果把凤姐治理宁国府和大闹宁国府对照起来看,读者会不会有一丝凄凉之感?认为王熙凤这个人物其实非常可怜?这个在尤氏怀里撞头的,还是那个在贾母跟前妙语如珠、笑得花枝乱颤的可爱的孙媳妇吗?还是那个三下五除二就把宁国府治理得井井有条的巾帼英雄吗?还是那个在刘姥姥面前雍容华贵的贵族少奶奶吗?还是贾宝玉和林黛玉的那个和蔼可亲的凤姐姐吗?

第六十八回《酸凤姐大闹宁国府》和第十三回的《王熙凤协理宁国府》相差五十五回。贾府经历了从盛到衰的过程,昔日巾帼英雄也完成了向泼皮悍妇的转型。当年在宁国府演过"英姿飒爽女宰辅"大剧正剧的王熙凤,再次粉墨登场,演了出"摔打哭闹女悍妇"的闹剧。贾府的败落从一个新颖的角度展现出来。

酸凤姐大闹宁国府,令读者读得过瘾,读得畅快,也读得心酸,读得心疼。

尤二姐之死

——第六十九回　弄小巧用借剑杀人　觉大限吞生金自逝

　　王熙凤把尤二姐诓进大观园的目的，本来是想趁贾琏还没回到贾府，把尤二姐轰出荣国府，名正言顺地除掉贾琏的姨奶奶。没想到百密一疏，没办成。她进一步的策略是对尤二姐十面埋伏，上下其手，把尤二姐的名声搞臭，把尤二姐肚子里的孩子搞掉，逼迫软弱的尤二姐走上死路，然后赶尽杀绝，连祖坟也不让尤二姐进。

　　王熙凤借剑杀人，利用秋桐侮辱尤二姐，利用庸医和算命的算计尤二姐，说尤二姐坏话让贾母不待见尤二姐，尤二姐因胎儿被打下来，觉得生命到了尽头，吞黄金自杀。

王熙凤上下其手

　　王熙凤闹完宁国府后，回到大观园，跟尤二姐说，我怎样设法，怎样操心打听，得怎么做才能把大家救下来。她安排尤二姐按照自己导演的故事演出。都布置好后，她带着尤二姐和尤氏一起去见贾母。尤氏必须得来，尤氏是没嘴的葫芦，不会多嘴多舌。但她的出现说明，王熙凤非常贤惠，她是跟尤氏商量后才让她妹妹给贾琏做妾的。

　　贾母正和孙女们说笑，忽见凤姐带进个标致的小媳妇来，就觑着眼瞧，说："这是谁家的孩子！好可怜见的。"凤姐说："老祖宗倒细细的看看，好不好？"说罢，拉着尤二姐说，"这是太婆婆，快磕头。"尤二姐行了大礼，凤姐又指着旁人一个一个介绍。贾母上上下下瞧了一遍，问尤二姐姓什么，几岁了。凤姐说："老祖宗且别问，只说比我俊不俊？"贾母戴上眼镜，叫鸳鸯和琥珀："把那孩子拉过来，我瞧瞧肉皮儿。"又让尤二姐伸出手来看！完全是看新媳妇的看法。鸳鸯还揭起裙子来叫贾母看。贾母看完，摘下眼镜说："竟是个齐全孩子，我看比你俊些。"王熙凤边笑边跪下，把她在尤氏那编的话细说一遍，然后请求老祖宗发慈心，先许她进来，住一年后再圆房。贾母说这有什么不好，你这么贤良很好，但是只能一年后圆房。凤姐又求贾母派两个女人带着去见太太，就说是老祖宗的主意。挟天子以令诸侯，邢夫人就是不高兴也没办法了。尤二姐见了天日，从李纨那儿挪到了东厢房住。

　　凤姐这样做的结果，就是从贾母那里得到了"贤良"的称赞。然而，她背地里却派人挑唆张华，许他银子，叫他要原妻。察院根据凤姐的要求，批了张华"所定之亲，仍令其有力时娶回"。张华很乐意人财两进，到贾家去领人。凤姐报告贾母，这事珍大嫂子办得不对，没和那家退，叫人告了，官司都定下来了。贾母把尤氏叫来，说她做事不妥，你的妹子跟别人订婚没退，让人告了。尤氏说，他连银子都收了，怎么没准？凤姐在旁又说张华没见到银子，他老子说，亲家母说过一次，并没应准，亲家母死了，你们就接进去做二房。幸好琏二爷不在家，没圆房，不过就是人已来了，怎么能送回去，岂不伤了脸面。贾母说没有圆房，没有强占人家有夫之妇的道理，名声不好听，给他送回去。尤二姐来回贾母，我母亲确实给了他十两银子退婚，他穷极了告状。我姐姐没错办。贾母一听，刁民难缠，就叫凤姐去料理。凤姐做梦都没想到，尤二姐这任人宰割的羔羊，竟在关键时刻向贾母说出某年某月某日退亲的事实，而贾母又把料理的事交给她这个最希望尤二姐滚蛋的凤丫头，凤姐只好应着。

凤姐找贾蓉，仍叫贾蓉挑唆张华要原人。贾蓉想，让张华领回去成何体统？便派人告诉张华，你现在得这么多银子还要原人，不怕我们爷们生气，找出个由头，叫你死无葬身之地？快走，还能赏你些路费！张华父子跑回原籍，凤姐就不能再做把尤二姐赶出荣国府的文章了。这下怎么办？凤姐一方面嘱咐旺儿，务必把张华置于死地，以绝后患；一方面重新制定策略，往死里整尤二姐。在荣国府敲锣打鼓，公开迫害尤二姐肯定不行，那就贬低她，伤害她，往她心上插刀，造成她流产，再挑唆秋桐骂得尤二姐无立足之地，最后就这样逼死了尤二姐。

贾琏回来到了小花枝巷的新房，早已人去屋空。他向贾赦汇报外出办事的情况，贾赦说他中用，赏了一百两银子，还把十七岁的丫鬟秋桐赏他为妾。好色的老爹把房中丫鬟——实际是埋怨他"贪多嚼不烂"的侍妾秋桐赏给好色的儿子，多滑稽的情节？这是继宁国府贾珍和贾蓉父子聚麀的秘密丑事之后，荣国府出现的公开的父子聚麀。贾琏对贾赦的姬妾早就垂涎三尺，现在得到秋桐，更是得意扬扬。贾琏回到家，凤姐和尤二姐一块儿迎出来，贾琏把秋桐的事告诉凤姐。凤姐一听，一刺未除，又添一刺。她假装贤惠，马上派人把秋桐接来，又换了好颜面来给贾琏接风，并叫尤二姐参加，还带秋桐见了贾母和王夫人。她如此贤惠，贾琏都感到稀奇。

凤姐表面上对尤二姐好，实际上总是想着把尤二姐逼上绝路。没人时，她对尤二姐说："妹妹的声名很不好听，连老太太、太太们都知道了，说妹妹在家做女孩儿就不干净，又和姐夫有些首尾，'没人要的了你拣了来，还不休了再寻好的'。"老太太要让贾琏休了尤二姐是凤姐虚构的。但懦弱的尤二姐上哪儿查证？她哪儿敢查证。凤姐假装气病了，不再和尤二姐一块儿吃饭。尤二姐就只能吃剩饭了。凤姐对尤二姐的迫害无孔不入。

王熙凤架桥拨火儿

秋桐自认为是老爷给少爷的，连凤姐、平儿都不放到眼里，对尤二姐更是瞧不上，张口就是"先奸后娶没汉子要的娼妇，也来要我的强"。凤姐一听，正中下怀，正好用她整尤二姐！秋桐是个不讲礼仪、不顾廉耻、一味争风吃醋的泼货。凤姐装上枪弹让她放，自己暗地拨火儿，秋桐用这火去烧尤二姐，她则隔岸观火，幸灾乐祸。秋桐还到贾母跟前打小报告，说尤二姐整天盼着二奶奶和我死了，她好一心一意和二爷过。贾母渐渐对尤二姐印象不好了。

贾琏有了秋桐，在尤二姐身上的心渐渐淡了。凤姐虽然恨得宠的秋桐，但她想借剑杀人，坐山观虎斗，等秋桐杀了尤二姐，自己再杀秋桐。她假意劝秋桐，你年轻，不知事，尤二姐现在是二房奶奶，爷心坎儿上的人，我还要让她三分，你去碰她，不是自寻死路？秋桐听了，越发天天乱骂："奶奶是软弱人，那等贤惠，我却做不来。奶奶把素日的威风怎都没了。奶奶宽洪大量，我却眼里揉不下沙子去。让我和他这淫妇做一回，他才知道！"秋桐大吵大叫骂尤二姐，凤姐假装不敢说话，气得尤二姐在房里直哭，连饭也吃不下去了。

尤二姐本来娇弱，受了一个月的暗气，恹恹得了一病，夜里合上眼，看到她妹子捧着鸳鸯剑来了说："姐姐，你一生为人心痴意软，终吃了这亏。休信那妒妇花言巧语，外作贤良，内藏奸狡，他发狠定要弄你一死方罢。若妹子在世，断不肯令你进来，即进来时，亦不容他这样。"还让尤二姐拿鸳鸯剑斩了王熙凤，二人一同归至警幻案下，听其发落。不然就白白地丧命了。尤二姐哭着说，我一生品行既亏，今日这恶报是我该受的，怎么再去杀人？也许老天爷可怜我，我的病就能好了。尤三姐笑说，姐姐，你是个痴人。你虽悔过自新，但是你已把人家父子兄弟置于聚麀之乱，天怎么容你安生？尤二姐惊醒，发现原来是做梦。贾琏来看她时，尤二姐对他说，我这病不能好了，但我有了身孕，不知是男是女，天可怜生下来还行，如果不行，我的命都不保，更何况他？贾琏说，放心，我来找人医治。

王熙凤赶尽杀绝，尤二姐吞金自逝

王熙凤先用了来者不善的善姐迫害尤二姐，后用了借剑杀人的秋桐辱骂伤害尤二姐，又用了第三个伤人利器——胡庸医。

胡庸医曾用虎狼药给晴雯治感冒，被贾宝玉发现，及时制止。胡庸医一来，诊脉之后，又看了看尤二姐的脸色。这一看，"魂魄如飞上九天，通身麻木，一无所知"。一个医生看到病人的脸面，怎么能这样？这样的表现可以有两种解释：一种是这个医生人格不行，看到尤二姐的美色就糊涂了，下错药了；另一种是胡庸医已被王熙凤买通，要一口咬定，尤二姐月经不调，可当他看到美丽的尤二姐时，内心很矛盾。

胡庸医一服药下去,一个已成形的男胎打了下来。尤二姐存在的价值和希望全部破灭。

红学家一直争论,胡庸医是不是被凤姐唆使?小说没明写。但尤二姐怀孕,是对凤姐最大的威胁,凤姐不可能不做手脚。深闺琏二奶奶,连都察院的手脚都敢做、都能做,小小庸医的手脚为什么不能做?而且她必须做,不然,尤二姐把孩子生下来,凤姐之前所有迫害尤二姐的努力,都将功亏一篑,所以极有可能是凤姐在胡庸医那儿做了手脚。这里曹雪芹没有具体写,他没必要画蛇添足。但是从曹雪芹极其简练的叙述中,还是能看出胡庸医受贿给尤二姐打胎的蛛丝马迹。尤二姐流产后,贾琏一面请人给尤二姐调治,一面命人去打告胡君荣,"胡君荣听了,早已卷包逃走"。胡庸医从哪儿得知贾琏要跟他算账的消息?未卜"早已"先知,而且是"卷包",也就是带着大量银子逃跑?

尤二姐流产了。其他太医说,这个太医用了虎狼之药,现在尤二姐的元气伤了八九,得煎药、丸药同时用,且闲言闲事都不要听,才能好。贾琏把请胡庸医的人找来,打个半死。凤姐比贾琏还急十倍,说咱们命中无子,好容易有了一个,还遇见这样没本事的大夫。她在天地前烧香,祷告,愿意长病,只求尤二姐好了,再生男孩,愿吃长斋念佛。大家都称赞凤姐贤惠。

贾琏与秋桐在一块儿时,凤姐故意做汤做水送给尤二姐,且骂平儿,你看,我多病,怀不了男孩,你也怀不了。尤二姐现在孩子没了,都因我们没福,于是叫人算命打卦。算命先生显然也被王熙凤买通,马上算出来,尤二姐被属兔的人冲了。谁属兔?秋桐。王熙凤就"诚心诚意"劝秋桐,赶快出去躲躲吧!秋桐大骂:"我和他'井水不犯河水',怎么就冲了他!好个爱八哥儿,在外头什么人不见，偏来了就有人冲了。白眉赤脸，那里来的孩子？他不过指着哄我们那个棉花耳朵的爷罢了。纵有孩子，也不知姓张姓王。奶奶稀罕那杂种羔子，我不喜欢！老了谁不成？谁不会养！一年半载养一个，倒还是一点掺杂没有的呢！"尤二姐再次受到伤害是王熙凤挑动秋桐的结果。给尤二姐治病的太医说，尤二姐不能听闲言闲事，算命的恰好算出尤二姐是被属兔的人冲了，而贾琏院中，属兔的恰好是最擅长说闲言、造闲事的秋桐，于是，尤二姐的孩子不是贾琏的闲话出来了，向邢夫人和贾母告刁状的闲话也出来了。王熙凤向尤二姐射的连弩箭，又狠又准，还泡足了毒药！

秋桐跑到邢夫人那里进谗言，跑到贾母跟前说尤二姐如何不贤良，如何忌妒，跑到尤二姐窗下大哭大骂，尤二姐更添烦恼。到了晚上，贾琏在秋桐房间休息，凤姐已睡，平儿过来劝尤二姐好好养病，不要理那个畜生。尤二姐拉着平儿的手说，我到了这里，多亏姐姐照应，姐姐也因为我受了一些闲气。我只怕逃不出命来，只好来生报答你了。平儿走后，尤二姐想，我病成这样，孩子也打下来了，与其活着受这些气，不如一死。于是，尤二姐挣扎起来，找出块金子吞了下去。然后她赶忙把衣服穿戴整齐，上炕躺下，死去了。

尤二姐对自己遭受的迫害不仅一筹莫展，还满头雾水，像待宰的羔羊，流着悔恨而无奈的泪水，自己走进了屠场。

凤姐整死人还要装好人，假意哭道："狠心的妹妹！你怎么丢下我去了，辜负了我的心！"这样的表演有点儿过头。《三国演义》中诸葛亮三气周瑜，周瑜死了，诸葛亮又去吊孝，气死人还看出殡的。王熙凤害死尤二姐，还不让尤二姐出殡。贾琏找王熙凤要银子办丧礼，王熙凤推托自己身上有病，老太太嘱咐要忌讳产房、新房、停灵凶房。王熙凤又去大观园转了一圈，听了些闲话，这闲话是听的还是造的就不得而知了。王熙凤把这些话告诉贾母。贾母说："信他胡说，谁家痨病死的孩子不烧了一撒，也认真的开丧破土起来。既是二房一场，也是夫妻之分，停五七日抬出去，或一烧或乱葬地上埋了完事。"王熙凤太恶了，居然在贾母跟前给尤二姐造新病，把自杀的尤二姐说成因痨病而死，还要把尤二姐烧了。丫鬟来请凤姐，说二爷等着拿银子。凤姐对贾琏说："什么银子？家里近来艰难，你还不知道？咱们的月例，一月赶不上一月，鸡儿吃了过年粮。昨儿我把两个金项圈当了三百银子，你还做梦呢。这里还有二三十两银子，你要就拿去。"

袭人母亲死了，贾府赏了四十两银子。贾琏的妾死了，王熙凤只给二三十两。贾琏只好去开尤二姐的箱柜，从自己的小金库拿钱。结果打开一看，分文不剩，自己的体己银子没了，尤二姐的好衣服、好首饰也没了，只剩了些折簪烂花、半新不旧的绸绢衣服。王熙凤把贾琏的私房银子、尤二姐的首饰衣服都拿走了。

贾琏触景生情，将尤二姐的旧衣服包个包袱提着，要去烧。平儿偷偷把二百两碎银子交给贾琏，说，你要哭，在外面哭多少不行？跑到这儿来点灯。贾琏把尤二姐的一条裙子递给平儿说："这是他家常穿的，你好生替我收着，作个念心儿。"贾琏拿了银子和衣服，出去买棺材板，但二百两银子还是买不到好棺材板，他赊了五百两银子买副好棺材板，把尤二姐装殓了。

第六十九回回目叫《弄小巧用借剑杀人》。王熙凤确实处处用小巧：派一个来者不善的善姐去折磨尤二姐；挑唆秋桐辱骂尤二姐；买通胡庸医让尤二姐流产；买通了算命的说秋桐冲了尤二姐，惹来秋桐更加疯狂的辱骂；最后给尤二姐送葬时不给银子，还要说尤二姐是害痨病死的，让贾母发话，把她烧了。真真儿是赶尽杀绝。王熙凤太恶了，太狠了，怎么人死了还不放过？

王熙凤真的胜利了吗

　　世界文学作品中，写婚外情的名作有很多。法国作家福楼拜的《包法利夫人》，俄国作家托尔斯泰的《安娜·卡列尼娜》，都讲述了女性追求爱情幸福，红杏出墙，最后悲惨而死的故事。《红楼梦》二尤和这些名著里的女性有相通的地方，但因国情不同，又和这些名著里的女性有很大区别。福楼拜和托尔斯泰写的是资本主义社会女性和男性的争斗；而曹雪芹写的是封建社会女性之间的争斗，最后要对争斗负责的是那个不公平的社会。但尤二姐之死却主要叙述了凤姐如何制造尤二姐的不幸。尤二姐之死是一幅封建社会一夫一妻多妾制度下的惨烈图画。凤姐两面三刀，太毒辣，太凶狠，杀人不见血，因此尤二姐身上的不道德因素经常被读者忽略，凤姐就成了妒妇的典型。

　　王熙凤害死尤二姐，去了心腹大患，却由此带来诸多恶果。第一个恶果是她丢了平儿这个同盟军。贾琏偷娶尤二姐一事是平儿报告的。当凤姐迫害尤二姐时，平儿最清楚是怎么回事。根据多年和凤姐打交道的经验，平儿知道，凤姐两面三刀，会怎样向尤二姐射暗箭。尤二姐连饭都吃不饱，平儿就在大观园偷偷给她做东西吃。秋桐打小报告，凤姐骂平儿："人家养猫拿耗子，我的猫只倒咬鸡。"平儿明知道秋桐被凤姐挑唆，处处针对尤二姐，但是她不敢把矛头指向凤姐，只是劝尤二姐好好养病，不要理秋桐那个畜生。尤二姐感谢平儿对自己的照顾，平儿也说了真心话："想来都是我坑了你。我原是一片痴心，从没瞒他的话，既听见你在外头，岂有不告诉他的。谁知生出这些个事来。"平儿后悔把尤二姐在小花枝巷的事告诉王熙凤。从此,平儿对凤姐有了更清醒的认识。

凤姐对贾琏的二房赶尽杀绝,不能不叫平儿兔死狐悲,平儿不能不对王熙凤有所提防,估计以后平儿会渐渐和王熙凤拉开距离。她很可能从尤二姐的遭遇联想到自己之前莫名其妙挨的一顿打,她还能对王熙凤忠心耿耿吗?估计等贾琏和凤姐决裂,贾琏要休凤姐时,平儿不会再站到凤姐一边,特别是贾琏休掉凤姐后很有可能把平儿扶正。所以凤姐成功地剪除尤二姐的同时,也丢掉了她在荣国府最重要的同盟军平儿。

第二个恶果是贾琏怀疑尤二姐之死有猫腻。尤二姐死后,贾琏和贾蓉一起看尤二姐的遗体。看到尤二姐面色如生,比活着还美貌。贾琏心疼了,搂着大哭道:"奶奶,你死的不明,都是我坑了你。"贾琏对尤二姐可能还有点儿真情,他豁出去了,叫尤二姐"奶奶",混淆了"奶奶"和"姨奶奶"的界限,他也不怕谁向王熙凤打小报告了。贾琏猜测尤二姐死得不明,他这时只想到是自己坑了二姐。贾蓉劝贾琏不要太伤心。其实这个坏小子对他的姨娘、他的前情人也有感情,也心疼。他对凤姐的毒辣早有体会,忍不住向贾琏点出来。他说,我这个姨娘自己没福,一边说一边往南指着大观园的界墙,意思是凤姐把尤二姐赚进大观园时做了手脚。贾琏会意,悄悄跌脚说:"我忽略了,终久对出来,我替你报仇。"此时,贾琏对凤姐起了疑心。贾蓉在凤姐大闹宁国府时吃了亏,又自打嘴巴又磕头求饶,很不舒服,将来这对坏包可能会联手行动,查清尤二姐之死的真相。

第三个恶果是王熙凤授人以柄。她不择手段害死尤二姐留下的蛛丝马迹太多。张华掌握着凤姐制造假案的证据;旺儿掌握着王熙凤从讯家童到诱骗尤二姐进府的证据；秋桐掌握着凤姐挑唆她和尤二姐作对的证据。贾珍、贾蓉、王信、庆儿掌握着凤姐和察院来往的证据。将来一旦尤二姐之死真相大白，墙倒众人推，若凤姐的把柄接二连三落到贾琏手里，贾琏再跟她来个秋后总算账，那个时候，王熙凤想哭都找不到坟头了。

《桃花行》和柳絮词

——第七十回　林黛玉重建桃花社　史湘云偶填柳絮词

第六十九回结束了尤二姐之死的故事，第七十回又回到了大观园诗意化生活的描写。林黛玉的《桃花行》得到大观园姐妹的称赞，把海棠社改作桃花社。林黛玉是社主，重新恢复诗社活动。史湘云看到晚春柳花飘飘，填首《如梦令》小词，引起大家兴趣。林黛玉规定以柳絮为题大家写小令。

第七十回开头贾琏在梨香院给尤二姐伴宿，七天七夜做佛事。贾母吩咐不能将尤二姐送到家庙，贾琏只好把尤二姐埋葬在尤三姐旁边。王熙凤最终完成驱逐尤二姐的大工程，死了也不让你进贾家的祖坟。

帘中人比桃花瘦

凤姐病了，探春理家，接着过年过节，诗社一直没有活动。到了春天，贾宝玉心情特别不好，因为"冷遁了柳湘莲，剑刎了尤小妹，金逝了尤二姐，气病了柳五儿，连连接接，闲愁胡恨，一重不了一重添"。曹雪芹用非常简练的语言归结了贾宝玉周围发生的不幸事件，这些都是贾府花花公子给他人带来的不幸，给贾府带来不祥。这些事哪一件和贾宝玉有利害关系？一件也没有，尤二姐之死更是跟贾宝玉八竿子打不着，但贾宝玉被弄得情色若痴，语言常乱，病了一样。这正是《红楼梦》男一号的个性特点"情不情"。鲁迅先生曾说，《红楼梦》"悲凉之雾，遍被华林"，看来感受最深的就是贾宝玉了。

怡红院的丫鬟们，还是在那儿咭咭呱呱闹着玩，宝玉也参与到她们"抓痒"的游戏中，似乎又回到了孩童时代，借着跟女孩子们又笑又闹，暂时抛却烦恼。湘云打发了翠缕来，说请宝二爷快去看诗去。正值初春时节，桃花开放。史湘云、贾宝玉看的，是一首《桃花行》：

> 桃花帘外东风软，桃花帘内晨妆懒。
> 帘外桃花帘内人，人与桃花隔不远。
> 东风有意揭帘栊，花欲窥人帘不卷。
> 桃花帘外开仍旧，帘中人比桃花瘦。
> 花解怜人花也愁，隔帘消息风吹透。
> 风透湘帘花满庭，庭前春色倍伤情。
> 闲苔院落门空掩，斜日栏杆人自凭。
> 凭栏人向东风泣，茜裙偷傍桃花立。
> 桃花桃叶乱纷纷，花绽新红叶凝碧。
> 雾裹烟封一万株，烘楼照壁红模糊。
> 天机烧破鸳鸯锦，春酣欲醒移珊枕。
> 侍女金盆进水来，香泉影蘸胭脂冷。
> 胭脂鲜艳何相类，花之颜色人之泪，
> 若将人泪比桃花，泪自长流花自媚。

泪眼观花泪易干，泪干春尽花憔悴。

憔悴花遮憔悴人，花飞人倦易黄昏。

一声杜宇春归尽，寂寞帘栊空月痕！

　　湘云不说谁是作者，宝玉也猜出来了。宝琴故意说是她写的，宝玉说，我相信你你绝对不会写这样的诗，你比不得林妹妹，她曾经离丧，才会作此哀音。贾宝玉说得不错，《桃花行》是一曲哀音，而且是比《葬花吟》更萧瑟、凄凉的哀音。吟《葬花吟》的林黛玉，仅仅感受到了"风刀霜剑严相逼"，用落花来比喻自己的命运。此时她的泪快干了，把自己和落红成阵的桃花完全融为一体。红颜薄命，好花易落，憔悴人花俱归黄土。

　　《桃花行》是歌行，唐代很流行。桃花盛开，而观赏桃花的帘中人，比桃花还瘦，这是借用李清照的《醉花阴》："莫道不销魂，帘卷西风，人比黄花瘦。"为什么瘦？因为愁，越是花开满庭，越是满园春色，越是非常悲伤。诗人看到的是千万株桃花盛开，花红像火，像红色的烟雾，显得帘内人更加寂寞。《桃花行》用花比人，用花的命运推演人的命运，人像花一样薄命。结句"一声杜宇春归尽"，什么意思？杜鹃在叫"不如归去！不如归去！"，意思是，林黛玉要归去了，正像诗中写的"泪眼观花泪易干"，林黛玉的眼泪快要流干了，还泪的宿命快要完成了。

　　大家都称赞这首诗写得好，决定明天三月初二再起诗社，把海棠社改为桃花社，林黛玉是社主。林黛玉要大家作桃花诗一百韵。薛宝钗说使不得，桃花诗向来最多，作多了落俗套，比不得你这首古风。

　　第二天是探春生日，社起不了，因此改到初五。贾政的家信到了，说大概六七月份回家，贾宝玉得小心爹来查问功课了。他还没什么表示，袭人已劝他，把心收一收，把书理一理，贾宝玉说还早。袭人说，书是第一件，字是第二件，你写的那些字在哪里？贾宝玉说我平时写了一些字。袭人说我都给你收起来了，总共五六十篇，三四年就这么几张字行吗？

根据袭人的话来看，贾政走了三四年，但不要把曹雪芹的话当真。大观园春天过完过秋天，秋天过去赏雪，赏完雪再看桃花。根据大观园的描写，贾政并没有走那么长时间，姑妄听之吧。如果完全相信贾政走了"三四年"的话，刘姥姥走后，林黛玉十五岁，过了一段时间贾政才做学政，再过上四年，林黛玉岂不成了将近二十岁的"老姑娘"了？但在曹雪芹的构思中，林黛玉一直停留在十五岁，再也不长了。

听说父亲要回来，贾宝玉赶快临阵磨枪，早上起来研好墨写字。贾母听了很高兴。王夫人比较了解他，说临阵磨枪有什么用，这会儿着急，天天写，天天念。这么一赶又赶出病来了。探春和宝钗都笑说，不要着急，念书我们替不了，写字却替得，我们每天写篇字，帮他凑上就行。贾母听说她们俩能帮宝贝孙子写字，喜之不尽。

当宝玉需要很多字交差时，探春和宝钗表示替他写，黛玉虽不表态，却做得比她们都要多。她们每天临篇楷书给宝玉，宝玉也加班加点写，到三月下旬，凑起来好多，再有五十篇字就能蒙混过关。一日，紫鹃走来，送卷东西给宝玉，宝玉拆开一看，是一色老油竹纸上临的钟王蝇头小楷，字迹与自己的十分相似。那时人们练字用透明的纸蒙在古人的书法上照着描。林黛玉用老油竹纸蒙在钟繇和王羲之的小楷上描，点点画画来模仿宝玉的字迹。可见黛玉对宝玉琢磨得太透彻，照顾细致。

贾宝玉特别高兴，先给紫鹃作揖，又亲自去给林妹妹道谢。这样宝玉的字就凑够数了。忽然又来消息，近海处发生了海啸，皇帝叫贾政顺路查看，年底才能回来。临阵磨枪的贾宝玉又放下心来。

柳絮词彰显人物命运

史湘云看到柳花飞舞，写《如梦令》："岂是绣绒残吐，卷起半帘香雾，纤手自拈来，空使鹃啼燕妒。且住，且住！莫使春光别去。"小令写柳絮离开枝子，形成香雾，它们占得春光，使春鸟妒忌。春天要离开，美好的时光要结束。且住，莫放春光离去。湘云很得意，其实，这小令不恰好是她的命运启示吗？湘云叫宝钗看，叫黛玉看。黛玉说新鲜有趣。湘云说，我们这几社都没有填词，明日干吗不起社填词，岂不新鲜？

黛玉说，那就请大家都来填词！她选出几个调，以柳絮为题填词。众人先看了史湘云的，称赞了一会儿，宝玉说："这词上我们平常，少不得也要胡诌起来。"宝钗拈得了《临江仙》，黛玉拈得了《唐多令》，紫鹃点上一支梦甜香，叫大家思考。探春先写出半首《南柯子》，"空挂纤纤缕，徒垂络络丝，也难绾系也难羁，一任东西南北各分离"。柳条很难挽住柳絮，只能叫柳絮东西南北到处乱飘，这半阕词也预示了探春将来的命运，照应了《红楼梦曲》的《分骨肉》："从今分两地，各自保平安，奴去也，莫牵连。"她只作了半首，李纨说，挺好，怎么不续上。宝玉见香烧完了，自己还没写出来，就替她续上："落去君休惜，飞来我自知。莺愁蝶倦晚芳时，纵是明春再见隔年期！"大多数红学家认为，宝玉续上的半阕预示了他将来要在外逃难，将近一年后回家时，林黛玉已经去世。

大家笑贾宝玉，正经你分内的没有填出来，这不能算。大家又看黛玉的《唐多令》："粉堕百花洲，香残燕子楼。一团团逐对成球。飘泊亦如人命薄，空缱绻，说风流。　　草木也知愁，韶华竟白头！叹今生谁舍谁收？嫁与东风春不管，凭尔去，忍淹留。"

《唐多令》写不忍心看到柳絮总在外面漂泊、总无家可归的心情。这也暗示，林黛玉自幼父母双亡，无家可归。这首词的最后一句是，你跟着东风走了，春光也不管，任凭你四处飘散，怎么忍心使你长久流离？林黛玉在这首词中用了些典故。"百花洲"在姑苏，而林黛玉是姑苏人。"燕子楼"也在姑苏，唐朝名妓关盼盼是工部尚书张愔的妾，张愔死后，关盼盼独居燕子楼数年，白居易曾据此写过《燕子楼三首》。用百花洲、燕子楼做典故都是说孤独悲愁，像苏轼写的《永遇乐·彭城夜宿燕子楼》中"燕子楼空，佳人何在，空锁楼中燕"，也抒发了这样的情绪。大家看了，点头感叹，这首词太悲了，好当然是很好的。

宝琴的《西江月》："汉苑零星有限，隋堤点缀无穷。三春事业付东风，明月梅花一梦。　　几处落红庭院，谁家香雪帘栊？江南江北一般同，偏是离人恨重！"

这词也很悲哀，也写了离人和怨恨。这首词也用了典故，"汉苑零星"也是有典故的。汉代皇家园林曲江池边常种柳树，但汉代此处柳树的规模不如隋代堤坝柳树的规模大，故曰"有限"。古人喜欢折柳赠别，这首词也隐喻人的分离和不幸，就像苏轼的《水龙吟·次韵章质夫杨花词》写的："细看来，不是杨花，点点是离人泪。"有红学家据这首词推测，宝琴本来许嫁梅翰林的儿子，看来她的这段姻缘也要付于东风，像梅花一梦。

宝钗说，我想柳絮原来是一件"轻薄无根无绊的东西"，可我偏要把它说好，才不落俗套。我先作了一首，不过未必合你们的意。大家说，你先不要谦虚，我们看看你写的是什么样。她写的《临江仙》："白玉堂前春解舞，东风卷得均匀。"刚刚念了这两句，湘云先说："好一个'东风卷得均匀'！这一句就出人之上了。"这个"白玉堂前春解舞，东风卷得均匀"，确实把刚才从史湘云到探春、宝玉、黛玉、宝琴等人的悲怆语气纠正过来。她说柳花被春风吹起，翩翩起舞，这样就有乐观的情调了。接着写："蜂团蝶阵乱纷纷。几曾随逝水，岂必委芳尘。"把刚才那些人的悲哀纠正过来，柳絮哪儿随着逝水走了，哪儿委芳尘了？下阕更加昂扬："万缕千丝终不改，任他随聚随分。韶华休笑本无根，好风频借力，送我上青云！"薛宝钗太了不得。柳絮随着风一会儿飘到这里，一会飘儿到那里，忽聚忽散，柳树的柳条仍然飘拂。但是春光中的柳絮，本来就没有根，只要有一定条件，有了风力，它也能飘到青云之上。这首词特别符合薛宝钗的身份，雍容典雅，又昂扬向上。大家说："果然翻得好气力，自然是这首为尊。缠绵悲戚，让潇湘妃子；情致妩媚，却是枕霞；小薛与蕉客今日落第，要受罚的。"宝琴说我们当然会受罚，但交白卷的呢，又要怎么罚呢？谁交白卷？贾宝玉。李纨说，不要忙，定要重重罚他。

跟姐姐妹妹一起写诗填词联句，贾宝玉受罚成了常态。贾宝玉之前受罚，王熙凤罚他把大家的地扫一遍，李纨罚他找妙玉要梅花，现在怎么罚？不太好写了吧？也好办，马上给一声响就截住了。

风筝飞走，众人离散

大家如何罚宝玉的话还没说完，窗外竹子上一声响，把大家吓了一跳。众人出去一看，一个大蝴蝶风筝挂在竹梢上了。宝玉说我认得这风筝，这是大老爷那边嫣红姑娘的。没有贾宝玉不知道的事，他伯父贾赦花八百两银子买的小妾有什么样的风筝，贾宝玉都知道。宝玉说要拿下来给她送回去。紫鹃要拿起来。探春说，你拾别人飞走的风筝也不忌讳。当时的风俗是，放风筝是把自己身上的晦气放走。黛玉说，对呀，没准这是谁放的晦气，丢了吧，把咱们的也拿出来放放。

小丫头们贪玩，七手八脚忙拿出风筝来。宝琴评论，她们拿来的美人风筝不如三姐姐那软翅子大凤凰好。这里又点了一句，软翅子大凤凰得飞走，探春得远嫁。宝钗说，你们去把你们的拿来放放。探春的丫鬟笑嘻嘻回去拿，宝玉也派人回去拿昨天赖大娘送的大鱼风筝来放。小丫头去说，你那个大鱼昨天叫晴雯放走了。宝玉说，我还没放呢。算了，我还有个大螃蟹，拿来放了。小丫头又去了，一会儿扛个美人来，告诉宝玉，袭人姐姐说，昨天那螃蟹给三爷了。这些极其微不足道的事，都非常好玩，螃蟹就得给满地乱爬的贾环。美人是林之孝家的送的。宝玉看着很精致，说就放这个吧。

宝琴的风筝是大红蝙蝠，宝钗的风筝是连着的七个大雁，都放得高高的。有红学家据此考证，薛宝钗放的风筝是七个大雁，大雁是管传信的，是不是贾宝玉出家后，薛宝钗总想得到点儿消息？

别人的风筝都放起来了，就宝玉的美人放不起来。宝玉说丫头不会放，自己放，可还是放不起来。他急得头上直出汗，把风筝扔到地上，说："若不是个美人，我一顿脚踩个稀烂。"黛玉忽然懂行，说是风筝的顶线不好，拿出去换了就好了。众人都放风筝，连身体虚弱的黛玉也用手帕垫着手放风筝。最后众人剪断风筝线，把晦气全都放走了。

林黛玉建桃花社，史湘云填柳絮词。桃花社起因是林黛玉悲怆无比的《桃花行》，悲剧气氛远远超过《葬花吟》。史湘云偶填柳絮词，引起林黛玉更加悲情的《唐多令》。最后大家的风筝全都飞走、离散。《红楼梦》不断用人世间的普通事物来暗示人物的命运——他们一个一个将来都要离散。

秋后算账和偶然巧遇

——第七十一回　嫌隙人有心生嫌隙　鸳鸯女无意遇鸳鸯

"嫌隙人"指邢夫人，"鸳鸯女"指金鸳鸯。邢夫人早就对王熙凤心怀怨恨，鸳鸯抗婚之事给邢夫人留下深深的创伤，她把这事全算到王熙凤头上，贾赦还找机会把贾琏捧了一顿。邢夫人终于在贾母八十大寿时，找到机会当众让王熙凤没脸面。鸳鸯抗婚的主角鸳鸯到大观园传达老太太的话，晚上回来在山石隐蔽处无意中撞见在这儿幽会的司棋和潘又安。这对野鸳鸯的事被鸳鸯撞破，给抄检大观园埋下伏笔。

第七十一回开头写贾政回家。贾政在外待了几年，回到家很高兴，每天看书、下棋、吃酒，母子、夫妻共叙天伦之乐，似乎不怎么管教贾宝玉了。

八月初三是贾母的八十大寿。读者可能与我上大学时一样困惑，《红楼梦》中的人物年龄总对不上。第三十九回刘姥姥和贾母见面，刘姥姥七十五岁，贾母说比我大好几岁，我们算大两岁，当时贾母七十三岁，现在八十岁，那就是过了七年。当时十五岁的林黛玉现在应该二十二岁，薛宝钗应该二十四岁，贾宝玉应该二十三岁。其实，按薛蟠进府后闹学堂、贾瑞之死、秦可卿之丧等事件推算，刘姥姥进大观园时，宝钗已十九岁，贾母八十大寿时，宝钗应该二十六岁，宝玉二十五岁，黛玉二十四岁。贵族家庭这么大的姑娘小伙居然还不婚嫁，订婚七八年的史湘云也不出阁，早就准备到京城嫁人的薛宝琴也仍然留在大观园？按照《红楼梦》的描写，史太君两宴大观园后七年，大观园的姑娘和宝玉的岁数都没见长！《红楼梦》增删五次，人物年龄往往对不上。这是很多红学家研究多年都解决不了的问题。我们不必像阅读推理小说那样去推具体的时序。曹雪芹怎么写，我们就怎么欣赏吧！

隆重祥和的八十大寿

贾母的八十大寿，从七月二十八日到八月初五，在荣国府和宁国府两处开宴。宁国府请官客，荣国府请堂客。大观园收拾出几个大地方给客人临时休息用。二十八日请皇亲、驸马、王公、公主、郡主、王妃、国君、太君、夫人等，二十九日请阁下、都府、督镇及诰命等，三十日请诸官长及诰命并远近亲友及堂客。这三天接待外来的客人。初一到初五是贾府自己人的聚会，初一是贾赦的家宴，初二是贾政的家宴，初三是贾珍和贾琏的家宴，初四是贾府家族的家宴。初五是管家赖大和林之孝等下人共凑一日。初三摆家宴的贾珍、贾琏是玉字辈，这里没有贾宝玉，看来贾宝玉仍然被看作孩子。《红楼梦》里的贾宝玉一直长不大。

从七月上旬，送寿礼的人就络绎不绝。礼部奉旨钦赐金玉如意一柄，彩缎四端，金玉环四个，帑银五百两，这些是皇帝给的。元春又命太监送出金寿星、沉香拐、伽南珠、福寿香、金锭、银锭、彩缎、玉杯。亲王、驸马、大小文武官员之家，凡有来往的都要送礼。所送的礼，一开始还摆上叫贾母过目。贾母看了一两天后，说叫凤丫头收了以后我再看。王熙凤只大围屏就收了十二架，有的上面绘"满床笏"，有的上面是"百寿图"。

贾府的宝塔尖过八十大寿，气氛应该非常喜庆、隆重、祥和，但在曹雪芹的描写中，总有种凄凉之气。来拜寿的南安太妃和北静王妃坐了没多久，南安太妃就说身上不舒服，告辞了。北静王妃坐了坐也告辞了，对贺寿的事并不积极。太妃和王妃来后要见小姐们，贾母让五朵金花出场：黛玉、湘云、宝钗、宝琴、探春。本府姑娘贾母只叫了探春出来，看来贾母认为，只有探春跟那四个姑娘差不多。迎春受到冷遇，邢夫人的心理受到伤害。

荣府仆妇冷遇尤氏

贾母八十大寿，尤氏白天招待客人，晚上住在李纨房间。这天晚上，尤氏服侍贾母吃完饭后，贾母乏了要休息，尤氏便退出来要到凤姐房里吃饭。但凤姐顾不上吃饭，仍在收礼。尤氏问平儿，你们奶奶吃饭了吗？平儿说，她吃饭还能不请你？尤氏说，我到别的地方找吃的吧，饿得我受不了了！

尤氏到了大观园，园子的正门和角门都没关，挂着各种彩灯。尤氏命小丫头叫值班女人过来。丫鬟去班房看，连个人影都没有。尤氏要传管家女人来。丫头去，看到二门外鹿顶内议事取齐的地方，有两个婆子在分东西。丫鬟说东府奶奶立等一位奶奶问话。婆子听说是东府奶奶，就不放到心上，只管分东西，还说管家奶奶们才散了。小丫头让她们去传，婆子说，我们只管看房子，不管传人，你找别人传去。小丫头挖苦说："怎么你们不传去？你哄那新来了的，怎么哄起我来了！素日你们不传谁传去！这会子打听了体己信儿，或是赏了那位管家奶奶的东西，你们争着狗颠儿似的传去的，不知谁是谁呢。"婆子说："扯你的臊！我们的事，传不传不与你相干！……你那老子娘在那边管家爷们跟前比我们还更会溜呢。……各家门，另家户，你有本事，排场你们那边人去。我们这边，你们还早些呢！"这两个婆子的意思是，你是宁国府的，荣国府你管不着。丫头气白了脸，回去给尤氏回话。尤氏很生气，两个姑子劝她，奶奶你素日宽宏大量，今日老祖宗过生日，你要生气，别人会议论你。宝琴和湘云也笑着劝她，尤氏表示，若不是老太太千秋，我肯定不依，先放着她们吧！袭人已另派了一个丫头找人去，可巧遇到周瑞家的。周瑞家的问小丫头干什么去？小丫头把事告诉了她。

　　周瑞家的在小说里已出来好多次，刘姥姥是她引来的，宫花是她送的，王熙凤奇袭小花枝巷也带着她去。周瑞家的虽然不管事，但因为是王夫人陪房，仍有些体面。她心性乖滑，各处献殷勤讨好。她听了这话，就跑进怡红院，说："气坏了奶奶了，可了不得！我们家里，如今惯的太不堪了。偏生我不在跟前，若在跟前，且打给他们几个耳刮子，再等过了这几日算帐。"尤氏把这事告诉她，周瑞家的说："奶奶不要生气，等过了事，我告诉管事的，打他个臭死。只问他们，谁叫他们说这'各家门各家户'的话！"周瑞家的不是表示过了老太太生日再处理吗？她出去就找凤姐汇报，还给凤姐出了主意。她说这两个婆子"时常我们和他说话，都似狠虫一般。奶奶若不戒饬，大奶奶脸上过不去"，挑唆凤姐教训她们。凤姐比较清醒，说先记上她们的名字，过了这几天，捆了送到那府里让尤氏处理。

周瑞家的挟私报复，假传圣旨

这个处理很得当，不要在老太太生日打人、训人。而周瑞家的向来和这两个人不和睦。她自作主张，叫个小厮到林之孝家传凤姐的话，叫林之孝家的进来见大奶奶，传人立刻捆起两个婆子，交到马圈派人看守。林之孝家的坐着车进来想见凤姐，丫头告诉她，琏二奶奶睡下了，你去见大奶奶。林之孝家的来见李纨。尤氏听到她来了，过意不去，说："我不过为找人找不着因问你，你既去了，也不是什么大事，谁又把你叫进来？"就让林之孝家的走了。她走到侧门，有两个女孩哭哭啼啼找她求情，这两个女孩就是被周瑞家的下令捆起来的两个婆子的女儿。

林之孝家的先是说："你这孩子好糊涂，谁叫你娘吃酒混说了，惹出事来，连我也不知道。二奶奶打发人捆他，连我还有不是呢。我替谁讨情去？"两个小丫头才七八岁，一个劲儿哭，缠得林之孝家的没法了，就说："糊涂东西！你放着门路不去，却缠我来。你姐姐现给了那边太太作陪房费大娘的儿子，你走过去告诉你姐姐，叫亲家娘和太太一说，什么完不了的事！"林之孝家的深谙贾府"网络"，教小女孩的办法果然有效，却把王熙凤在贾母大寿期间捆人的"把柄"交到邢夫人手里了。

邢夫人向王熙凤挥来一记闷棍

小丫头告诉她姐姐，她姐姐告诉了费婆子。费婆子是邢夫人的陪房。邢夫人是荣国府长房，但不能掌管大权，本来就一肚子气，眼看儿媳妇成了王夫人的左膀右臂，二人联手在荣国府呼风唤雨，在贾母跟前得势得宠，邢夫人气就不打一处来。她替贾赦找贾母讨鸳鸯，人没要到脸丢尽。邢夫人其人，用山东俗话说就是，跑了老婆怨四邻。凡出了事，不从自己身上找原因，反而迁怒他人。自己在婆婆跟前丢人现眼，却认为是凤姐不帮忙造成的。这次贾母八十大寿，南安太妃要见贾府的姑娘。贾母只叫了探春和黛玉、湘云、宝钗姐妹出来，把邢夫人的女儿迎春视若无有。迎春嫡母邢夫人脸上自觉无光，心中怨愤，但她不敢对贾母表示不满。邢夫人周围的管家奶奶和陪房，本就对王夫人那边的人得势很不高兴，凡贾政那边有些体面的人，这边皆虎视眈眈。这帮唯恐天下不乱的人经常在邢夫人跟前告凤姐的状，说凤姐只哄着老太太喜欢，作威作福，辖制琏二爷，挑唆二太太，不把这边的正经太太放在心上，还说老太太不喜欢太太，都是二太太和琏二奶奶挑唆。这些每天吹向邢夫人耳边的谄风，把本来就昏头昏脑的邢夫人吹得更厌恶凤姐了。邢夫人欺软怕硬，凤姐本来刚硬，但她在邢夫人跟前没法硬起来，这是宗法制度决定的。因为邢夫人是婆婆，就算她再懦弱再糊涂，都有权对凤姐说"不"，甚至让儿子休掉凤姐。凤姐再刚硬，却不能不在邢夫人跟前服软。

费婆子把自己亲家怎么被凤姐下令捆起来的事报告给邢夫人。邢夫人正想找凤姐的碴儿，次日就在众人面前故意赔笑向凤姐求情："我听见昨儿晚上二奶奶生气，打发周管家的娘子捆了两个老婆子，可也不知犯了什么罪。论理我不该讨情，我想老太太好日子，发狠的还舍钱舍米，周贫济老，咱们家先倒折磨起老人家来了。不看我的脸，权且看老太太，竟放了他们罢。"邢夫人不是很愚蠢吗？但这次嫌隙人有心生嫌隙，需要作恶时，她却做得非常聪明。这番当众求情就非常毒辣，她的毒辣体现在五个方面。

第一，邢夫人是凤姐的婆婆，正头香主，她还用向凤姐求情？她下个命令，凤姐应该马上执行。但邢夫人不发令，她求情是以求情为由，在贾府大造凤姐不孝公婆、目无婆母的舆论。所谓求情，其实是邢夫人冷不防向凤姐当众抢起的大闷棍。邢夫人求情还要赔笑，口称"二奶奶"。贾母和王夫人叫凤姐什么？凤丫头。下人才叫二奶奶。而她的婆婆口称"二奶奶"，这就给人造成凤姐在婆婆跟前张狂得不得了的印象，连她的婆婆和她说话都得赔笑，都得叫她"奶奶"。

第二，邢夫人指责王熙凤作威作福，她不说婆子有错，应该惩罚，她说的是二奶奶生气捆了婆子。

第三，邢夫人故意拿贾母的八十大寿说事，话外有音——你王熙凤不尊重贾母，也不继承贾母惜老怜贫的传统。这就更毒辣了。

第四，邢夫人对凤姐说这话时，并不当着贾母。因为贾母是凤姐的护身符。贾母一开口，邢夫人就没威风了。而且贾母绝顶聪明，邢夫人尾巴一翘，她就知道她要做什么。

第五，邢夫人对凤姐求情，必须要有很多人在场。因为求情不是她的目的，大造舆论让王熙凤没脸面，才是她的目的。

一向伶牙俐齿的王熙凤听了邢夫人这番话，"又羞又气，一时抓寻不着头脑，憋得脸紫涨"。这可是王熙凤少有的表情。聪明过人的王熙凤做梦也想不到，自己的婆婆处心积虑要当众让儿媳妇没脸面。更绝的是，邢夫人不给王熙凤解释的机会，说完上车就走，把王熙凤撂在那儿。王熙凤还得接受王夫人的责问，王夫人说，你太太说得对，老太太千秋要紧，放了她们为是。王夫人下令，把那两个婆子放了。王夫人难道愚蠢到不知道邢夫人不是单纯对着凤姐，实际上是对着自己？凤姐越想越难受，灰心悲痛，回房哭了起来。幸好她受委屈这事让贾母知道了。贾母说:"这是大太太素日没好气,不敢发作,所以今儿拿着这个作法子,明是当着众人给凤儿没脸罢了。"老太太护着王熙凤,这番话肯定会传到凤姐的耳朵里,但邢夫人对王熙凤的伤害已经造成。王熙凤有贾母护法,这个"护法"现在过八十大寿了,她还能保护王熙凤多长时间?耐人寻味的是,邢夫人对付王熙凤,初战告捷,还会"宜将剩勇追穷寇"。接着她又给王熙凤一记更厉害的闷棍——抓住傻大姐捡到的绣春囊大做文章,问罪管理荣国府的王熙凤和她背后的王夫人。

鸳鸯撞散野鸳鸯

寿宴第二日看戏时,贾母看到族里来了喜鸾和四姐两个小女孩,模样长得好,说话行事与众不同。贾母很喜欢,便把她们两人叫来坐自己榻前,并留下两个女孩到大观园玩两日。贾母后来又嘱咐说,我们家这些人,男男女女都是"一个富贵心,两只体面眼",未必把这两个小女孩放在眼里,有人小看了她们,我听见可不饶。她要一个婆子去传达她的命令,鸳鸯说,我去说吧,他们这些人哪里肯听一个老婆子的话?

鸳鸯到了稻香村,李纨和尤氏都在三姑娘那儿。鸳鸯找到探春处,尤氏听到鸳鸯讲的老太太这番话,就说:"老太太也太想的到,实在我们年轻力壮的人捆上十个也赶不上。"李纨说:"凤丫头仗着鬼聪明儿,还离脚踪儿不远。咱们是不能的了。"鸳鸯说:"罢哟,还提'凤丫头''虎丫头'呢,他也可怜见儿的。虽然这几年没有在老太太、太太跟前有个错缝儿,暗里也不知得罪了多少人。总而言之,为人是难作的:若太老实了没有个机变,公婆又嫌太老实了,家里人也不怕；若有些机变，未免又治一经损一经。如今咱们家里更好，新出来的这些底下奴字号的奶奶们，一个个心满意足，都不知要怎么样才好，少有不得意，不是背地里咬舌根，就是挑三窝四的。我怕老太太生气，一点儿也不肯说。不然我告诉出来，大家别过太平日子。"

鸳鸯这番话说明，在贾母八十大寿的日子里，寿宴那样隆重，那样排场，似乎也比较欢乐，但实际上到处是矛盾，是争斗。探春感叹："我说倒不如小人家人少，虽然寒素些，倒是欢天喜地，大家快乐。我们这样人家人多，外头看着我们不知千金万金小姐何等快乐，殊不知我们这里说不出来的烦难，更利害。"探春说这番话，可能联想到了自己的身世，她是庶出，赵姨娘不断出事，她经常感到郁闷。

宝玉发了一番似乎有些虚无的理论，我能和姐妹们过一天是一天，死了就完了，什么后事不后事的，我才不管。贾宝玉这种思想是反传统，还是颓废，红学家一直争论不休。

贾母八十大寿，表面上隆重祥和，实际上内部矛盾重重、管理混乱，鸳鸯、探春、宝玉三人的话，从不同角度，说明了贾府危机四伏、日暮途穷。

鸳鸯传达完贾母的命令，要回贾母身边，大观园的园门还没关。鸳鸯自己走，连灯笼也没有打。她脚步轻，走到山石那里，偏偏要方便一下。鸳鸯找到个大桂树底下，刚转过去，就听到一阵衣衫响。她吓了一跳，一看，原来有两个人在那里，其中有个穿红裙子的高个女孩是迎春房里的司棋。鸳鸯以为她和别的女孩也在这里方便，看到自己来了，故意藏起来吓唬自己，就笑着说："司棋，你不快出来，吓着我，我就喊起来当贼拿了。这么大丫头了，没个黑家白日的只是玩不够。"她和司棋开玩笑，没想到，司棋以为鸳鸯已发现她在干什么，忙跑出来拉住鸳鸯，双膝跪下："好姐姐，千万别嚷！"鸳鸯问："这是怎么说？"赶忙拉司棋起来，司棋满脸红胀，流下泪来。鸳鸯再一想，和她一块儿的不是女孩，像个小厮，心里便猜着八九，原来是司棋和情人在幽会！鸳鸯悄悄问："那个是谁？"司棋复又跪下说是我的姑舅兄弟，鸳鸯啐了一口道："要死。"司棋回过头来说："你不用藏着，姐姐已看见了，快出来磕头。"那个小厮出来，磕头如捣蒜。鸳鸯忙要走，司棋拉住："我们的性命，都在姐姐身上，只求姐姐超生要紧！"鸳鸯说："你放心，我横竖不告诉一个人就是了。"

鸳鸯无意中撞见司棋和表兄弟幽会，埋下傻大姐捡到绣春囊的伏线。绣春囊是司棋和表兄弟的信物，日后会成为抄检大观园的引子。此时，无人知道，更大的风波正向大观园儿女袭来。

贾府衰败，凤姐途穷

——第七十二回　王熙凤恃强羞说病　来旺妇倚势霸成亲

王熙凤身体越来越不好，小产后身体没恢复，又继续管家，惹了一些气，已造成崩漏之症，但她讳疾忌医。女仆来旺媳妇仗着王熙凤的权势，要给不成器的儿子娶王夫人的丫头彩霞。彩霞不愿意，希望赵姨娘向贾政求情，但最终没有结果。

鸳鸯安慰司棋

第七十一回结束，鸳鸯在大观园撞上对野鸳鸯，出园后，心还突突跳。她觉得这事太重大了，奸盗相连，关系人命，反正和自己没关系，索性藏到心里不说。她从此晚上不再到大观园来。司棋和姑表兄弟青梅竹马，戏言不娶不嫁。两人长大后，司棋被卖到贾府，回家的两人仍眉来眼去。趁着大观园混乱，司棋买通看门婆子，两人幽会，没想到被鸳鸯撞散。

第二天，司棋跟迎春见贾母，看到鸳鸯，她脸上一会儿红一会儿白，心怀鬼胎，神情恍惚了两天。一日晚间，有婆子告诉她，你姑表兄弟逃跑了。司棋气个倒仰。男子汉大丈夫，出了事一点儿担当没有！闹出事来也该死到一块儿，可他竟然跑了。担忧外加生气，司棋渐生大病。

鸳鸯听说那边无故走了个小厮，司棋又病重要挪出去。她想，司棋肯定怕我说出来，于是专门去看司棋，把别人支出去。鸳鸯发誓说："我告诉一个人，立刻现死现报！你只管放心养病，别白糟蹋了小命儿。"司棋拉着鸳鸯哭，说："咱们从小儿耳鬓厮磨……你若果然不告诉一个人，你就是我的亲娘一样！从此后我活一日是你给我一日，我的病好之后，把你立个长生牌位，我天天焚香礼拜，保佑你一生福寿双全。我若死了时，变驴变狗报答你。"司棋又说了些俗话，像"千里搭长棚，没有不散的筵席"。这话，小红已对怡红院的小丫鬟说过。司棋把鸳鸯说得心酸，也哭了，鸳鸯表示，我不会告诉别人，我何苦坏了你的声名白去献殷勤？而且这事我也不好开口和人说。你放心好好养病，以后不要再胡行乱作！

不管司棋还是鸳鸯都想象不到，司棋和表弟幽会造成的后果，是整个伊甸园崩塌。

雪山崩和血山崩

鸳鸯安慰司棋一番才出来，她知道贾琏不在家，想到这几天凤姐神色倦怠，不像以前那般神采奕奕，就想去看看凤姐。到了凤姐院里，平儿迎出来，悄悄地说，二奶奶刚吃了口饭，在午睡，你上这边来坐。平儿领着鸳鸯到东边的房子坐下。鸳鸯悄悄问："你奶奶这两日是怎么了？我看他懒懒的。"平儿说："他这懒懒的也不止今日了，这有一月之前便是这样。又兼这几日忙乱了几天，又受了些闲气，从新又勾起来。这两日比先又添了些病。"鸳鸯说得请大夫。平儿说："我的姐姐，你还不知道他的脾气的，别说请大夫来吃药。我看不过，白问了一声身上觉怎么样，他就动了气，反说我咒他病了。饶这样，天天还是察三访四，自己再不肯看破些且养身子。"平儿又说我看她也不是什么小病！往前凑了凑，跟鸳鸯耳语："只从上月行了经之后，这一个月竟沥沥淅淅的没有止住。这可是大病不是？"鸳鸯听说："嗳哟，依你这话，这可不成了血山崩了。"平儿啐了一口："你女孩儿家，这是怎么说的，倒会咒人呢。"鸳鸯红了脸："你倒忘了不成，先我姐姐不是害这个病死了？我也不知是什么病，因无心听见妈和亲家妈说，我还纳闷，后来也是听见妈细说原故，才明白了一二分。"

这段闲聊非常重要。这说明，《红楼梦》进展到第七十二回，钟鸣鼎食的荣国府早就露出下世的光景。第七十二回之前，各种各样的矛盾已暴露，各种各样的糗事都露了头。国公府对于管家奶奶凤姐来说，已经从发挥才能、追逐权势、过五关斩六将的舞台，变成吃气招冤、挠头坐蜡、遭人嫉恨的刑场。风光无限的管家奶奶王熙凤，要遇到人生的滑铁卢，走上不归路。她得了重病血山崩，但她不好好调养，讳疾忌医。

贾宝玉梦游太虚境，看到王熙凤的画是雌凤站在冰山上，根基不稳。太阳出来冰山化，就会产生雪崩。而王熙凤得的病叫血山崩，"雪山崩"和"血山崩"是谐音。贾宝玉看到的是冰雪的山崩。王熙凤得的病，是妇科的血崩。曹雪芹用谐音命名王熙凤的病。王熙凤的身体逐渐崩溃，她依恃的高大巍峨的贾府这座冰山也要崩塌了。

贾琏向鸳鸯借当

鸳鸯趁着贾琏不在来看王熙凤，而此时贾琏回来了。鸳鸯抗婚之后，故意不理睬贾宝玉，却还理睬贾琏。贾琏看到鸳鸯坐在炕上，就刹住脚说："鸳鸯姐姐，今儿贵脚踏贱地。"堂堂国公府长公子对丫鬟这么客气，为什么？因为鸳鸯是贾母身边最受信赖的大丫鬟，实际是贾母的大当家。丫鬟见了少爷，理应马上站起来请安问好，鸳鸯却大模大样坐着说："来请爷奶奶的安，偏又不在家的不在家，睡觉的睡觉。"贾琏巧舌如簧："姐姐一年到头辛苦服侍老太太，我还没看你去，那里还敢劳动来看我们。""巧的很，我才要找姐姐去。"接着他就问了件小事，去年老太太过生日，有人孝敬了一个蜡油冻佛手，到哪儿去了？

什么叫蜡油冻佛手？就是用玉石样的蜜蜡雕刻成的佛手。这是有哲理意味的物品，佛手的含义是指点迷津。贾琏问完佛手，鸳鸯要走。贾琏说："好姐姐，再坐一坐，兄弟还有事相求。"接着就骂小丫头为什么不给鸳鸯倒好茶，他跟鸳鸯说："这两日因老太太的千秋，所有的几千两银子都使了。几处房租地税通在九月才得，这会子竟接不上。明儿又要送南安府里的礼，又要预备娘娘的重阳节礼，还有几家红白大礼，至少还得三二千两银子用，一时难去支借。俗语说'求人不如求己'。说不得，姐姐担个不是，暂且把老太太查不着的金银家伙偷着运出一箱子来，暂押千数两银子支腾过去。不上半月的光景，银子来了，我就赎了交还，断不能叫姐姐落不是。"王熙凤血山崩，贾府也快雪山崩了。贾府的经济状况是寅吃卯粮，贾琏都要琢磨把老太太的金银家伙当了。

借当的事是贾琏自己想出来的，还是王熙凤出的主意，小说里没提。鸳鸯说："你倒会变法儿，亏你怎么想来。"贾琏说："除了姐姐，也还有人手里管得起千数两银子的，只是他们为人都不如你明白有胆量，我若和他们一说，反吓住了他们。所以我'宁撞金钟一下，不打破鼓三千’。"贾琏给鸳鸯戴个大高帽。鸳鸯还没说帮不帮他的忙，贾母那边就派人来找鸳鸯，鸳鸯赶快走了。贾琏去看凤姐。凤姐午觉早就睡醒了，她听到贾琏和鸳鸯借当，自己不便于出来插话，继续躺着。

不是一家人，不进一家门

荣国府头号花花公子贾琏和鸳鸯来往是《红楼梦》特别耐人寻味的情节，《红楼梦》这部中国古代顶尖的人情小说也为现代作家学习多侧面塑造人物上了生动的一课。

荣国府头号花花公子贾琏跟一位清纯少女、贾母心腹大丫鬟鸳鸯有密切来往。有人提过这样的疑问：贾琏是不是爱上了鸳鸯？贾赦也怀疑鸳鸯看上了贾琏。王熙凤也公开说过，琏二爷爱上了鸳鸯。第三十八回大观园的螃蟹宴，王熙凤叫鸳鸯自在去吃，她来照顾贾母。鸳鸯吃得高兴，凤姐来了，平儿给凤姐拿螃蟹吃。鸳鸯开玩笑："好没脸，吃我们的东西。"凤姐对鸳鸯说："你和我少作怪。你知道你琏二爷爱上了你，要和老太太讨了你作小老婆呢。"凤姐在荣国府是出名的醋缸、醋瓮。贾琏的心腹小厮兴儿向尤二姐形容，二爷如果多看哪个丫头一眼，二奶奶有本事当着二爷的面，把那个丫头打成"烂羊头"。凤姐居然在大庭广众之下，用亲切、随便，乃至有点儿高兴、有点儿认可的语气说，二爷爱上了鸳鸯，岂不是太阳从东边出来？曹雪芹有没有搞错？

像贾琏这样的登徒子，很可能像垂涎香菱一样，说过欣赏鸳鸯的话。但是凤姐这样说，却是跟鸳鸯套近乎的高招，她拉拢鸳鸯，当众给鸳鸯面子，赞美鸳鸯长得漂亮，对男人有吸引力。鸳鸯啐凤姐："这也是作奶奶说出来的话！我不拿腥手抹你一脸算不得。"说着就赶过来要把蟹黄抹凤姐脸上。凤姐央求："好姐姐，饶我这一遭儿罢。"至少比鸳鸯大两三岁的当家二奶奶叫鸳鸯"姐姐"，而且是"好姐姐"，岂不是颠倒主奴、长幼的位置？聪明的凤姐正是通过抹去主子和奴才的界限来拉近跟贾母心腹大丫鬟鸳鸯的距离。当需要跟人套近乎时，王熙凤做得何等到位，又多么不着痕迹！

不是一家人，不进一家门，贾琏处理跟鸳鸯的关系，也特别有水平。

凤姐挖苦贾琏"见一个爱一个"，贾琏经常跟美丽的鸳鸯打交道，难道不动邪念？估计他不可能不动邪念，但是他权衡轻重后，把他跟鸳鸯的关系，变成纯粹的兄弟求"姐姐"的金钱来往。这就是他机变的个性。冷子兴演说荣国府时，就说到他的特点是能随机应变。

当贾府开支遇到巨大困难时，管家的贾琏绞尽脑汁也想不出办法，猛然在自己房间遇到贾母的心腹大丫鬟鸳鸯，立即计上心头，找鸳鸯借当！他在鸳鸯跟前把色狼面目完全收敛起来，转而换了一副谦谦君子、辛劳当家人的面目，可怜巴巴，委婉恳切，却又不屈不挠，死缠烂打，求鸳鸯帮他渡过难关。他善于琢磨人的心理，擅长辞令。一见鸳鸯就亲切地叫"鸳鸯姐姐"，而且说"今儿贵脚踏贱地"。鸳鸯是丫鬟，他是主子，这话岂不是倒着说？但鸳鸯是贾母最得力的丫鬟，也是贾府最管事的丫鬟，既然求鸳鸯帮忙，就得自降身份，颠儿颠儿地上赶着这样说。我们听这两个人说话，哪儿像是少爷对丫鬟说话？倒像是小厮对管家奶奶说话。贾琏对鸳鸯一口一个"姐姐"地叫，还在"姐姐"前加"好"字，说"兄弟还有事相求"，一下子把他跟鸳鸯的主仆关系，变成兄弟姐妹之间互相帮助的关系，多么高明。其实鸳鸯比贾琏小得多，但贾琏就是把"姐姐"

叫得像一母同胞一样，还骂小丫头不把最好的茶给鸳鸯沏来。在一番套近乎的表演后，贾琏才开口向鸳鸯借当，要她把贾母查不到的金银家伙偷着运出一箱子来押银子用。这是多么令鸳鸯作难的事，多么让鸳鸯冒风险的事，这事做起来连王熙凤都觉得棘手，琏二爷说起来却轻车熟路。这说明，贾琏不是没能力，只是不正经干，而且，他的能力常常被凤姐的光环淹没。

怎么样对待贾母身边带有"总管"性质的大丫鬟鸳鸯，是荣国府管家贾琏凤姐夫妇下很大功夫解的一道难题。从身份上说，凤姐夫妇是奶奶少爷，是主子，鸳鸯是丫鬟。从利害关系上说，凤姐夫妇是必须看贾母眼色行事的当家人，而鸳鸯是贾母最信赖的"毛丫头"。凤姐夫妇是荣国府的内外管家，必须时刻把握贾母的心理动向，而鸳鸯则是最好的途径。当荣国府的经济出现困难时，贾母的私房钱又成了凤姐夫妇解决难题首先想到的办法，哪怕是临时"偷"出一箱金银家典当了应急也可以。这些都必须经过鸳鸯。

所以跟贾母的大丫鬟鸳鸯搞好关系、套近乎，是凤姐夫妇必须做的工作。他们以丰富的社会经验跟鸳鸯打起"亲情牌"。贾琏叫鸳鸯"好姐姐"，自己是正在为难、必须向姐姐求助的兄弟。这一个用得其所的"好姐姐"，比送礼、求情还管用！

《红楼梦》这部伟大的小说描写的人物是复杂的，所谓坏人身上也有人性的闪光点，所谓好人身上也有毛病。如果凤姐夫妇只是这样"忽悠"鸳鸯，人物就脸谱化了。而曹雪芹写的是，凤姐夫妇既讨好、利用鸳鸯，也小心翼翼地尽量不让鸳鸯受到损害。这是后边要写到的。

"把我王家的地缝子扫一扫"

鸳鸯走了，贾琏进来，凤姐问，她答应了吗？贾琏说："虽然未应准，却有几分成手，须得你晚上再和他一说，就十分成了。"王熙凤说："我不管这事。倘或说准了，这会子说得好听，到有了钱的时节，你就丢在脖子后头，谁去和你打饥荒去。倘或老太太知道了，倒把我这几年的脸面都丢了。"她担心贾琏借东西不赎，老太太知道，自己丢了脸面。

贾琏央告她："好人，你若说定了，我谢你如何？"凤姐问你谢我什么？贾琏说："你说要什么就给你什么。"平儿出了个主意："昨儿正说，要作一件什么事，恰少一二百银子使，不如借了来，奶奶拿一二百银子，岂不两全其美。"贾琏一听笑道："你们也太狠了。你们这会子别说一千两的当头，就是现银子要三五千，只怕也难不倒。我不和你们借就罢了。这会子烦你说一句话，还要个利钱，真真了不得。"贾琏一说，凤姐翻身起来说："我有三千五万，不是赚的你的。如今里里外外上上下下背着我嚼说我的不少，就差你来说了，可知没家亲引不出外鬼来。我们王家可那里来的钱，都是你们贾家赚的。别叫我恶心了。你们看着你家，什么石崇、邓通，把我王家的地缝子扫一扫，就够你们过一辈子呢。说出来的话也不怕臊！现有对证：把太太和我的嫁妆细看看，比一比你们的，那一样是配不上你们的。"

王熙凤太厉害了，四大家族中，王家极其有钱。王熙凤敢说，我们王家的地缝子扫一扫就够你们贾家过一辈子。贾琏赶快赔笑："说句顽话就急了。这有什么这样的，要使一二百两银子值什么，多的没有，这还有，先拿进来，你使了再说，如何？"凤姐说："我又不等着衔口垫背，忙了什么。"这是句很不好听的话，人死后入殓时嘴里含上珠玉叫"衔口"，在遗体下放钱叫"垫背"，这话很不吉利。贾琏继续赔笑："何苦来，不犯着这样肝火盛。"凤姐不是两面三刀？马上又笑了："不是我着急，你说的话戳人的心。我因为我想着后日是尤二姐的周年，我们好了一场，虽不能别的，到底给他上个坟烧张纸，也是姊妹一场。他虽没留下个男女，也要'前人撒土迷了后人的眼'才是。"王熙凤在贾琏给尤二姐办丧事时连银子都不给，还把贾琏的小金库端了，现在说这样的话，当然只是说着好听。

这段描写把贾府的困难和王熙凤的病情联系到了一块儿。

来旺妇倚势求亲

旺儿媳妇来找凤姐。旺儿之子看上了王夫人身边的彩霞。家中去求，彩霞不愿意。旺儿媳妇和凤姐说，得奶奶您做主。贾琏问什么事？凤姐说："不是什么大事。旺儿有个小子，今年十七岁了，还没得女人，因要求太太房里的彩霞，不知太太心里怎么样，就没有计较得。前日太太见彩霞大了，二则又多病多灾的，因此开恩打发他出去了，给他老子娘随便自己拣女婿去罢。因此旺儿媳妇来求我。我想他两家也就算门当户对的，一说去自然成的。谁知他这会子来了，说不中用。"贾琏说："这是什么大事，比彩霞好的多着呢。"旺儿媳妇说："连他家还看不起我们，别人越发看不起我们了。好容易相看准一个媳妇，我只说求爷奶奶的恩典，替作成了。"

凤姐故意不说话，看贾琏怎么处理。旺儿媳妇是凤姐的陪房，平时出不少力。贾琏说："什么大事，只管咕咕唧唧的，你放心且去。我明儿作媒打发两个有体面的人，一面说，一面带着定礼去，就说我的主意。他十分不依，叫他来见我。"旺儿家的看着凤姐，凤姐朝她努嘴，示意她给贾琏磕头。旺儿家的马上趴下给贾琏磕头。贾琏说："你只给你姑娘磕头，我虽如此说了这样行，到底也得你姑娘打发个人叫他女人上来，和他好说更好些。虽然他们必依，然这事也不可霸道了。"贾琏说不要霸道，可来旺媳妇就是倚仗王熙凤的权势成亲。凤姐说："连你还这样开恩操心呢，我倒反袖手旁观不成？旺儿家你听见，说了这事，你也忙忙的给我完了事来。说给你男人，外头所有的帐，一概赶今年年底下收了进来，少一个钱我也不依的。我的名声不好，再放一年，都要生吃了我呢。"看来王熙凤放高利贷已不瞒贾琏。旺儿媳妇说："奶奶也太胆小了，谁敢议论奶奶。"凤姐说："我也是一场痴心白使了。我真个的还等钱作什么，不过为的是日用出的多，进的少。这屋里有的没的，我和你姑爷一月的月钱，再连上四个丫头的月钱，通共一二十两银子，还不够三五天的使用呢。若不是我千凑万挪的，早不知道过到什么破窑里去了。如今倒落了一个放帐破落户的名儿。既这样，我就收了回来。我比谁不会花钱？咱们以后就坐着花，到多早晚是多早晚。这不是样儿：前儿老太太生日，太太急了两个月，想不出法儿来，还是我提了一句，后楼上现有些没要紧的大铜锡家伙四五箱子，拿去弄了三百银子，才把太太遮羞礼儿搪过去了。我是你们知道的，那一个金自鸣钟卖了五百六十两银子。没有半个月，大事小事倒有十来件，白填在里头。今儿外头也短住了。不知是谁的主意，搜寻上老太太了。明儿再过一年，各人搜寻到头面衣服，可就好了！"

旺儿媳妇说："那一位太太奶奶的头面衣服折变了不够过一辈子的，只是不肯罢了。"这话也是伏笔，将来这些太太奶奶的头面衣服一抄家就全没了。

贾府的经济状况越来越不好，王熙凤管理荣国府后期遇到的很大的问题，就是贾元春本应该给贾府增加收入，却带来越来越多额外开支。

夺锦之梦和外祟连连

凤姐跟旺儿家的说，我昨天晚上做了个梦，梦见一个人，虽然面善，也不知道名姓，我问他做什么，他说娘娘打发来要一百匹锦，我问他是哪个娘娘，他说的不是咱们家娘娘，我不肯给他，他便上来夺，正夺着，就醒了。

这是个微妙深刻的梦。锦是什么？荣华富贵的代指。一百匹锦是一百年的荣华富贵。贾宝玉梦游太虚境之前，警幻仙子在荣国府上空碰到荣国公和宁国公的灵魂。他们告诉警幻仙子，贾府百年的好运马上就要结束。而贾府好运结束是元妃失宠造成的。所以这个不是咱们家的娘娘来夺贾府一百匹锦，而是预示着贾府百年富贵豪华要终止了。

刚刚说着这些事，有人汇报，宫里夏太监打发个小太监来。外祟来了，而且一来再来，实际上跟夺锦之梦有必然的联系。贾琏知道太监又来"借钱"，借而不还，是敲诈。

贾琏说，他们这一年也该搬够了。凤姐说，你藏起来我见他，如果是小事也罢了，如果是大事，我自然有话回他。贾琏藏起来，凤姐叫小太监进来。小太监说："夏爷爷因今儿偶见一所房子，如今竟短二百两银子，打发我来问舅奶奶家里，有现成的银子暂借一二百，过一两日就送过来。"凤姐笑了："什么是送过来，有的是银子，只管先兑了去。改日等我们短了，再借去也是一样。"

小太监又说："夏爷爷还说了，上两回还有一千二百两银子没送来。等今年年底下，自然一齐都送过来。"凤姐说："你夏爷爷好小气，这也值得提在心上。我说一句话，不怕他多心，若都这样记清了还我们，不知还了多少了。"王熙凤表现出的意思似乎是，你要钱，我就给你钱，但她又要表演，我既有钱，又没钱。既有钱，就是你要钱，我就给你钱；没钱，是我得先把我的首饰拿出去典当，再把钱借给你。她当场让旺儿媳妇不管从什么地方，先支二百两银子来。旺儿媳妇知道王熙凤什么意思，说就是因为别处支不动银子，才上您这儿来支。凤姐命平儿，把我那两个金项圈拿出来押四百两银子。当场把首饰押了四百两银子，给小太监一半捧着走了。另外一半给了旺儿媳妇拿去办八月中秋节的节礼。

小太监走了，贾琏出来道："这一起外祟何日是了！""昨儿周太监来，张口一千两。我略应慢了些，他就不自在，将来得罪人之处不少。这会子再发个三二百万的财就好了。"

黛玉进府时我曾说过，林如海是巡盐御史，当时扬州盐税大约占全国收入的四分之一，所以林黛玉家很富裕。贾琏办理林如海的丧事，很可能把林黛玉的家产，特别是"浮财"，也就是金银带回了贾府，并按计划一步一步把林家的不动产融入贾府，所以这个地方才会出现一句"这会子再发个三二百万的财就好了"。再看看贾琏的活动，他只有陪林黛玉奔丧才可能发这个财。曹雪芹不会叫林黛玉做富二代，这一句是曹雪芹五次增删中的漏网之鱼。

小太监回去肯定要向夏太监汇报，贾府的银子是金项圈换来的。看到别人典当首饰来给自己银子，夏太监会不会自觉一点儿？我看他可能还会加紧来要。

太监经常来敲诈贵妃家，说明什么？说明贵妃已经失宠。她已经成了贾府沉重的经济负担。

贵妃要维持和皇帝的亲密关系，必须讨好太监。贵妃娘家想让贵妃取得皇帝宠幸，不能不买太监的账。太监有贾元春这张牌，就敢肆无忌惮地到贾府"借"银子。所以元妃失宠才是皇宫太监像走马灯一样到贾府借银的原因。元妃失宠也是贾府"忽喇喇似大厦倾"的最主要原因。

贾府的开支越来越大，怎么办？节省一点儿吧！林之孝来向贾琏汇报，说："方才听得雨村降了，却不知因何事。"贾琏说："他那官儿也未必保得长。只怕将来必有事，咱们宁可疏远着他好。"林之孝道："何尝不是，只是一时难以疏远。如今东府大爷和他更好，老爷又喜欢他，时常来往。"这是伏笔，贾赦和贾雨村的来往将来也是贾府被抄的原因。

林之孝又和贾琏说起现在的家道越来越艰难，不如拣个空，回明老太太和老爷，把这些出过力的老人家，开恩放几家出去。一则他们各有营运，二则家里也省些口粮月钱。再者里头的姑娘也太多，大家委屈一点儿，该使八个丫鬟的使六个，该使四个的使两个，这样也可以省下一些钱。贾琏说我也这样想着，只是老爷刚回来，还没有向他汇报，说这些事恐怕会让老爷伤心。贾琏又说，我倒想起了一件事，旺儿小子要说太太屋里的彩霞，旺儿媳妇昨儿求我，我想什么大事，不管谁说一声去。林之孝忙劝阻，二爷别管这事，旺儿那小子在外头吃酒赌钱无所不至。彩霞那孩子，这几年出挑得越发好了，何苦白糟蹋一个人。贾琏想告诉凤姐，不要管这个事。但是凤姐已经派人把彩霞的母亲叫来。彩霞的母亲满心不愿意，因为是凤姐亲自和她说，只好口不应心地答应了。贾琏告诉凤姐，旺儿那个小子不成人，管教他两日再给他老婆。凤姐说，我们王家连我还不中你们的意，何况奴才。已经和彩霞的娘说了，她娘都高高兴兴地答应了，难道再叫她进来说不要了？

旺儿吃酒赌钱不成器的儿子倚靠王熙凤的势力把彩霞弄到手。彩霞一直想将来跟了贾环，现在出了这事，赶紧派妹妹找赵姨娘。赵姨娘想留下彩霞做自己的臂膀，但贾环不在意，他认为彩霞不过是个丫头，她去了将来自然还有。彩霞真是瞎了眼睛，找了个不讲友情、不讲恩情的"依靠"。赵姨娘晚上求贾政，贾政说："且忙什么，等他们再念一二年书再放人不迟。我已经看中了两个丫头，一个与宝玉，一个给环儿。"赵姨娘说："宝玉已有了二年了，老爷还不知道？"贾政问："谁给的？"赵姨娘刚要说话，外面一声响，众人都吓了一跳。

贾政和赵姨娘闲谈引起怡红院的热闹来。

小物件掀起大风波

——第七十三回　痴丫头误拾绣春囊　懦小姐不问累金凤

"痴丫头"是贾母的粗使丫鬟傻大姐，她在大观园山石中掏蟋蟀，捡到个绣春囊，上面绣着两个赤裸男女拥抱。"懦小姐"是迎春，她的首饰攒珠累丝金凤，被奶妈偷去赌博。迎春生性怯懦，不肯追问，探春看不过，替她出头。两个小物件在贾府大观园引起轩然大波。傻大姐拾得绣春囊导致抄检大观园，迎春奶妈赌博引得贾母大怒整顿家纪。从两个小物件开始，贾府的各种矛盾、弊病露出水面。

小鹊误报引宝玉谎病

第七十二回结尾，赵姨娘正和贾政说，宝玉早就有通房大丫头，听到外面有响声，赵姨娘忙问是怎么回事，原来是窗屉没扣好，她带着丫鬟上好，服侍贾政休息。赵姨娘平时如何向贾政给宝玉进谗言，不得而知，从后面的故事看来应是常有的事，所以她的丫鬟听到"宝玉"的名字，就怀疑对宝玉不利。

贾宝玉刚刚睡下，突然有人敲院门，是赵姨娘的小丫鬟小鹊。问她是什么事？她也不回答，直接跑到宝玉房间说："我来告诉你一个信儿。方才我们奶奶这般如此在老爷前说了。你仔细明儿老爷问你话。"送信的丫鬟叫"小鹊"。小鹊怕别人知道她来过，赶快走了。

　　如果小鹊确实"这般如此"向宝玉报告赵姨娘对贾政说的话，受到威胁的该是袭人。但宝玉一听这话，像孙悟空听见紧箍咒般不自在，马上联想到贾政要考查他的功课。如果明天背书不出问题，其他的事也就可以搪塞一半，于是他赶快爬起来读书。宝玉心下有点儿后悔，原来以为老爷回来不会问他了，早知道这样，应该天天温习才行。现在能背下来的，不过《大学》《中庸》《论语》，《孟子》有一半夹生。五经只有《诗经》还熟点儿，其他的就不行了。《左传》《战国策》《公羊传》《穀梁传》等，这些年都没好好读，一时怎能复习得过来？特别是时文八股，"因平素深恶此道，原非圣贤之制撰，焉能阐发圣贤之微奥，不过作后人饵名钓禄之阶"。这是贾宝玉的重要思想，八股文是沽名钓誉用的。这也是红学家研究贾宝玉思想时，很愿意引用的一段。虽然贾政当日离家时给他选了百十篇，但他根本没好好读。如果明天问这个，那今晚上根本复习不过来。贾宝玉临阵磨枪，丫鬟只好陪着。小丫鬟困得前仰后合。晴雯骂小丫鬟："什么蹄子们，一个个黑日白夜挺尸挺不够，偶然一次睡迟了些，就装出这腔调来了。"晴雯骂的时候，恰好有个小丫鬟坐着打盹撞到墙上，"咕咚"一声吓醒，以为晴雯打了她，赶紧哭着央求："好姐姐，我再不敢了。"大家都笑了。

　　这时，改名叫金星玻璃的芳官从后门跑进来说："不好了，一个人从墙上跳下来了！"晴雯马上想出办法。宝玉今晚费这么大劲儿，明天未必能通过老爷的考试。有个从墙上跳下来人的由头，干脆说宝玉被吓着了。宝玉同意，马上传起上夜的人打灯笼到处找。查夜

的人说，小姑娘们眼花了，这是风摇的树枝。晴雯竟然说句："别放
诌屁！"多生动，连屁都可以诌。"你们查的不严，怕得不是，还拿
这话来支吾。""如今宝玉唬的颜色都变了，满身发热，我如今还要
上房里取安魂丸药去。"晴雯去拿药，说宝玉吓病了。贾母赶快派人
来看，园子里灯笼火把，闹了一夜。

贾母震怒

贾母知道宝玉病了，问怎么回事，听到下人汇报后说："我必料
到有此事。如今各处上夜都不小心，还是小事，只怕他们就是贼也
未可知。"这时凤姐病了，探春向贾母汇报："近因凤姐姐身子不好，
几日园内的人比先放肆了许多。先前不过是大家偷着一时半刻，或
夜里坐更时，三四个人聚在一处，或掷骰或斗牌，小小的顽意，不
过为熬困。近来渐次放诞，竟开了赌局，甚至有头家局主，或三十
吊五十吊三百吊的大输赢。半月前竟有争斗相打之事。"贾母说："你
既知道，为何不早回我们来？"探春说："我因想着太太事多，且连
日不自在，所以没回。"

贾母说了段非常重要的话，这段话是一个老当家人管理封建大
家庭的经验之谈，也是对现在大观园已出现和将要出现的乱相做的
概括。贾母说："你姑娘家，如何知道这里头的利害。你自为要钱常
事，不过怕起争端。殊不知夜间既要钱，就保不住不吃酒；既吃酒，
就免不得门户任意开锁。或买东西，寻张觅李，其中夜静人稀，趋
便藏贼引奸引盗，何等事作不出来。况且园内的姐妹们起居所伴者
皆系丫头、媳妇们，贤愚混杂，贼盗事小，再有别事，倘略沾带些，

关系不小。这事岂可轻恕。"

老太太太有经验了，她似乎预计到大观园会出现比贼盗更大的事，涉及风化的事，而这会从夜晚守夜聚赌引起。

探春没说话了，凤姐说赶快命人把林之孝家的等管家的媳妇叫来，当着贾母教训了一顿。贾母马上命查赌博，查出大头家三人，小头家八人，聚赌者二十多个人，这些人都来给贾母磕头。三个大头家是：林之孝家的两姨亲家、大观园厨房总管柳嫂子的妹妹、迎春的奶妈。贾母说，把她们的骰子和牌烧了，所有钱没收，分给不赌博的，为首的每人打四十大板，撵出去，不许再进来。参加赌博的，一人二十大板，革三个月月钱，去打扫厕所。贾母快刀斩乱麻，处理得非常严谨。林之孝家的因为自己的亲戚在里面，感到很没趣。迎春的奶妈也在里面，迎春也觉得没意思。

黛玉、宝钗、探春看到迎春的奶妈在里边，起身向贾母求情："这个妈妈素日原不顽的，不知怎么也偶然高兴。求看二姐姐面上，饶他这次罢。"贾母说："你们不知。大约这些奶子们，一个个仗着奶过哥儿姐儿，原比别人有些体面，他们就生事，比别人更可恶，专管调唆主子护短偏向。我都是经过的。况且要拿一个作法，恰好果然就遇见了一个。你们别管，我自有道理。"贾母连宝钗、黛玉、探春三个最得宠女孩的面子都不给，这很少有。但她说的是实话，家庭出现聚赌，哪怕奶过哥儿姐儿，也必须严厉处理。贾母生气，大家都没办法。

傻大姐得个"狗不识"

邢夫人到园子里散心，散出更大的问题来。贾母的粗使丫鬟傻大姐笑嘻嘻走过来，手里拿个花花绿绿的东西，边走边低头看，撞到邢夫人才站住。邢夫人说："这痴丫头，又得了个什么狗不识儿这么欢喜？拿来我瞧瞧。"傻大姐刚被挑上来给贾母做粗活，十四五岁，体肥面阔，两只大脚，干活简捷爽利，没什么知识，行事出言在规矩之外。贾母喜欢她干活麻利，说话可以引人发笑，给她起名"傻大姐"。她有失礼的地方，也不怪罪她。贾母不使唤她的时候，她就跑到大观园玩。今日她掏蟋蟀时，在山石背后得了个五彩绣香囊，上面绣着赤条条两人相抱，下面还绣着几个字。傻丫头不知道是春宫图，心说是妖精打架，要不然就是两口子打架？正要拿回去给老太太看看。她笑嘻嘻地边看边走，听了邢夫人的话，她说："太太真个说的巧，真个是狗不识呢。"

邢夫人拿过去一看，连忙死紧攥住问道："你是那里得的？"傻大姐说："我掏促织儿在山石上拣的。"邢夫人说："快休告诉一人，这不是好东西，连你也要打死。皆因你素日是傻子，以后再别提起了。"傻大姐稀里糊涂，被吓唬一顿，吓黄了脸，说再也不敢了，磕了头回去了。

傻大姐的"狗不识"是从山石背后得到的，这个位置跟司棋幽会的地点重合。第七十一回，鸳鸯夜晚从大观园回贾母住处，因为要小解，"行至一湖山石后大桂树阴下"，听到有衣服响声，接着就撞破了司棋和表弟的好事。其实这个地方早就和司棋发生联系了。第二十七回《滴翠亭杨妃戏彩蝶》写小红受命给凤姐拿荷包，回来只见凤姐不在这山坡上了，"因见司棋从山洞里出来，站着系裙子"。司棋不见得敢跟潘又安大白天在大观园搞事情，但她显然熟悉山石背后这块地方。第二十七回关于司棋的顺笔一句，应该不是无意的笔墨。

邢夫人被绣春囊吓得魂都快掉了。为什么？因为邢夫人不管怎样愚蠢颠顸，她都是国公府夫人，知道这事情的分量，所以她非常害怕。再看看周围都是些女孩，不能把这东西递给她们，于是她塞到自己袖子里，不动声色地来到迎春房里。

邢夫人借机讽凤姐

迎春的乳母被处罚，迎春正不高兴，忽听说母亲来了，赶快接进来，给邢夫人捧上茶。邢夫人开始教训她："你这么大了，你那奶妈子行此事，你也不说他。如今别人都好好的，偏咱们的人作出这事来，什么意思。"邢夫人下意识地把自己和王夫人那边的人分成两派，"咱们的"指贾赦这边，"别人"指贾政那边。现在"别人"处处得意，"咱们"时时倒霉。听到母亲教训，迎春低着头弄衣带，半晌后说："我说他两次，他不听也无法。况且他是妈妈，只有他说我的，没有我说他的。"邢夫人道："胡说！你不好了，他原该说，如今他犯了法，你就该拿出小姐的身分来。他敢不从，你就回我去才是。"邢夫人又说，她在外面开赌局，恐怕会巧言花语找你借些首饰。你心活面软，未必不周接她些。如果你被她骗了，我是一个钱也没有的，看你明日怎么过节！

迎春还是低着头弄衣带，这说明邢夫人的估计全然没错，奶妈确实把她的首饰"借"走赌钱，迎春没打算，也没办法要回来。邢夫人一看，一肚子火，奇妙的是，她并没有进一步教训迎春，而是开始挖苦贾琏和王熙凤："总是你那好哥哥、好嫂子，一对儿赫赫扬扬，琏二爷、凤奶奶，两口子遮天盖日，百事周到，竟通共这一个妹子，全不在意。”迎春的奶妈拿她的首饰赌钱跟贾琏、王熙凤如何挂钩？何况王熙凤并非对迎春“全不在意”，王熙凤从来没有亏待过迎春，以及邢夫人放到迎春那儿住的内侄女邢岫烟。邢夫人不过是借题发挥，表达她对王熙凤的一肚子不满。然后邢夫人对迎春说，你是大老爷跟前人养的，探丫头是二老爷跟前人养的，你们出身一样，你娘比赵姨娘强十倍，你也该比探丫头强才对。你怎么连她的一半都不及？幸亏我一生无儿无女，一生干净，也不能惹人笑话。这又是发对王夫人的醋意了。邢夫人身边的媳妇趁机进谗言：“我们的姑娘老实仁德，那里像他们三姑娘伶牙俐齿，会要姊妹们的强。他们明知姐姐这样，他竟不顾恤一点儿。”连探春这个做妹妹的需要“顾恤”迎春这个做姐姐的无道理的话，邢夫人都能照纳不误。后来探春打王善保家的一耳光时说她“天天作耗，专管生事”，看来贾府里不止一个王善保家的这样的人，邢夫人周围有一帮既无能又眼红他人有能力的人，主仆脾气、为人何其接近。

邢夫人刚刚对王熙凤做了一番毫无缘由、满腹怨气的背后指责，就有人汇报，琏二奶奶来了。邢夫人冷笑说，请她自去养病，我这儿不用她伺候！看来贾母八十大寿时邢夫人给王熙凤难看，并没有让邢夫人解恨，她还得进一步琢磨如何让王熙凤不痛快。而她的手里，恰好攥上了绣春囊，天赐良机！接着有小丫头报告“老太太醒了”。邢夫人才走了。

“玫瑰花”替“二木头”出头

迎春把邢夫人送到院外回来，丫鬟绣桔说，怎么样？前儿我回姑娘，那个攒珠累丝金凤哪里去了，姑娘不作声。我说必定是老奶奶拿去典了银子赌博了，姑娘不信，说司棋收着呢。司棋虽病着，但她明白，说她没收起来，就在书架上暂放着，准备八月十五日要戴呢。姑娘就该问奶妈一声，现在找不着累丝金凤，明天过节没得戴怎么办？迎春说，这还用问吗？当然是奶妈暂时借用了。她悄悄拿走，再悄悄送回来就完了，谁知道她忘了。绣桔说，她哪里是忘了？她是试准你的个性。现在我有个主意，我到二奶奶房里把这事回了她。或者二奶奶派人找奶妈要，或者二奶奶拿几吊钱替她赔上。怎么样？迎春说，算了算了！省点儿事吧。就是没了，又何必生事呢？绣桔说，姑娘这么软弱，将来连姑娘都要骗了去呢！真是一语成谶，迎春将来就要被孙绍祖骗了去。

迎春奶妈的儿媳妇王住儿媳妇，正因婆婆获罪，来求迎春讨情，听到说金凤的事，看到绣桔要去回凤姐，就进来对绣桔说：“姑娘，你别去生事。姑娘的金丝凤，原是我们老奶奶老糊涂了，输了几个钱，没的捞梢，所以暂借了去。原说一日半晌就赎的，因总未捞过本儿来，就迟住了。……如今还要求姑娘看从小儿吃奶的情分，往老太太那边去讨个情面，救出他老人家来才好。”迎春说：“好嫂子，你趁早儿打了这妄想，要等我去说情儿，等到明年也不中用的。方才连宝姐姐、林妹妹大伙儿说情，老太太还不依，何况是我一个人。”绣桔说：“赎金凤是一件事，说情是一件事，别绞在一处说。难道姑娘不去说情，你就不赎了不成？嫂子且取了金凤来再说。”

王住儿媳妇听到迎春拒绝她，绣桔说话又这么厉害，就对绣桔说，你别太仗势了。现在全家上下，哪一家的奶妈不仗着主子多些进益，偏咱们这儿就不行？自从邢姑娘来了，我们倒往里赔了好多钱！迎春说，罢罢罢！你不拿金凤来，也别在那里牵三扯四，我也不要了，太太要问，我就说丢。绣桔要和王住儿媳妇算算账，你怎么赔进去的，我给你算算！听到迎春这么说，又气又急，说："姑娘虽不怕，我们是作什么的，把姑娘的东西丢了。他倒赖说姑娘使了他们的钱，这如今竟要准折起来。倘或太太问姑娘为什么使了这些钱，敢是我们就中取势了？这还了得！"一边说一边哭。司棋病着，只好勉强过来，帮着绣桔问那媳妇。迎春控制不了局面，拿了一本《太上感应篇》看去了。《太上感应篇》宣扬因果报应，要求人甭管人生遇到什么荣辱得失，都无动于衷。

宝钗、黛玉、宝琴、探春怕迎春不自在，都来了，走到院里，听到有人在吵。探春从纱窗一看，原来是丫头和奶妈的媳妇在吵，迎春在看书，好像听不见一样。探春几人进来，那媳妇一看有探春在，就要走。探春说，刚才谁在这儿说话，好像拌嘴？迎春说，没说什么，她们小题大做。探春说："我才听见什么'金凤'，又是什么'没有钱只和我们奴才要'，谁和奴才要钱了？难道姐姐和奴才要钱了不成？难道姐姐不是和我们一样有月钱的，一样有用度不成？"司棋和绣桔赶快说："姑娘说的是。姑娘们都是一样的，那一位姑娘的钱不是由着奶奶、妈妈们使，连我们也不知道怎样是算帐，不过要东西只说得一声儿。如今他偏要说姑娘使过了头儿，他赔出许多来了。究竟姑娘何曾和他要什么了？"探春说："姐姐既没有和他要，必定是我们或者和他们要了不成？你叫他进来，我倒要问问他。"迎春说："这话又可笑，你们又无沾碍，何得带累于他。"探春说："我和姐姐一样，姐姐的事和我的也是一般，他说姐姐就是说我。……咱们是主子，自然不理论那些钱财小事，只知想起什么要什么，也是有的事。但不知金累丝凤因何又夹在里头？"王住儿媳妇怕绣桔把这事说出来，赶快进来掩饰。探春说，如今你奶奶已经得了不是，你赶快求求二奶奶把刚才没收了要散人的钱，拿出来把金丝凤赎回来就完了。这媳妇被探春说出真病，没法赖，又不敢去找凤姐说。探春说，我既然听见了，就替你们分解分解。

探春已使眼色给丫鬟待书，一会儿平儿进来了。宝琴拍着手笑："三姐姐敢是有驱神召将的符术？"黛玉说："这倒不是道家玄术，倒是用兵最精的，所谓'守如处女，脱如狡兔'，出其不备之妙策也。"两人说着玩，宝钗给她们使眼色让她们不要再说。探春对平儿说："你奶奶可好些了？真是病糊涂了，事事都不在心上，叫我们受这样的委屈。"平儿说："姑娘怎么委屈？谁敢给姑娘气受？姑娘快吩咐我。"王住儿媳妇慌了手脚，上来赶着平儿叫："姑娘坐下，让我说原故请听。"平儿板着脸说："姑娘这里说话，也有你我混插口的礼！你但凡知礼，只该在外头伺候。不叫你进不来的，几曾有外头的媳妇子们无故到姑娘们房里来的例。"绣桔说："你不知我们这屋里是没礼的，谁爱来就来。"平儿说："都是你们的不是。姑娘好性儿，你们就该打出去，然后再回太太去才是。"王住儿媳妇红了脸退出去了。

探春对平儿说了一番连讽加刺的话："我且告诉你，若是别人得罪了我，倒还罢了。如今那住儿媳妇和他婆婆仗着是妈妈，又瞅着二姐姐好性儿，如此这般私自拿了首饰去赌钱，而且还捏造假帐折算，威逼着还要去讨情，和这两个丫头在卧房里大嚷大叫，二姐姐竟不能辖治，所以我看不过，才请你来问一声：还是他原是天外的人，不知道理？还是谁主使他如此，先把二姐姐制伏，然后就要治我和四姑娘了？"探春的言外之意就是，是不是王熙凤在干这种事？

平儿忙赔笑道："姑娘怎么今日说这话出来？我们奶奶如何当得起！"探春冷笑道："俗语说的，'物伤其类''齿竭唇亡'，我自然有些惊心。"平儿对迎春说，这事也不是什么大事，好处置，但她现在是姑娘的奶嫂，姑娘你看怎么办？迎春还在那儿看《太上感应篇》，宝钗陪着她看。探春说些什么，她都没听见。现在平儿问她，她说："问我，我也没什么法子。他们的不是，自作自受，我也不能讨情，我也不去苛责就是了。至于私自拿去的东西，送来我收下，不送来我也不要了。太太们要问，我可以隐瞒遮饰过去，是他的造化，若瞒不住，我也没法，没有个为他们反欺枉太太们的理，少不得直说。你们若说我好性儿，没个决断，竟有好主意可以八面周全，不使太太们生气，任凭你们处治，我总不知道。"

这一回详细描写了金陵十二钗之一的贾府二小姐迎春，在这之前，曹雪芹没对她做过专门的描写，这一回的描写也用了非常简练的笔墨。迎春的丫鬟司棋搞私情，迎春一直不知道。她的奶妈拿了她的首饰出去当了赌钱，她不知道，知道了她也没办法。接着抄检大观园，她的大丫鬟司棋被驱逐，她也一点儿办法没有，她自己不久也要被父亲送到虎狼窝。因本性懦弱，她只能任人摆布，不到一年就去世了。

刚刚邢夫人身边的媳妇还攻击探春不顾迎春，绰号"玫瑰花"的探春就雷厉风行地出面管下人欺负迎春的事，响亮地说出"咱们是主子"，欺负迎春就是欺负我，还故意说出是不是王熙凤在背后挑唆下人整治小姑子的话，实际上，这是对王熙凤使激将法，叫她抓紧处理不守法的仆妇。处理奶妈用迎春首饰赌钱的事时，探春有理论分析，有具体行动，一边教训迎春的奶嫂，一边使眼色给自己的丫鬟。强将手下无弱兵，待书立即会意，马上把王熙凤的"代理"平儿叫来。天真的宝琴、黛玉还调侃探春是不是会符术、兵法，沉稳的宝钗连忙使眼色制止她们火上浇油。闲闲几笔，几个姑娘的不同性格如同画出。

抄检大观园

——第七十四回 惑奸谗抄检大观园 矢孤介杜绝宁国府

　　第七十四回讲述了《红楼梦》非常重要的情节——抄检大观园。王夫人受到邢夫人的陪房王善保家的迷惑，接受她的建议，抄检大观园。惜春性格孤僻耿介，因她的丫鬟屋里被查出有从宁国府递过来的东西，惜春决心把她轰走，并杜绝和宁国府来往。

　　平儿在迎春那儿处理攒珠累丝金凤的事，宝玉也来了，因为大观园厨房主管柳家媳妇的妹子被处罚，柳家的求了芳官，芳官求了宝玉，宝玉想约着迎春一块儿去求情，看到好多人，自觉不太方便，也只好说些闲话。平儿处理了攒珠累丝金凤的事后回到房里，凤姐问她，三姑娘找你干吗？平儿没告诉她累丝金凤的事，只说三姑娘怕奶奶生气，叫劝着奶奶。王熙凤说，有人来告发，在大观园里设赌的不仅是厨房柳嫂子的妹子，柳嫂子才是主使。我想多一事不如少一事，随他们闹去吧！轻轻把柳家的放过。

　　贾琏进来唉声叹气，说找鸳鸯借当的事被邢夫人知道了，邢夫人找贾琏要二百两银子过节。这事怎么会被邢夫人知道？贾府总有各种各样大大小小的秘密。贾琏和凤姐猜到底是谁走漏了风声，凤姐对平儿说："在你琏二爷还无妨，只是鸳鸯，正经女儿，带累了他受屈，岂不是咱们的过失。"凤姐担心鸳鸯因此事受到连累，这事很可能是后来故事的伏笔，但是如何写的，我们就不知道了。

王夫人怀疑绣春囊是凤姐所有

忽有人报告太太来了。王夫人脸色非常难看，带个贴己小丫头进来，喝命："平儿出去！"平儿从没见过王夫人这样，赶快应了一声，带着所有丫头出去，把房门关了，自己坐在台阶上看门，谁也不许进去。凤姐也慌了。王夫人含着眼泪从袖子里掷出个香袋："你瞧！"凤姐拾起来一看，也吓了一跳，忙问："太太从那里得来？"王夫人泪如雨下，发抖说："我从那里得来！我天天坐在井里，拿你当个细心人，所以我才偷个空儿。谁知你也和我一样。这样的东西，大天白日明摆在园里山石上，被老太太的丫头拾着，不亏你婆婆遇见，早已送到老太太跟前去了。我且问你，这个东西如何遗在那里来？"

邢夫人给王夫人送香囊，其本质，是荣国府的在野党向当权派发难。王夫人愚蠢到家，难道不知道，送香囊是邢夫人向你发起突袭，实际的意思是，你的女儿开放大观园，现在是什么结果？你让王熙凤管理荣国府，又管理成什么样子？你的儿子住在大观园，这个伤风败俗的绣春囊会不会跟他有关？

邢夫人明显不怀好意。按说邢夫人应该马上找到王夫人，共同商量如何处理，她却只是派心腹送给王夫人，明显是将军。王夫人被气个半死，居然怀疑到王熙凤头上了。

王熙凤一听，脸色也变了，忙问："太太怎知是我的？"王夫人一边哭一边又叹气："你反问我！你想，一家子除了你们小夫小妻，余者老婆子们，要这个何用？再女孩子们是从那里得来？自然是那琏儿不长进下流种子那里弄来。你们又和气，当作一件顽意儿，年轻人儿女闺房私意是有的，你还和我赖！幸而园内上下人还不解事，尚未拣得，倘或丫头们拣着，你姊妹看见，这还了得。不然有那小丫头们拣着，出去说是园内拣着的，外人知道，这性命脸面要也不要？"

凤姐一听，又急又愧，"紫涨了面皮"，依炕沿双膝跪下，又一次"紫涨了面皮"，上一次是邢夫人向她发难，这次是她的亲姑妈向她发难，而且这次还双膝跪下，来了一段长篇自白，非常巧妙。她含泪诉道：

太太说的固然有理，我也不敢辩我并无这样的东西。但其中还要求太太细详其理：那香袋是外头雇工仿着内工绣的，带子穗子一概是市卖货。我便年轻不尊重些，也不要这劳什子，自然都是好的，此其一。二者这东西也不是常带着的，我纵有，也只好在家里，焉肯带在身上各处去？况且又在园里去，个个姊妹我们都肯拉拉扯扯，倘或露出来，不但在姊妹前，就是奴才看见，我有什么意思？我虽年轻不尊重，亦不能糊涂至此。三则论主子内我是年轻媳妇，算起奴才来，比我更年轻的又不止一个人了。况且他们也常进园，晚间各人家去，焉知不是他们身上的？四则除我常在园里之外，还有那边太太常带过几个小姨娘来，如嫣红、翠云等人，皆系年轻侍妾，他们更该有这个了。还有那边珍大嫂子，他不算甚老，他也常带过佩凤等人来，焉知又不是他们的？五则园内丫头太多，保的住个个都是正经的不成？也有年纪大些的知道了人事，或者一时半刻人查问不到偷着出去，或借着因由同二门上小么儿们打牙犯嘴，外头得了来的，也未可知。如今不但我没此事，就连平儿我也可以下保的。太太请细想。

王熙凤像一个推理小说大师，把边边角角的疑点全都想到了。王熙凤反驳得有理有据：像我这样有钱有身份的贵家女子怎么会要这么便宜不上档次的玩意儿？我如果带在身上，和大观园的妹妹们拉拉扯扯时掉出来算怎么回事儿？凭什么一口咬定是我的？绣春囊，贾府的奴才媳妇，年轻的侍妾，甚至连尤氏都有嫌疑，就是我没有！特别是她提到了大观园的丫鬟有年纪大、知道人事的，可能从外边把这些东西弄进来，这跟最后从司棋箱子里查出了男人的鞋袜完全吻合。王熙凤讲得如此有理，王夫人不能不服。说："我也知道你是大家小姐出身，焉得轻薄至此。"轻描淡写地洗脱了王熙凤的嫌疑。既然如此，刚才怎么会气势汹汹地直接问罪王熙凤？真是愚不可及！然后王夫人才说，这是你婆婆叫人给我送过来的。

王熙凤是荣国府的当家人，有了绣春囊事件，她想利用这个事件减轻一些荣国府的经济负担。她向王夫人提出，把年纪大点儿的丫鬟，或者"咬牙难缠的"送出去，裁减小姐们的丫头就等于减少了费用。但王夫人不同意，她说你这几个姐妹很可怜，不用远比，她们比林姑娘的妈妈就差太远了。当年林姑娘的妈妈在娘家是怎样地娇生惯养，何等地金尊玉贵，那才是千金小姐的样子。现在这些姐妹不过比人家的丫头稍微好点儿。她们每人只有两三个丫头像个样子，其他四五个小丫头简直像庙里的小鬼。再裁革了去，我不忍心，老太太也未必同意。家里虽然艰难，我自己节省点儿，也不要委屈了她们。王熙凤和王夫人谁也不提裁贾宝玉的丫鬟。贾宝玉有十六个丫鬟，八个大的八个小的，而王熙凤夫妇二人只有四个丫鬟，这个现象在贾府一直存在，这也是《红楼梦》非常奇怪的现象。王夫人回忆贾敏金尊玉贵，一方面说明贾府今不如昔，另一方面也说明王夫人一直对小姑子贾敏有嫉妒之心，对林黛玉有偏见。

晴雯的命中魔星

王熙凤建议，绣春囊这个事，咱们平心静气，暗暗查访，以查赌为名，悄悄查绣春囊的来历，不要惊动大观园的人，更不要惊动贾母。这本是最合适的办法，但王夫人没采纳。这时，邢夫人的陪房王善保家的狠狠告了晴雯一状："别的都还罢了。太太不知道，一个宝玉屋里的晴雯，那丫头仗着他生的模样儿比别人标致些。又生了一张巧嘴，天天打扮的像个西施的样子，在人跟前能说惯道，掐尖要强。一句话不投机，他就立起两个骚眼睛来骂人，妖妖趫趫，大不成个体统。"

晴雯的命中魔星出现了！王善保家的这话，触动了王夫人的一件心事，她问凤姐："上次我们跟了老太太进园逛去，有一个水蛇腰、削肩膀、眉眼又有些像你林妹妹的，正在那里骂小丫头。我的心里很看不上那狂样子，因同老太太走，我不曾说得。后来要问是谁，又偏忘了，今日对了坎儿，这丫头想必就是他了。"王夫人对晴雯印象不好，固然因为她骂小丫头有点儿轻狂，更重要的是，晴雯长得像林黛玉。王熙凤要掩护晴雯，就说，这些丫头，比起来都没晴雯长得好，她原本是轻薄一些，太太说的倒是像她，我忘了那天的事了，也不敢随便说。王善保家的在一旁出主意，要把晴雯带来，让太太瞧瞧！

王夫人派人把晴雯骗来，叫人到怡红院传话，说袭人和麝月服侍宝玉不必来，有个叫晴雯的最伶俐，叫她来。小丫头去了，晴雯正好不舒服，睡中觉才起来，一听这样说，也没仔细梳妆打扮，穿着日常衣服过来了。王夫人一看，晴雯的头发没好好梳，首饰随便戴，衣服穿得也随便，有点儿像西施春睡捧心的样子，恰好是上次自己看到的那个人，就冷笑："好个美人！真像个病西施了。你天天作这轻狂样儿给谁看？你干的事，打量我不知道呢！我且放着你，自然明儿揭你的皮！宝玉今日可好些？"

晴雯一听，知道有人给她进谗言了，便向王夫人说明，她不管服侍宝玉，只是老太太派去看屋子的，闲空还得做老太太的针线，不过十天半月宝玉闷了时，大家和他一块儿玩。他的饮食起坐由老嬷嬷们、袭人、麝月、秋纹管。晴雯强调她不亲近贾宝玉，当然也不会做轻狂样子给贾宝玉看，而且在回话当中一提再提"老太太"。聪明的小姑娘想用老太太做护身符，告诉王夫人，我可是老太太的丫鬟，您打狗还得看主人呢。结果王夫人根本不理"老太太"这个茬儿！王夫人说："阿弥陀佛！你不近宝玉是我的造化，竟不劳你费心。既是老太太给宝玉的，我明儿回了老太太，再撵你。"公开声明要把晴雯撵走。王夫人喝一声："去！站在这里，我看不上这浪样儿！谁许你这样花红柳绿的妆扮！"

欲加之罪，何患无辞，一个小姑娘，穿得稍微漂亮一点儿，王夫人居然因此责备她。这是她心有成见，擅作威福的表现。在当时的环境下，王夫人是主子，还是有这个权力的。晴雯不就是因为长得太美且像林黛玉，这不就是怀璧其罪吗？

抄检大观园

王夫人向王熙凤抱怨这几年自己的精神越来越不好了，这样妖精似的东西竟然没看见，只怕这样的还有，明日要再查查。王夫人发怒，凤姐不敢说话。又因王善保家的是邢夫人的耳目，经常挑唆着邢夫人办坏事。王熙凤只低头答应着，有话也不敢说，因为说了就等于报告给了邢夫人。

王善保家的出了个馊主意，她说这个要查也容易，晚上园门关了，内外不透风，我们带着人到丫头房里搜寻！王夫人居然同意了！凤姐没法，只好说："太太说是，就行罢了。"太太说是却未必真是，我只能执行，这是王熙凤的态度。

晚饭后，贾母睡了，小姐们都进了大观园，王善保家的就请凤姐进去查抄。这老虔婆公然以"荣国府纠察队长"自居，狐假虎威摆出"一朝权在手，便把令来行"的架势，进了大观园，把门锁上。她先从婆子们开始，抄出来了隐藏的灯油之类，然后来到怡红院。宝玉正怀疑晴雯为什么不自在，就见来了一帮人，直接往丫头房里去了。宝玉问什么事？凤姐说丢了件要紧东西，大家混赖，怕丫头偷了，查一查去疑。这不是公然把大观园丫鬟都预设为贼？王善保家的查了一会儿，别的箱子都打开了，见有个箱子关着，就问这是谁的。晴雯绾着头发闯进来，拿起这箱子，"豁啷"一声掀开，两只手提着，底朝上，把所有东西尽情一倒！王善保家的很没趣，也没查出什么东西来。程乙本的《红楼梦》中加了一段晴雯跟王善保家的唇枪舌剑的对话："王善保家的也觉没趣儿，便紫涨了脸，说道：'姑娘，你别生气。我们并非私自就来的，原是奉太太的命来搜查；你们叫翻呢，我们就翻一翻，不叫翻，我们还许回太太去呢，那用急得这个样子！'晴雯听了这话，越发火上浇油，便指着他的脸说道：'你说你是太太打发来的，我还是老太太打发来的呢！太太那边的人我也都见过，就只没看见你这么个有头有脸大管事的奶奶！'凤姐见晴雯说话锋利尖酸，心中甚喜，却碍着邢夫人的脸，忙喝住晴雯。"我在大学时代读到这段话时，觉得这段描写很过瘾、很解气，其实这是程伟元和高鹗在补订后四十回时给前八十回增写的若干段之一。后来细想，这样的描写，似乎并没有锦上添花，反而画蛇添足。晴雯聪明过人，不应该在局势已经对自己非常不利的情况下逞口舌之快、授人以柄，何况程乙本加的这段话还跟后边探春训斥王善保家的那番话近似。

从怡红院出来，凤姐跟王善保家的说："我有一句话，不知是不是。要抄检只抄检咱们家的人。薛大姑娘屋里，断乎检抄不得的。"王熙凤什么时候和下人说话开始像避猫鼠？抄检大观园王熙凤似乎令行禁止，实际上是她从权力的顶峰跌落。权势熏天的管家奶奶连奴才都不敢得罪，跟王善保家的这样说话。王善保家的说："这个自然。岂有抄起亲戚家来。"接着她们就进了潇湘馆，从紫鹃那儿查出来一些贾宝玉小时候玩的东西，王熙凤做了番解释，说他们从小在一块儿混，这不算什么稀罕事。难道薛宝钗算亲戚，林黛玉不算？王熙凤门儿清。是不是因为林黛玉在贾府住的时间长，贾母给了她嫡亲孙女的待遇，王熙凤就把她当成贾府的人？是不是王熙凤看准王夫人不喜欢林黛玉，要对林黛玉"大公无私"，撇清自己和林黛玉的关系？甭管什么原因，敏感的林黛玉似乎都应该有点儿反应。奇怪的是，林黛玉居然什么反应也没有！难道聪明的林黛玉真相信这次查抄仅仅是想抓小偷？林黛玉对抄检大观园的反应，曹雪芹一个字也不写，有点儿奇怪。

探春狠辣，惜春孤僻

贾府三艳探春、惜春、迎春中，探春是带刺的"玫瑰花"，又红又香又扎手；迎春是"二木头"，甭管什么事，多么倒霉，俯首帖耳；惜春性格孤僻耿介，又冷酷无情。抄检大观园时，三姐妹的表现完全不同。

探春认为抄检大观园是自己抄家，相当于朝廷抄家的预演，很不吉利。她后来说，像咱们这样的大家，从外面杀进来一时是杀不尽的，必须先从自家自杀自灭才能一败涂地。既然探春认为抄检大观园是丑态，她就得教训该对丑态负责的人。决策人王夫人她不能教训，她只能教训执行的人，教训王熙凤。王熙凤要悄悄抄检，探春偏要大张旗鼓，开门掌灯迎接，摆出三小姐正义凛然、不容侵犯的气势。你王熙凤不是要抄查丫鬟？三小姐偏不叫你抄，还不是三小姐不许你抄，而是三小姐就是窝主，丫头偷来的东西都放在她那儿。探春说自己原来就比别人歹毒，丫头们有什么东西她都知道，要抄就抄她的！探春命丫鬟打开自己所有的箱子让凤姐检查。王熙凤怎么办？小心赔笑，能哄就哄，不能哄就让步，惹不起还躲得起。在贵族家庭中，儿媳妇一般不敢惹千金小姐。王熙凤先跟探春低眉顺眼地解释，这么做是怕有人赖丫头偷了要紧的东西，搜一搜好洗清她们的嫌疑，好像抄检是为丫鬟们好；而且这是太太的命令，妹妹别生气。周瑞家的帮着王熙凤打圆场。

按说三小姐应该见好就收，探春却不依不饶，她得叫王熙凤承认，你连我的包袱都搜了。王熙凤只好承认探春的东西已经搜查明白了。说一不二的王熙凤什么时候这么低声下气过？只有被带刺的玫瑰花扎手时。探春一步一步故意挑衅，王熙凤一步一步客气退让。三姑娘把琏二奶奶的威风打得荡然无存。

探春教训的第二个人是王善保家的，我把它命名为著名的"响了二百年的一记耳光"，这记耳光打到了邢夫人陪房王善保家的脸上。王善保家的活该，自己往枪口上撞，她愚蠢地认为探春只是恼凤姐，自己有脸面，动手就去掀探春的裙子，说："连姑娘身上我都翻了，果然没有什么。"贾府的规矩是，老婆子连小姐的房间都不能随便进，王善保家的竟敢对千金小姐动手动脚，这岂不是三小姐的奇耻大辱？小说里写："一语未了，只听'啪'的一声，王善保家的脸上早着了探春一掌。"这记耳光打出千金小姐的威风，出尽贾探春心中的恶气。打了还不算，探春还说："你是什么东西，敢来拉扯我的衣裳！"这话意思很明确，你这个老奴才怎么敢扯千金小姐的衣服。接着探春就说王善保家的"狗仗人势，天天作耗，专管生事"。探春说："明儿一早，我先回过老太太，太太，然后过去给大娘赔礼，该怎么，我就领。"探春真的要去赔礼吗？探春实际上是向邢夫人问罪，叫这帮人给邢夫人捎口信，你的奴才我打了，你得给我撑腰，还得给我道歉！探春的厉害表现在，我打了你，你还不能诉冤。王善保家的跑到窗外埋怨，说我干脆回老娘家算了。探春斥命待书等丫鬟："还等我和他对嘴去不成。"待书等口才伶俐地又把王善保家的讽刺一顿。还未等探春去赔礼，邢夫人马上做出反应，把王善保家的打了一顿，嫌她多事。这样一来，探春这记耳光就获得全面且体面的胜利。邢夫人打了王善保家的，探春还要说，邢夫人打王善保家的是做样子。三小姐太厉害了。

惜春的丫鬟入画，哥哥是贾珍的小厮，他把贾珍赏的东西传到大观园让妹妹保存，结果被抄出来了。按说，如果查明真是入画哥哥捎过来的，惜春说入画几句"不要私相传递"之类的话就行，但惜春做得非常过分。她当场告诉王熙凤，你要打她，带出去打。王熙凤的回答，等于间接给入画求情，她说谁没个错，只这一次，二次犯下，二罪俱罚。惜春坚持，嫂子饶她我也不饶！第二天，惜春把尤氏请来，说入画丢了我的面子，你马上把她带走，或打或杀或卖，我一概不管。入画替自己求情道，姑娘我从小服侍您，留下我吧！惜春不听。尤氏劝解，惜春不理。惜春对服侍自己多年且并没多大过错的丫鬟这样无情，是不是太自私？惜春和探春对丫鬟的态度截然不同。探春呵护丫鬟，惜春无情抛弃丫鬟，实际上两人的做法异曲同工。探春认为我的丫鬟你不能抄，抄了丢我的脸；惜春则说出了有错的丫鬟我不能要。她们都不是为了丫鬟，而是为了小姐本人的面子。惜春要赶走入画，还和尤氏说，东府有很多不堪的闲话，我必须远离，否则连我也给编排上了。所谓东府的闲话，主要是关于贾珍的闲话，如果说秦可卿淫丧天香楼时，惜春还小，不大明白，不久前二尤的悲剧发生时，惜春已经长大，她对哥哥与尤家姐妹做的事肯定有所耳闻。贾珍这家伙只知花天酒地，胡作非为，不知爱惜自己唯一的妹妹。妹妹为了自己的名誉不受伤害，只好和名声不好的哥哥断绝来往，这是没办法的办法。

贾宝玉梦游太虚境时，看到了金陵十二钗之一惜春的结局，在前八十回，抄检大观园是《红楼梦》非常重要的笔墨。惜春最后勘破三春，看清三个姐姐的不幸遭遇，出家为尼，她这样做也是看清贾府的龌龊，想求清净。惜春的结局并不是像通行本一百二十回那样，到环境优美的栊翠庵出家，接替妙玉当住持，还有紫鹃服侍。按照曹雪芹的构思，她在贾府家败人亡后，做了普通尼姑，托着陶制饭钵，穿着简陋的尼姑服沿街乞食。这样一个能断然抛弃红尘的人，当然也容易抛弃从小就跟着自己的丫鬟。"矢孤介杜绝宁国府"，惜春做出抛弃入画这般不近人情的事，是因为孤僻，更是因为耿介。

搬起石头砸自己的脚的精彩表演

抄检大观园最有趣的是王善保家的查到自己的亲外孙女——迎春的大丫鬟司棋，司棋的事因此给揭了出来。王善保家的本要稀里糊涂地把外孙女的箱子翻一翻，装装样子混过去。凤姐特别要看看她藏不藏私，王夫人的亲信周瑞家的也这样想，她特别细心地观察王善保家的如何查自己的外孙女。王善保家的把司棋的箱子翻了几下敷衍了事，说没什么东西，才要盖箱子，周瑞家的说："且住，这是什么？"她顺手拿出一双男人的袜子、一双男人的缎鞋，还有个小包袱，里面有个同心如意结，这是男女情爱的信物，还有个字帖，周瑞家的一并递给凤姐。

《红楼梦》好玩就在于，王熙凤此前不认字，到了第七十四回，偏偏能认字且会读信了。曹雪芹解释，"凤姐因当家理事，每每看开帖并账目，也颇识得几个字了"。她看完大红双喜帖子，反而乐了。众人都不识字，王善保家的说，可能是写得不大明白的账目，所以奶奶笑。凤姐说："正是这个帐竟算不过来。你是司棋的老娘，他的表弟也该姓王，怎么又姓潘呢？"王善保家的不得不勉强解释，司棋的姑妈嫁给潘家，她的姑表兄弟姓潘。信是司棋的姑表兄弟潘又安写给她的，王熙凤把这信给念了出来。信里说，如果园子里可以相见，你叫张妈给我捎个信。你送我的香袋，我已经收到，我送你一串香珠。

王熙凤虽查到绣春囊的来历，但并不完全清楚这事的来龙去脉。在读者眼中，绣春囊事件一清二楚：司棋送潘又安香袋，潘又安带着香袋到大观园和司棋幽会。他们的幽会被鸳鸯撞破，匆忙中，潘又安把绣春囊掉在山石后，因为那个地方比较僻静，所以一直没被人发现，直到傻大姐掏蟋蟀才捡到。

王善保家的一心拿别人的错，没想到拿住了自己的外孙女，恨不得有个地缝钻进去。不是你王善保家的跟王夫人建议抄检大观园吗？现在好，抄出你家的人来了。王熙凤有什么表示？王熙凤只瞅着王善保家的嘻嘻笑，"恶毒之至"。她又向周瑞家的笑道："这倒也好。不用你们作老娘的操一点儿心，他鸦雀不闻给你们弄个好女婿来，大家倒省心。"这不是往王善保家的伤口上撒盐吗？周瑞家的也笑着凑趣。王善保家的气得打自己的脸，骂道："老不死的娼妇，怎么造下孽了！说嘴打嘴，现世现报在人眼里。"

奇怪！司棋惊天的秘密被当场揭开，却"并无畏惧惭愧之意"。按照现在的观点解读，司棋追求爱情自由，刚强无畏，和懦弱的迎春形成鲜明对比，是个性鲜明的小人物。但按照曹雪芹的布局，司棋属于"在野党"阵营。这个"在野党"有王善保家的、司棋、司棋姨娘秦显家的，主要还是邢夫人。现在司棋被撵走，迎春不能救她。不要说司棋的事有伤风化，不能救，就是不这么严重，迎春也没能力救，她早已自身难保，这只羔羊马上就要被"中山狼"吞噬了。

抄检大观园是《红楼梦》前八十回非常重要的章节，和将来贾家被朝廷抄家有联系。探春就曾说，你们今天议论甄家犯罪被抄没家私，你们也自己抄起来了！抄检大观园之前，贾府已矛盾蜂起，鸡争鹅斗，像探春说的，乌眼鸡一样，"恨不得你吃了我，我吃了你"。查抄后，矛盾更加公开化、多样化、复杂化。抄检大观园是贾府矛盾大爆发，是贾府被朝廷抄家的预演，此后，贾府将彻底败落。

月圆人难圆

——第七十五回　开夜宴异兆发悲音　赏中秋新词得佳谶

　　贾珍在守丧期间应禁止娱乐，但他仍然在家里举办夜宴，忽然听到祠堂传出了悲叹的声音。贾母和子孙们赏月，贾宝玉、贾环、贾兰作中秋诗，但是他们的诗，现存版本没有，庚辰本《脂砚斋重评石头记》中的脂批提到，缺中秋诗，等曹雪芹补，但曹雪芹并没补上。到底是什么诗句带来的"佳谶"，只能管窥蠡测了。

一个一个像是乌眼鸡

　　抄检大观园后，惜春把尤氏叫来，宣布和宁国府断绝来往，说我清清白白一个人，为什么要被你们带坏。尤氏很恼火，叫人把入画带走。尤氏从惜春那里赌气回来，本打算到王夫人那儿去，老嬷嬷悄悄告诉她，刚才甄家有几个人来，还带些东西，不知道有什么机密事，您现在去不方便。尤氏说："昨日听见你爷说，看邸报甄家犯了罪，现今抄没家私，调取进京治罪。怎么又有人来？"老嬷嬷说，来人神色慌张。

　　这里埋了伏笔。《红楼梦》假作真时真亦假，越往后真事越要露。

先被抄家的是甄家，而甄家和贾家是老亲。甄家被抄，又送东西到贾家，这是不是转移财物，会不会成为贾家被抄的原因之一？

尤氏只好到李纨这里来了，李纨也不像平时和蔼可亲，只呆呆坐着。李纨问尤氏饿不饿，还叫丫鬟准备点心，说我这儿有好茶面子，兑一碗你喝吧！跟着尤氏的丫头媳妇说，奶奶今天还没梳洗，是不是在这儿洗一洗？李纨让素云拿自己梳头洗脸的东西来。素云把自己的脂粉拿来，说，我们奶奶没有这个，奶奶不嫌脏就用我的吧！李纨说，我没有，你就该往姑娘们那里去取，怎么拿出你的来了？怎么这么没规矩？尤氏表示不在意，开始洗脸，小丫头炒豆儿弯着腰捧盆。尤氏的丫鬟银蝶说炒豆儿："奶奶不过待咱们宽些，在家里不管怎样罢了，你就得了意，不管在家出外，当着亲戚也只随着便了。"宁国府的小丫鬟炒豆儿在家里很随便，尤氏洗脸的时候，按说她应该跪下。尤氏发表一番评论："我们家下大小的人只会讲外面假礼假体面，究竟作出来的事都够使的了。"曹雪芹借尤氏的嘴说荣国府金玉其外，败絮其中。李纨听了尤氏的话，就知道尤氏已知道抄检大观园的事，明知故问："谁作事究竟够使了？"尤氏说："你倒问我！你敢是病着死过去了！"还没说完，就有人来报告，宝姑娘来了。

宝钗要搬出去。她找个理由说，我妈妈身上不自在，家里两个女人也病了，我要出去陪老人，按说应该去回老太太、太太，一想又不是什么大事，就跟大嫂子说一声吧！"李纨听说，只看着尤氏笑。尤氏也只看着李纨笑。"她们知道，薛宝钗这是要躲出大观园。她住的地方虽然没被抄检，但薛宝钗擅长保护自己，不会在是非之地受到一点儿损害，所以要马上搬走。现在史湘云住在宝钗那儿，她要搬走并没有提前跟湘云商量，而是直接向李纨提出让湘云住到李纨这里。宝钗借口母亲有病,"暂时"离开大观园,这是大观园群芳流散的正式开始。这是写宝钗的重要一笔,也是写大观园末路的重要一笔。

正说着,湘云、探春来了。宝钗说要搬出去,探春说:"很好。不但姨妈好了还来的,就便好了不来也使得。"尤氏说,你怎么撺起亲戚来了?探春说:"正是呢,有叫人撺的,不如我先撺。亲戚们好,也不在必要死住着才好。咱们倒是一家子亲骨肉呢,一个个不像乌眼鸡,恨不得你吃了我,我吃了你。"探春把贾府鸡争鹅斗、亲骨肉相残的状况说了出来,也毫不留情面地说出薛家在贾府"死住着"的现实。

探春说打了王善保家的。尤氏看到探春已说出来了,就把惜春的事也说了。探春说,今天一早不见动静,打听王善保家的怎样了,说是挨了一顿打,然后说"这种掩饰谁不会作"。三姑娘厉害,她当然不会到邢夫人那里赔礼。

贾母哀叹不是原先辐辏[1]时了

尤氏到贾母这儿来,贾母歪在榻上。王夫人告诉贾母甄家被抄家了,贾母正不自在。甄家抄家是贾家抄家的先声,贾母是不会想到的。

贾母生活的中心是吃得好、玩得好。她说,咱们别管人家的事了,商量八月十五赏月才是要紧事。说着话,丫鬟们给贾母备饭。贾母说,以前咱们家各房孝敬我的菜,以后就免了吧,咱们不比以

---

1 原指车辐向车毂聚集,后也用于人或物等的集中、聚焦。——编者注

前辈辖辕的时候。这话从贾母嘴里说出来，分量就不一样了。贾母是宁国公、荣国公开创贾府先业辈的当家人。她说不如先前辖辕的时光，就是家道由盛转衰了。宝琴、探春也坐下吃饭。贾母说，吃点儿稀饭吧。尤氏给她端来一碗红稻米粥。贾母吃了半碗，便吩咐"将这粥送给凤哥儿吃去，又指着这一碗笋和这一盘风腌果子狸给颦儿、宝玉两个吃去，那一碗肉给兰小子吃去"。贾母心里最要紧的仍是凤姐、黛玉和宝玉。她把黛玉和宝玉的食物一块儿送，就是要再次让众人，特别是要让王夫人明白，我就要让二玉成一家。这是前八十回接近尾声时，贾母对宝玉和黛玉成一家的又一次暗示。

贾母吃完了，尤氏坐下吃，竟然没红稻米饭了，尤氏就吃白米饭。贾母问，你们怎么盛这个饭给她吃？丫鬟回答，老太太的饭吃完了，今天添了位姑娘，饭不够了。鸳鸯说："如今都是可着头做帽子了，要一点儿富余也不能的。"王夫人解释，这两年旱涝不定，田上的米都不能按数交，这几样细米就更艰难了。贾母说："这正是'巧媳妇做不出没米的粥'来。"

连贾母吃的东西都"可着头做帽子"，多做一点儿都没有。这段闲谈为什么这么说？表面原因是田庄歉收，就像乌进孝汇报的，好多庄子都告了灾，但这只是表面现象，真正的原因还是第二回冷子兴说的：整个贾府没有人开源节流，只知道享乐浪费。

宁国公在祠堂长叹

晚上尤氏回到宁国府，看到门口很多灯笼照着，大门石狮子下停着四五辆车，原来这些人都是到宁国府赌博的。尤氏对大家说，你看，坐车的这么多，骑马的还不知道有多少，也不知道他们娘老子挣下多少钱给他们，他们才这么开心。

贾珍无恶不作，给父亲守孝期间，竟在家里设起赌场。贾珍在天香楼设下箭靶子，假装让大家练箭，叫贾蓉做局家，把世袭公子们都请来。这些世袭公子都正值年少，是斗鸡走狗、寻花问柳的纨绔。他们每天轮流做主，天天宰猪割羊，寻欢取乐。荣国府贾赦、贾政两位老爷不知是借练箭为名赌钱，还说这是正理，我们武荫出身，既然文误了，武事也该习一习，于是派宝玉、贾环、贾琮、贾兰都跟着过来学射箭。其实射箭是表面文章，晚上抹骨牌才是"正事"，一天一天赌博胜于练箭，一干人等在宁国府公然夜赌。

贾珍在天香楼箭道里设箭靶子，请世家子弟来射箭，来的都是些什么人？"世袭公子""游荡纨绔"，大概有曾经参加秦可卿送葬的冯紫英、陈也俊、卫若兰等王孙公子。贾宝玉、贾环、贾兰也都参加。贾母还亲口问过贾珍，你宝兄弟射箭可有长进？贾珍回答，长了一个力气，也就是贾宝玉用的弓，较最初增加了十斤多。这些极其微小的细节都不是信手一写，极大可能是，在王孙公子天香楼射箭较高低或此后宴会饮酒行令的过程中，贾宝玉把他的金麒麟输给了未来史湘云的未婚夫卫若兰。

邢夫人的弟弟邢德全、呆霸王薛蟠都喜欢聚会赌博，到宁国府整晚取乐，服侍他们的都是十四五岁的孩子。尤氏悄悄看他们在干什么。其中一个小厮和薛蟠、邢大舅说了些很污秽的话，尤氏都听见了。贾府的败落，特别是道德沦丧，通过尤氏的视角写出来。

尤氏听见邢大舅和贾珍说，我母亲去世时我还小，家里姊妹三人，只有您伯母（贾珍的伯母，指邢夫人）年长出嫁了，把家私都带过来了。我们邢家的家私竟然到不了我的手，我有冤无处诉。尤氏悄悄跟丫鬟说，你看北院大太太的兄弟还抱怨她，她亲兄弟都这么说她，可怨不得这些人了。邢大舅的闲谈又给邢夫人脸上画上一笔油彩。

第二天贾珍准备赏月。按说他居丧，既不能赌博，也不能摆宴会庆中秋，但他偏偏煮了一口猪，烧了一腔羊，摆上一桌菜和果品，赏月作乐，还不分上下，让小妾和正妻坐在一张桌子边，猜拳行令。喝得高兴了，就叫他的小老婆，一个吹箫，一个唱曲，玩得十分高兴。喝到三更时分，忽然听到墙下有人长叹，大家都听见了，都害怕起来。贾珍说，谁在那里？尤氏说，可能是墙外面的家里人？贾珍说这墙四面都没有下人的房子，旁边是祠堂。他刚说完，只听见一阵风声穿过，恍惚闻得祠堂内隔扇开合之声，众人只觉冷气森森，月色也不似之前明朗。众人都毛发倒竖。贾珍的酒醒了一半。这就是"开夜宴异兆发悲音"。

这一段很像《聊斋志异》的文字，神秘、恐怖，又像推理小说，不知道是谁在叹息。很多红学家都分析过究竟是谁在叹气，有的说是秦可卿在叹气。秦可卿怎么能进入祠堂！我看曹雪芹多半是暗示宁国公在那儿叹息家中出了这帮败家子。

中秋诗有佳谶？

贾珍第二天到荣国府来，贾赦和贾政都在贾母那里坐了说话。晚上贾母去赏月，大观园吊着羊角大灯，嘉荫堂前的月台上焚着斗香，秉着风烛，摆着各种瓜饼和果品。邢夫人这些女客都在里面等着。地上铺着跪拜用的毯子，贾母盥手上香。贾母说，赏月在山上好，于是众人都到山脊上的大厅赏月。贾母扶着人上山，王夫人说坐竹椅子上去吧。贾母说，这么平缓，疏散疏散筋骨吧。大厅的桌椅形式都是圆的，取团圆的意思。其实团圆不团圆，不在于用什么物件，而在于家族内心。贾母在中间坐下，左边坐下贾赦、贾珍、贾琏、贾蓉，右边坐下贾政、宝玉、贾环、贾兰，这么多男的都坐下，只坐了一半。贾母说，常日倒不觉得人少，今天看来咱们人也不多。要是再叫人来，他们都有父母，都去家里应景了，不好来，那就叫女孩们坐那边吧。贾母说这话是什么意思？平时我们人倒挺多，像薛姨妈带着她家几个人，李婶娘带着她们家的人，但中秋团圆节，人家都得回家过节。迎春、探春、惜春出来，贾琏、宝玉等先让出姐妹的座位，然后才又入座。

　　贾母说，折枝桂花来，叫个媳妇在屏风后面击鼓，花传到谁的手里面，谁说个笑话。鼓声敲着，花在众人中转了两圈，恰好停到贾政手里。曹雪芹真是会写小说，贾政不是一本正经吗？就要让他当着儿子、孙子的面说笑话。他能说什么笑话？大家悄悄你扯我一把，我掐你一下，都在等着看老爷说什么笑话。曹雪芹调侃贾政有点儿过头。贾政应该说个和竹林七贤有关的风雅笑话，或者说个苏轼跟和尚开玩笑的有趣笑话，这些笑话他应该都知道，但他不说。他说一个人怕老婆，八月十五在外面吃酒，第二日才回来，他后悔不已只好向老婆赔罪，老婆说，那你舔舔我的脚吧。他要吐，老婆就生气了，要揍他，这个男人跪下说，不是奶奶脚脏，是昨晚多吃了黄酒又吃了几块月饼，现在有点儿作酸。贾母笑了，贾政倒杯酒送给贾母。贾母说，那就拿烧酒来，别叫你们受罪。因为贾政说的笑话是多吃了黄酒，贾母凑趣儿就说拿烧酒，大家都笑了。贾政说出这样登不得台面的笑话，可见他为什么会喜欢赵姨娘这样的人。

　　花传到宝玉手上，宝玉看到老爹在，不敢说，就说我作首诗吧。贾政难为起儿子来，说你要作诗，就限个"秋"字，而且不许用冰、玉、晶、银、彩、光、明、素等字，你好好写，我看看你这几年用功用得怎么样？宝玉写了，贾政看了，点头不语。贾宝玉写个什么诗，曹雪芹这次没写，后来没补上。贾政赏了宝玉自己从海南带回来的扇子。贾兰一看，贾宝玉受奖赏，也要作首诗。他写的诗，曹雪芹也没补上，贾政也赏了贾兰。

击鼓传花，花在贾赦手里停住了。贾赦讲了个什么笑话？一家人里数儿子最孝顺，母亲心口疼，就请了个做针灸的老婆子来给她做针灸。老婆子说，不用针心，针肋条就是。儿子说，肋条离心很远，怎么能好？老婆子说，你不知道，天下父母偏心的多呢。大家都笑了。贾母也不能不喝半杯酒。然后说，我也得找这个老婆子扎一针就好了。贾母聪明，发现大儿子说笑话讽刺自己偏心。贾赦赶快把盏，贾母也不好再提。

再次击鼓传花，花传到了贾环手里。贾环的诗也一挥而就。贾政看了很稀罕，这小子居然写诗写这么快，但他的诗句中带着不愿意读书的意思。贾政说，可见是弟兄了，你们两个，哥哥以温飞卿自居，如今兄弟又自为曹唐再世了。你们都不愿意读书，都想当诗人。贾赦把贾环的诗要过来看了一遍。贾赦说："这诗据我看甚是有骨气。想来咱们这样人家，原不比那起寒酸，定要'雪窗萤火'，一日蟾宫折桂，方得扬眉吐气。咱们的子弟都原该读些书，不过比别人略明白些，可以做得官时就跑不了一个官的。何必多费了工夫，反弄出书呆子来。所以我爱他这诗，竟不失咱们侯门的气概。"然后转头吩咐人，拿了自己好多玩意儿赏给贾环。贾环写了什么诗？可惜这首诗也没传下来。

有句俗话，叫"王八看绿豆——对上眼了"。贾赦居然欣赏猥琐不堪的贾环，可见他们是一丘之貉。他夸奖贾环的诗已经够奇怪了，他还拍着贾环的头说："以后就这么做去，方是咱们的口气，将来这世袭的前程，定跑不了你袭呢。"贾母把贾宝玉当成心肝宝贝，整个贾府的人认为贾宝玉毫无疑问将来是荣国公的继承人。贾赦故意守着贾母，守着贾政，当然也守着贾宝玉，说要让贾环将来继承世袭的爵位，他这不是煞母亲的风景？

红学家特别遗憾的，就是这几首中秋诗都看不到。《脂砚斋重评石头记》提到等着曹雪芹把这诗补上，但曹雪芹始终没补。这样一来，就给我们留下了很多研究的余地。回目《赏中秋新词得佳谶》，就是三个人写的诗预示了一个将来的好结局。什么结局？是贾宝玉的诗预示他将来会实现金玉良缘？是贾兰的诗预示他将来飞黄腾达？是贾环的诗预示将来真取贾宝玉代之？这些能不能算是佳谶？贾政对宝玉和贾环的诗都不以为然，贾赦和贾环来了番老少合拍，是不是赏中秋新词得佳谶又成反讽？

除了《红楼梦》中的诗，曹雪芹留下来的诗，只有两句："白傅诗灵应喜甚，定教蛮素鬼排场。"意思是，如果白居易看到这个剧，会让自己的小妾装扮来演唱。曹雪芹的诗写得特别好，所以脂砚斋等人认为，曹雪芹写《红楼梦》，是想编个小说，把自己写的诗插进去，用故事让他的诗流传下来。我们在《红楼梦》中看到林黛玉的《葬花吟》《题帕诗》《桃花行》，薛宝钗的《螃蟹吟》《柳絮词》都出自曹雪芹之手，遗憾的是，中秋诗没有传下来。这个本来对小说整个结局有一定提示作用的诗失传了。

贾政听贾赦说贾环将来可以世袭前程，赶快劝："不过他胡诌如此，那里就论到后事了。"又行了一会儿令，贾母说，你们去吧，外头还有相公们候着，不要忽视了他们。你们散了，我和姑娘们再多乐一会儿，也就歇着了。贾赦等就带着子侄们都出去了。

农历八月十五中秋节，也叫月夕，中国人习惯在中秋之夜用瓜果月饼敬天供月，团聚、宴饮、赏月。南宋吴自牧的《梦粱录》卷四《中秋》记载的八月中秋节，各个阶层的人都出来赏月，金吾不禁："八月十五日中秋节，此日三秋恰半，故谓之'中秋'。此夜月色倍明于常时，又谓之'月夕'。此际金风荐爽，玉露生凉，丹桂香飘，银蟾光满，王孙公子，富家巨室，莫不登危楼，临轩玩月，或开广榭，玳筵罗列，琴瑟铿锵，酌酒高歌，以卜竟夕之欢。至如铺席之家，亦登小小月台，安排家宴，团圞子女，以酬佳节。虽陋巷贫窭之人，解衣市酒，勉强迎欢，不肯虚度。此夜天街卖买，直至五鼓，玩月游人，婆娑于市，至晓不绝。盖金吾不禁故也。"

《红楼梦》第一回中，写到中秋节时，甄士隐邀请贾雨村到自己家过节，"当时街坊上家家箫管，户户弦歌，当头一轮明月，飞彩凝辉"，这是写一般人家过中秋节的盛况。贾雨村写出"天上一轮才捧出，人间万姓仰头看"的诗句，预伏着这个野心家未来将会飞黄腾达。《红楼梦》写节日往往和人物个性命运联系在一起。《红楼梦》中的中秋节，完全没有了原有的团圆吉庆意味。第七十五回《开夜宴异兆发悲音 赏中秋新词得佳谶》和第七十六回《凸碧堂品笛感凄清 凹晶馆联诗悲寂寞》，写了这个本来钟鸣鼎食、诗书翰墨之家的中秋佳节，月圆人不圆，鬼怒人也愁，预示着这个百年豪门的运数快尽了。王熙凤抄检大观园后得了血崩症，不能理事；节前传来江南甄家被抄家的消息，预示贾家命运；中秋节前一天，贾珍领妻妾开宴会，祠堂里传来叹息声，所谓"异兆发悲音"；中秋夜贾母感叹人少，是树倒猢狲散的先兆。凤姐病倒不能陪着贾母过节让老太太开心。酒席上击鼓传花说笑话，贾政讲个怕老婆、给老婆舔脚的笑话，令人恶心；贾赦讲个母亲偏心的笑话，贾母怀疑他讽刺自己，很不高兴。贾母的乐事不再，贾府的灾难终将来临。

寒塘渡鹤影，冷月葬花魂

——第七十六回　凸碧堂品笛感凄清　凹晶馆联诗悲寂寞

　　第七十六回呈现了《红楼梦》前八十回大观园最后的诗情画意，黛玉、湘云月下联诗，"凄清""寂寞"成关键词。凸碧堂在大观园的凸碧山庄，贾母带人到这儿赏月，认为月下听笛雅致，没想到悠扬笛声好听却非常凄凉，引贾母感伤。凹晶馆又叫凹晶溪馆，是大观园山坡下近水的地方。黛玉和湘云到那儿赏月联句，景象更寂寞，她们的诗越来越颓废凄楚。妙玉出来截住她们两个，续写的诗也没把悲哀情调完全改变过来。

凄美月下笛声

　　贾母把男性子孙轰走，想和女性子孙更自由自在点儿，自己更快乐一点儿。两席合到一块儿更杯换盏，贾母添了衣服，继续赏月。

　　贾母一看，宝钗、宝琴、薛姨妈不在，都回家赏月去了。李纨和凤姐生病也不在。李纨在不在问题不大，凤姐不在，贾母的"开心果"就没了。每次宴会妙语如珠的凤姐不在，场面非常冷清。贾母说："往年你老爷们不在家，咱们越性请过姨太太来，大家赏月，却十分闹热。忽一时想起你老爷来，又不免想到母子夫妻儿女不能一处，也都没兴。及至今年你老爷来了，正该大家团圆取乐，又不便请他们娘儿们来说说笑笑。……偏又把凤丫头病了，有他一人来说说笑笑，还抵得十个人的空儿。可见天下事总难十全。"贾母离了凤姐就少了很多乐趣，说着说着，长叹起来。王夫人劝解："今日得母子团圆，自比往年有趣，往年娘儿们虽多，终不似今年自己骨肉齐全的好。"贾母也笑了："正是为此，所以才高兴拿大杯来吃酒。你们也换大杯才是。"邢夫人等只好也换大杯，因为体乏和不胜酒力，都有点儿强颜欢笑，意兴阑珊。但贾母兴致特别高，要继续喝酒、赏月，还叫丫头媳妇都到阶前，还命在地上铺上毯子，放上月饼和西瓜，围坐赏月。

月到中天，很可爱，贾母说："如此好月，不可不闻笛。"这时贾府已没有戏班，也没了史太君两宴大观园和八十大寿时的热闹，只是传来打十番的女孩们。贾母叫她们远远地吹笛。贾母审美很独到，远远地闻笛赏月，不是雅事一件？

这时跟着邢夫人的媳妇走来，跟邢夫人说了两句话。贾母问什么事，媳妇说，刚才大老爷出去在石头上绊了一下，崴了腿。贾母吩咐邢夫人赶快看看去，还让珍哥媳妇也回去。尤氏说："我今日不回去了，定要和老祖宗吃一夜。"贾母说，你们小夫妻家，今天夜里要团圆团圆，不要为我耽搁了。尤氏红了脸，说："我们虽然年轻，已经是十来年的夫妻，也奔四十岁的人了，况且孝服未满，陪着老太太顽一夜还罢了，岂有自去团圆的理。"贾母一听："这话很是，我倒也忘了孝未满。可怜你公公已是二年多了……"

在这段话旁边，脂砚斋加了评语："不是算贾敬，却是算赦死期也。"说明根据曹雪芹的构思，贾赦的死期不远了。很可能贾雨村的案子他也受到了牵连，又因为贾府做了很多欺压良民的事，贾府被抄家，贾赦枷锁扛，可能死在监狱中，也可能死在流放的苦寒之地。这是脂砚斋评语透露的一个后回线索。

贾母让尤氏继续待着，又赏了一会儿桂花，叫换了暖酒来，想跟大家好好说点儿闲话。这时众人听到桂花树下呜呜咽咽，悠悠扬扬，传来一阵笛声。明月清风，天空地静，令人烦心顿解，万虑齐除，众人都肃然危坐，默默相赏。这一段写得很美。大家听了两盏茶的工夫，笛声才停住。贾母说，好听吗？大家说实在好听，我们想不到这样，得老太太带着，我们才能开些心胸。贾母高兴了，说，这还不太好，得拣那曲谱越慢的吹来越好。老太太懂得享受，也懂音乐，把自己吃的月饼和热酒，送给吹笛的人，叫她再慢慢地吹。

刚才去瞧贾赦的婆子回来向贾母报告，老爷右脚面肿了点儿，调药敷上，已好些了，没有什么大关系。贾母点头叹道："我也太操心。打紧说我偏心，我反这样。"听到贾母介意贾赦说的笑话，王夫人赶快劝："这原是酒后大家说笑，不留心也是有的，岂有敢说老太太之理。老太太自当解释才是。"鸳鸯给贾母拿了软巾兜和大斗篷，催贾母回去休息："夜深了，恐露水下来，风吹了头，须要添了这个。坐坐也该歇了。"贾母说："偏今儿高兴，你又来催。难道我醉了不成，偏到天亮！"

老太太有争强好胜之心，好像在赌气，一定要坐到天亮。她是不是在想，我就不信，我一直坐到天亮，在我的儿孙中还找不出一点儿让我快乐的事？说着就戴上软巾兜，披了斗篷，大家继续喝酒。这时，桂花树底下，呜呜咽咽，袅袅悠悠，又传来一缕笛音来，越发凄凉。笛声悲怨，贾母八十多岁，又喝了点儿酒，不禁掉下泪来。老太太大概想到，我们这个家族越来越不行了，我的这些儿孙也不能发扬家族的事业了。大家也感到寂寞凄凉，看到贾母伤感，都来陪她说话，又让吹笛人停了。平时，王熙凤在贾母跟前，王熙凤只要一开口说笑话，甚至不是专门说笑话，偶尔拿贾母开涮，随随便便几句话，就可以让贾母非常开心。现在王熙凤病了，来不了，尤氏就想东施效颦，她要讲个笑话给老太太解闷。

曹雪芹这个伟大作家，能让贾宝玉在宴席上唱《红豆曲》，也能让薛蟠在宴席上唱蚊子哼哼哼、苍蝇嗡嗡嗡，能让王熙凤随口说几句俏皮话逗贾母开心，也能让尤氏讲个莫名其妙、根本不能算笑话的笑话：一家子养了四个儿子，大儿子只有一只眼睛，二儿子只有一只耳朵，三儿子只有一个鼻孔，四儿子倒都齐全，只不过是个哑巴。这叫什么话？这样的笑话还能让人笑吗？尤氏刚开始说，贾母就要睡着了。尤氏不说了，下面的笑话到底说了什么我们也不知道。王夫人轻轻提醒一下贾母。贾母睁开眼说："我不困，白闭闭眼养神。你们只管说，我听着呢。"其实老太太一点儿兴趣都没了。王夫人劝："夜已四更了，风露也大，请老太太安歇罢。明日再赏十六，也不辜负这月色。"王夫人也很会说话，劝婆婆回去休息。贾母说怎么就四更了呢？王夫人说："实已四更，他们姊妹们熬不过，都去睡了。"贾母看了看，只有探春在，迎春走了，惜春也走了，黛玉和湘云也不见了，贾母说："也罢。你们也熬不惯，况且弱的弱，病的病，去了倒省心。只是三丫头可怜，尚还等着。你也去罢，我们散了。"

黛玉湘云哪儿去了

贾母寿宴上在南安王妃面前当作"闺秀门面"推出来的，除探春是贾府的人之外，另外四个都不是贾府的：宝钗、宝琴、黛玉和湘云。宝钗姐妹回家赏月，黛玉和湘云并没有回去睡觉，她们跑到哪儿去了？

媳妇们收拾茶碗时，发现少了个细茶杯，大家说，是不是跟着姑娘的人摔了？想去问跟着姑娘的丫鬟们。这话提醒了管家伙的媳妇，说是翠缕拿着的。恰好紫鹃和翠缕来了，问老太太散了，我们姑娘哪儿去了？找茶碗的媳妇说，我们要找茶盅，你们倒问我们要姑娘。翠缕说我倒茶给姑娘呢，一转眼姑娘就不见了。

二位姑娘哪儿去了？宝玉因晴雯病重，诸务无心，王夫人把他赶回去了。原来，黛玉感伤，趴在栏杆上直掉眼泪，湘云在旁边宽慰她。黛玉对湘云说宝钗和宝琴也不在，湘云说："你是个明白人，何必作此形像自苦。我也和你一样，我就不似你这样心窄。何况你又多病，还不自己保养。可恨宝姐姐姊妹天天说亲道热，早已说今年中秋要大家一处赏月，必要起社，大家联句，到今日便弃了咱们，自己赏月去了。社也散了，诗也不作了。倒是他们父子叔侄纵横起来。你可知宋太祖说的好：'卧榻之侧，岂许他人酣睡。'他们不作，咱们两个竟联起句来，明日羞他们一羞。"

湘云这番话说得非常好，抄检大观园后，宝钗跑来和李纨说，要回家和母亲做伴，也不是什么大事，就不去禀告太太了。实际上，薛宝钗想躲开大观园这个是非之地。当时薛宝钗并不是一个人住，史湘云住在她那儿。而她并没有和史湘云打招呼，就先去报告了李纨要搬走，这样史湘云就得另做安排。史湘云能不明白这个比亲姐姐还要亲的姐姐心里面只有她自己吗？所以她跟林黛玉发了这番评论，对宝钗仍然只是淡淡的、依恋式的埋怨，并没有批评，这就是湘云的雅量，也是湘云的大度。黛玉见湘云这样劝慰自己，说，这个地方人声嘈杂，咱们如何有诗性？湘云说，山上赏月虽然好，但是不如近水赏月更妙，山坡下面是凹晶馆，咱们到那里去。

"凸碧凹晶"的月夜美景

湘云劝慰黛玉，两位妙龄少女关于凸碧山庄和凹晶馆的来历有一段很长的对话：

湘云笑道："这山上赏月虽好，终不及近水赏月更妙。你知道这山坡底下就是池沿，山坳里近水一个所在就是凹晶馆。可知当日盖这园子时就有学问。这山之高处，就叫凸碧；山之低洼近水处，就叫作凹晶。这'凸''凹'二字，历来用的人最少。如今直用作轩馆之名，更觉新鲜，不落窠臼。可知这两处一上一下，一明一暗，一高一矮，一山一水，竟是特因玩月而设此处。有爱那山高月小的，便往这里来；有爱那皓月清波的，便往那里去。只是这两个字俗念作'洼''拱'二音，便说俗了，不大见用，只陆放翁用了一个'凹'字，说'古砚微凹聚墨多'，还有人批他俗，岂不可笑。"

林黛玉道："也不只放翁才用，古人中用者太多。如江淹《青苔赋》，东方朔《神异经》，以至《历代名画记》上云张僧繇画一乘寺的故事，不可胜举。只是今人不知，误作俗字用了。实和你说罢，这两个字还是我拟的呢。因那年试宝玉，因他拟了几处，也有存的，也有删改的，也有尚未拟的。这是后来我们大家把这没有名色的也都拟出来了，注了出处，写了这房屋的坐落，一并带进去与大姐姐瞧了。他又带出来，命给舅舅瞧过。谁知舅舅倒喜欢起来，又说：'早知这样，那日该就叫他姊妹一并拟了，岂不有趣。'所以凡我拟的，一字不改都用了。如今就往凹晶馆去看看。"

如果黛玉和湘云仅仅到大观园某处联句且确实联出好诗句，当然也是好情节，曹雪芹却在她们联句之前，把贾母赏月的地点、黛玉和湘云联句地点的风景特点、命名来历做了番精彩"插话"。迎春曾说少年时的湘云晚上躺下也叽叽呱呱说个没完，宝钗曾说"疯湘云之话多"，在黛玉寂寞伤心话少的时候，湘云滔滔不绝，对黛玉大发议论，大大发挥了一下凸碧凹晶有什么特色，为什么这样命名，既很对景，又引出黛玉长篇大论谈两处命名的来历。《红楼梦》作为文化含量极大的小说，处处在不经意间给读者带来"文化启蒙"，也给红学家带来不得不"解读"的任务。两位少女月下闲谈信口说出的一个一个典故，都需要认真解读，比如：

湘云说，你可知宋太祖说得好："卧榻之侧，岂许他人酣睡。""卧榻酣睡"是个著名的典故，出自《宋史纪事本末·平江南》。南唐后主李煜派人向宋太祖乞求不要派兵征伐，"帝按剑怒曰：'不须多言，江南主亦有何罪，但天下一家，卧榻之侧，岂容他人酣睡耶！'"湘云借"卧榻"的典故来说明，大观园诗社本来是姐妹们的场地，现在姐妹们退场，贾宝玉、贾环和贾兰写诗，贾政、贾赦评诗。看来，当他们写诗、评诗时，湘云和黛玉可能就在凸碧山庄外的栏杆边。

湘云说陆游诗句"古砚微凹聚墨多"，有人批陆游俗。这句诗出自《书室明暖终日婆娑其间倦则扶杖至小园戏作长句》，原诗前四句是："美睡宜人胜按摩，江南十月气犹和。重帘不卷留香久，古砚微凹聚墨多。"后两句意思是：没有卷起的帘幕使得屋子的熏香气味持久，古老砚台因为用的时间长破旧了，中间微微凹下去倒聚集了更多墨。批评陆游的人认为，这两句虽然对仗工整，但只是文字堆砌，有物无人。我觉得这批评吹毛求疵，在江南暖和的十月美美睡一觉再起来熏香磨墨，还不都是写偶尔闲适的诗人？林黛玉解释用"凹"这个俗字的人很多，她举出几个例子。一个是江淹的《青苔赋》，其中有句"悲凹险兮，唯流水而驰骛"；一个是托名东方朔作的志怪小说《神异经》，其中有"其湖无凹凸，平满无高下"一句；一个是《历代名画记》上讲的"张僧繇画一乘寺"的故事：张僧繇是南北朝时期梁朝的著名画家，传说曾在南京一乘寺门上用来自天竺的技法画凹凸花，一乘寺因此得名凹凸寺。林黛玉是不是从凹凸寺受到启发，才想出了凸碧山庄和凹晶溪馆的命名呢？大观园匾额竟然是贾宝玉和林黛玉等姐妹联手拟的，跟"贾宝玉题额"相隔将近六十回，曹雪芹才借闲谈交代，再由湘云把这个命名的妙处剖析出来，真真妙手天成！

史湘云、林黛玉信口一说，我们这些后世注释、解读《红楼梦》的学者为了让读者看个明白，得花多少查典故的力气！说《红楼梦》是中国文化经典，真是没错。

湘云和黛玉下了山坡，到了凹晶溪馆。这地方只有两个老婆子上夜，两人打听着老太太在凸碧山庄赏月，和她们没关系，故早早就睡了。湘云说她们睡了好，咱们在这卷棚底下赏月，怎么样？两人在湘妃竹墩上坐了。这时有一段非常妙的月色描写："只见天上一轮皓月，池中一轮水月，上下争辉，如置身于晶宫鲛室之内。微风一过，粼粼然池面皱碧铺纹，真令人神清气净。"

天才作家曹雪芹曾经借贾宝玉跟随贾政"视察"省亲园子、元妃归省、史太君两宴大观园，描写过大观园儿女的主要居住地潇湘馆、稻香村、蘅芜苑、怡红院，又在前八十回将近结束时，写了凸碧堂和凹晶馆两处跟赏月有关的场景，留下一段绝美月景描写。交代这两处命名的来历，也给绝代才女林黛玉轻轻描上一笔。

可惜，盛唐诗样景物气象，《牡丹亭》类良辰美景，很快将成为永远的追忆。

月下笛声联美句

湘云看到凹晶溪馆美妙的月景时说，这会子如果在我们家，我就上船喝酒去了。黛玉说，"事若求全何所乐"，叫我看，这样也就行了，还非得坐船不可吗？湘云说，得陇望蜀，人之常情。贫穷之家自以为富贵之家事事称心，告诉他们富贵之家也不能事事如意，他们也不肯信。就像咱们两个，虽然父母不在，也算生活在富贵之乡了，只你我就有许多不遂心的事。

史湘云诉说她有很多不遂心的事，这是很少见的。她从小父母双亡，没人真心疼爱，叔叔婶娘并不像亲生父母那样疼爱她，这应该是她心中的繁难。林黛玉倒笑了："不但你我不能趁心，就连老太太、太太以至宝玉、探丫头等人，无论事大事小，有理无理，其不能各遂其心者，同一理也。何况你我旅居客寄之人哉。"林黛玉太聪明，把贾府的事看透了，不仅你我这父母双亡的人，不能遂心如意，就连老太太、太太，甚至宝玉他们也有繁难的事。

两人说着，听到笛韵悠扬。林黛玉说："今日老太太、太太高兴了，这笛子吹的有趣，倒是助咱们的兴趣了。咱两个都爱五言，就还是五言排律罢。"湘云说："限何韵？"黛玉说："咱们数这个栏杆的直棍，这头到那头为止。他是第几根就用第几韵。"这姑娘太聪明了，什么韵都能写出好诗来！数栏杆定了个十三元的韵。

两人开始联句。林黛玉先起了句现成俗语，"三五中秋夕"。这是排律[1]，得起个能够给后面联句的人留下发挥空间的开头，这一句起得非常好。湘云想了想，说"清游拟上元。撒天箕斗灿"。林黛玉说现在是八月中秋，湘云对的是：我们现在就可以和元宵节相比了，满天星斗璀璨。林黛玉续上"匝地管弦繁。几处狂飞盏"，形容贾府宴会的热闹情况。湘云说这"几处狂飞盏"倒有些意思，想了想接着说道："谁家不启轩。轻寒风剪剪。"确实对得好，"几处狂飞盏"对"谁家不启轩"，中秋节谁家不在喝酒，谁家不打开窗户赏月。八月中秋，风已有点儿凉，两人继续往下对，"争饼嘲黄发"，"分瓜笑绿媛"，老年人吃月饼，吃得嘻嘻哈哈，年轻人争西瓜，争得笑声不断。二人继续形容中秋桂花盛开，萱草繁茂，珍馐满目，宴席上烛光闪照，行令热闹。大家听从令官命令，射覆行令，说不中的就要被罚。酒席上掷骰子，击鼓传花，月下清风摇动着大观园的草木，月光映照所有的人。酒席上赏罚不分主人客人，写诗吟诗以兄弟排行次序进行，大家构思诗的时候要倚着栏杆、倚着门推敲，渐渐听不到说话的声音和笑声了，只看到淡淡的月色……这诗越写越凄凉。夜露打湿了台阶，秋水从石缝中泻出，群星闪耀，最后两个人对出的"寒塘渡鹤影，冷月葬花魂"，堪称整个《红楼梦》的名句。

寒塘鹤影，冷月花魂

史湘云听到林黛玉联"壶漏声将涸"，她刚要联一句。林黛玉指着池子中一个黑影让她看："你看那河里怎么像个人在黑影里去

---

1 排律是长篇的律诗，是按照一般律诗的格式加以铺排延长而成，每首至少十句，故称排律，又叫长律。——编者注

了，敢是个鬼罢？"湘云说："可是又见鬼了。我是不怕鬼的，等我打他一下。"说罢弯腰捡个小石块就打到池子里去了，打得水响，黑影处嘎的一声，飞起一只白鹤，飞到藕香榭去了。黛玉说："原来是他，猛然想不到，反吓了一跳。"史湘云说："这个鹤有趣，倒助了我了。"联上两句，"窗灯焰已昏。寒塘渡鹤影"，窗上的灯渐渐要熄灭了，而寒塘里飞过来一只白鹤。"窗灯焰已昏"倒也一般，"寒塘渡鹤影"可太妙了！这句诗哪儿来的？杜甫的《和裴迪登新津寺寄王侍郎》，有句"鸟影度寒塘"。史湘云把"鸟影"改成"鹤影"。前边曹雪芹曾用"鹤势螂形"形容史湘云的体形凹凸有致，这个鹤影也隐喻史湘云未来的日子会像孤独的白鹤一样。

林黛玉听了，又叫好又跺脚："了不得，这鹤真是助他的了！"林黛玉琢磨，这一句太好了，怎么对？"影"只有一个"魂"字可以对，"寒塘渡鹤"多么自然、新鲜，我要搁笔了！湘云很得意："大家细想就有了，不然就放着明日再联也可。"黛玉只是看着天不理她，半天笑了："你不必捞嘴，我也有了，你听听：'冷月葬花魂。'"这句对得太棒了，"冷月葬花魂"就是林黛玉最后的遭遇。林黛玉是花魂，最后被冷月葬了。湘云拍手："果然好极！非此不能对。好个'葬花魂。'"又说，"诗固新奇，只是太颓丧了些。你现病着，不该作此过于清奇诡谲之语。"黛玉说："不如此如何压倒你。"

黛玉留在《红楼梦》的最后一句诗，到底是"冷月葬花魂"还是"冷月葬诗魂"，不同版本的《红楼梦》说法不同，红学家对此做出不同的解释。冯其庸先生认为是"诗魂"，蔡义江先生认为是"花魂"，我也认为是"花魂"。因为"冷月"对"寒塘"，"花魂"对"鹤影"最恰当。而且林黛玉是"花为肌肠玉为骨"的诗人。

妙玉续诗

她们两个的话还没说完，山石后转出个人来，说："好诗，好诗，果然太悲凉了。不必再往下联，若底下只这样去，反不显这两句了，倒觉得堆砌牵强。"两人吓了一跳，一看，谁？原来是妙玉。

妙玉是金陵十二钗的重要人物。大观园的人写这么多诗，妙玉不可能参加。但像妙玉这样一个人，缙绅人家小姐，品茶都品梅花雪，能不会写诗吗？但她没有机会参加大观园的诗会，怎么办？曹雪芹借黛玉、湘云凹晶馆联诗，最后把妙玉牵出来大显身手。

妙玉给她们续的诗，实在不能超过林黛玉，甚至也不能超过薛宝钗、史湘云，但是这些诗又确实体现了妙玉的才情和心理。

妙玉说，现在老太太那儿散了，满园人都睡熟了，你们两个的丫头还不知在哪儿找你们，你们也不怕冷了？快跟我喝杯茶去，只怕天就亮了。她们两个跟着妙玉到栊翠庵，妙玉叫丫鬟起来烹茶。这时外面传来叫门的声音，小丫头开门，是紫鹃、翠缕和几个老嬷嬷来找她们。

紫鹃和翠缕找她们的姑娘，收拾的嬷嬷媳妇们来找不见的茶杯，现在她们一起找来了，看到黛玉和湘云两个喝茶，都笑说："要我们好找，一个园里走遍了，连姨太太那里都找到了。才到了那山坡底下小亭里找时，可巧那里上夜的正睡醒了。我们问他们，他们说，方才亭外头棚下两个人说话，后来又添了一个，听见说大家往庵里去。我们就知是这里了。"丫鬟怎能想到她们的姑娘半夜三更跑到栊翠庵去？必须得听婆子说，才能找来。早就睡下的婆子适时睡醒，她们当然不知道什么诗不诗的，但她们明确说前边有两个人说话，后来又来了个人，大家说到庵里去，这后来的人当然就是妙玉了，和前面的情节严丝合缝！

妙玉叫小丫鬟带着丫鬟们也去喝茶。自己取笔墨、砚台，把刚才的诗，让她们二人按照回忆从头念着，她记下来。妙玉说："这才有了二十二韵。我意思想着你二位警句已出，再若续时，恐后力不加。我竟要续貂，又恐有玷。"黛玉从来没有见过妙玉作诗，见她这么高兴，就说："果然如此，我们的虽不好，亦可以带好了。"黛玉竟然如此会说话，这实在是读者们想不到的，黛玉不是尖酸刻薄吗？她见了比自己更尖酸刻薄的妙玉，就会小心翼翼说话了。妙玉说，现在收结还是要归到本来的面目上，不要一味搜奇捡怪，一则失了咱们的闺阁面目，二则也与题目无关了。妙玉续了十几句，最后凑成《右中秋夜大观园即景联句三十五韵》。妙玉续的诗写大观园的夜景，要把悲戚情绪扭转过来，她描写大观园的树木石头像神鬼一样，大观园里的那些碑上，已露出了晨光，于是"振林千树鸟，啼谷一声猿"。最好的两句是"钟鸣栊翠寺，鸡唱稻香村"，这一句为中秋联句悲戚的情绪增加了一点儿欢乐的气氛。到底能不能扭转呢？恐怕不能。

我们读到第七十六回，心情跟回目一样，感到凄清、寂寞，还有失落。哀哉！

凹晶馆联诗悲寂寞，读者能记住的主要就是那两句："寒塘渡鹤影，冷月葬花魂。"这两句诗和两位金陵十二钗重要人物的命运，融为一体。这两句诗实际上也是谶语，预示了林黛玉、史湘云未来的不幸命运。

"寒塘渡鹤影，冷月葬花魂"是大观园诗社的绝唱。

晴雯之死

——第七十七回　俏丫鬟抱屈夭风流　美优伶斩情归水月

"俏丫鬟"指晴雯，晴雯在这一回受到陷害被赶出去，夭折了；芳官、藕官、蕊官没有任何过错，也被清除出大观园，一起斩断情缘，做了尼姑。

中秋节过去，凤姐请大夫诊脉开药，配调经养荣丸，要用上等人参二两。王夫人叫人取来，可看着都不好。王夫人很着急，说要用时再也找不着！王夫人的丫鬟说，看来没了，上次那边太太来寻，都给她了。

这是个什么情节？秦可卿生病时方子上有人参。王熙凤告诉秦可卿，说我们家吃人参治病，一天吃一斤也吃得起。现在王熙凤病了，找二两人参都找不出来，可见这个家败落到何等地步了！王夫人派人去问贾母。贾母存着一大包人参，都有手指头粗细，称了二两给王夫人。配药者一看，说这人参是上好的，但年代太陈了，这东西比不得别的，只要过一百年，自己就成灰了。这个虽没成灰，也已经是烂木头，没任何药力了。王夫人派人到外面去换，并嘱咐周瑞家的，如果老太太问起，就说用的老太太的。

这是个特别有哲理的细节，像贾母这样，宁国公、荣国公时代的人还在，他们保存的很多东西也在，但就像没了效力的人参一样，五世而斩。

薛宝钗说，我们家倒有，我去和妈说，叫哥哥托伙计和参行商议说明，把原枝好参弄二两来。宝钗又不失时机帮助了王夫人。宝钗还说，这东西虽值钱，究竟不过是药，该济众散人才是。宝钗向来懂事明理。

王夫人剿灭"妖精"

宝钗走了，王夫人把周瑞家的叫来，问抄检大观园有什么结果。周瑞家的报告了王夫人。应该说，开始抄检大观园时，王夫人很被动，因为邢夫人递荷包给王夫人，用意很明确：你儿子在里面住着，会不会是你儿子周围的人出了事？所以这次的事件是冲着王夫人和宝玉来的，他们一开始处于被动状态。邢夫人派来的陪房能直接说出晴雯的坏话，说明邢夫人经常谈到怡红院的事，这通过她的陪房就能看出来。但是这次搜查，贾政这边，不管是探春的丫鬟还是宝玉的丫鬟，什么违禁东西也没搜出来，王夫人已经处于比较主动的地位。搜查结果问题最大的是司棋，司棋是邢夫人那边的。形势已经扭转，邢夫人已处于劣势。王夫人如果懂事，就可以鸣锣收兵了。

但王夫人还要继续"剿灭"大观园青春靓丽的女孩——快办了我们家那些"妖精"！她要借此机会把她认为不好的丫鬟驱逐出去。周瑞家的先到迎春房里对迎春说："太太们说了，司棋大了，连日他娘求了太太，太太已赏了配人，今日叫他出去，另挑好的与姑娘使。"这是给迎春留面子，不说司棋因做错了事叫她出去。迎春只好眼泪汪汪，她知道是怎么回事。司棋虽求了迎春，以为迎春能保下自己，但现在看迎春听了周瑞家的说的话，无言可对，司棋哭着说："姑娘好狠心！哄了我这两日，如今怎么连一句话也没有？"周瑞家的直接跟她说开："你还要姑娘留你不成？便留下，你也难见园里的人了。依我们的好话，快快收了这样子，倒是人不知鬼不觉的去罢，大家体面些。"

迎春让丫鬟把司棋的东西打点出来，又让绣桔送个绢包，里面包着迎春的体己首饰，给司棋做个念想。司棋被带出去，她求告周瑞家的："婶子大娘们，好歹略徇个情儿，如今且歇一歇，让我到相好的姊妹跟前辞一辞，也是我们这几年好了一场。"周瑞家的本来就恨这些"副小姐"，冷笑着说："我劝你走罢！别拉拉扯扯的了。我们还有正经事呢。谁是你一个衣包里爬出来的，辞他们作什么，他们看你的笑声还看不了呢。你不过是挨一会是一会罢了，难道就算了不成！依我说快走罢。"恰好宝玉从外面进来，见要带司棋出去，还抱着些东西，就知道肯定不能回来了，于是拦住问哪里去？周瑞家的说："不干你事，快念书去罢。"司棋求宝玉赶快求太太去！宝玉含着眼泪说："我不知你作了什么大事，晴雯也病了，如今你又去。都要去了，这却怎的好。"周瑞家的完全变了一副面孔，对司棋说："你如今不是副小姐了，若不听话，我就打得你。别想着往日姑娘护着，任你们作耗，越说着，还不好走。如今和小爷们拉拉扯扯，成个什么体统！"几个人把司棋拉出去了。

贾宝玉很恨，指着她们的背影说："奇怪，奇怪，怎么这些人只一嫁了汉子，染了男人的气味，就这样混帐起来，比男人更可杀了！"这时有几个老婆子走来说："你们小心，传齐了侍候着，此刻太太亲自来园里，在那里查人呢。"又说："快叫怡红院的晴雯姑娘的哥嫂来，在这里等着领出他妹妹去。"又笑道："阿弥陀佛！今日天睁了眼，把这一个祸害妖精退送了，大家清净些。"这些媳妇幸灾乐祸说着晴雯要被撵的话，贾宝玉没听见。因为贾宝玉一听王夫人要到怡红院查人，便知道晴雯保不住，早飞也似的跑回去了。

怡红院已来了一群人。王夫人一脸怒色在屋里坐着，看到宝玉连理都不理。晴雯四五天水米不沾牙，从炕上拉下来时，蓬头垢面，被两个女人架出去了。王夫人吩咐，只许把她的贴身衣服撵出去，余者好衣服留下给好丫头穿！太冷酷了，太残忍了，连衣服都不能带。王善保家的告了晴雯的状，怡红院及大观园里和晴雯不和睦的人，也趁机说了很多对晴雯不利的话。

王夫人不仅撵走晴雯，还要清查怡红院的丫鬟队伍。她问谁和宝玉是一天生的？本人不敢答应。老嬷嬷指着，这个叫蕙香又叫四儿的，和宝玉是一天生日。王夫人一看，长得也不错，就冷笑："这也是个不怕臊的。他背地里说的，同日生日就是夫妻。这可是你说的？打量我隔得远，都不知道呢。可知道我身子虽然不大来，我的心耳神意时时都在这里。难道我通共一个宝玉，就白放心凭你们勾引坏了不成！"丫鬟和宝玉之间说的私密话，平常打闹时说的话，王夫人怎么都知道？四儿低头不语，王夫人命令把她的家人也叫来，把她领出去配人。王夫人又问："谁是耶律雄奴？"老嬷嬷们指着芳官，芳官改名耶律雄奴，又叫玻璃。王夫人说："唱戏的女孩子，自然是狐狸精了！上次放你们，你们又懒意出去，可就该安分守己才是，你就成精鼓捣起来，调唆着宝玉无所不为。"芳官一边哭一边辩解，说自己没敢挑唆什么。王夫人冷笑："是谁调唆宝玉要柳家的丫头五儿了？幸而那丫头短命死了，不然进来了，你们又连伙聚党遭害这园子呢。你连你干娘都欺倒了，岂止别人！"芳官和干娘的纠纷，也被报告到王夫人那儿了。王夫人又说，把她干娘叫来，赏她在外面寻个女婿吧，把她的东西都给她。又说分到姑娘们那里的唱戏的女孩，都叫她们各人的干娘带回去，自行嫁人。王夫人吩咐袭人和麝月："你们小心！往后再有一点分外之事，我一概不饶。因叫人查看了，今年不宜迁挪，暂且挨过今年，明年一并给我仍旧搬出去心净。"

王夫人为何整晴雯？谁谗害晴雯？

王夫人雷霆万钧地把宝玉香巢里几个主要的女孩处理了，特别是晴雯。王夫人为什么迫害晴雯？有几个原因：第一个原因是邢夫人的陪房王善保家的告了恶状；第二个原因是王夫人向邢夫人表白整肃家规；第三个原因是王夫人借迫害晴雯来排斥林黛玉。为什么这样说？王夫人早就敌视晴雯，很重要的原因是她的模样和行事像林黛玉。王善保家的向王夫人进谗言，一开始说大观园的丫鬟一个个像受了诰封。王夫人回答，跟姑娘的丫头原比别的娇贵些，好像在给丫鬟辩护，接着来了这么一句话："连主子们的姑娘不教导尚且不堪，何况他们。"这句话特别值得好好琢磨。这句话透露出王夫人对林黛玉的深仇大恨。贾府的主子姑娘只有四个：迎春、探春、惜春、林黛玉，哪一个因为不教导而不堪？"二木头"迎春不会，懂事的探春不会，年纪小的惜春也不会，只剩下林黛玉。什么叫"不教导"？这里是暗指贾母骄纵林黛玉。什么叫"不堪"？对王夫人来说，只有一个特定含义，就是迷住贾宝玉，妨碍"金玉良缘"。林黛玉比通灵宝玉更像贾宝玉的命根子。宝玉听说黛玉要走，马上闹得死去活来。明明元妃已给宝玉和宝钗赏赐了同样的物品，带有指婚意向，贾母仍然装糊涂，就是为了她的心肝宝贝林黛玉。王夫人已经安排薛宝钗做荣国府大管家，贾母仍不对"金玉良缘"点头。为什么？还是因为林黛玉的存在。林黛玉对贾宝玉的强大魔力，就是"不堪"。正是出于憎恨林黛玉的心思，王夫人才在王善保家的给晴雯进谗言时，立即联想到晴雯像林黛玉。王夫人之所以厌恶娇美灵巧、语言伶俐的晴雯，恰好因为她更厌恶在宝玉婚事上阻碍"金玉良缘"、更加姣美、更加灵巧、更加语言伶俐的林黛玉。晴雯和林黛玉都长得好，两个人都像西施，两个人都是"匹夫无罪，怀璧其罪"。王夫人暗示林黛玉是不堪的主子姑娘，但王夫人没法教训她，因为黛玉有贾母护着。但模样像林黛玉、性格像林黛玉的晴雯，却可以拿来当靶子，狠狠整一下。王夫人整晴雯也是要向邢夫人表白，我绝对不允许任何狐狸精在我儿子那儿存在。

晴雯受到迫害，王夫人"惑奸谗"，王夫人"惑"的奸谗仅是王善保家的吗？这里面有个比王善保家的威力更大的人。是谁？袭人。是袭人向王夫人打晴雯的小报告。小说怎么写的？一句也没写。那么为什么我认为晴雯被王夫人撵出去和袭人打小报告有关？因为贾宝玉怀疑起来了。晴雯被撵走的理由其实就是长得好。还有两个长得好的——四儿和芳官也被撵出去了。贾宝玉不傻，肯定知道整晴雯、整四儿、整芳官的邪风是哪里吹来的。没有家贼，引不进外鬼。

晴雯被撵后，贾宝玉对袭人表示困惑，为什么咱们私自开玩笑的话太太也知道？也没有外人走漏风声，这可真奇怪。这是非常直接的怀疑。袭人居然说，有些话是贾宝玉不分场合信口乱说，所以才被泄露的。这当然是胡诌。别人的丫鬟有什么事贾宝玉都护着，他怎会出卖自己的丫鬟？贾宝玉肯定知道这是混赖，接着就问了个更尖锐的问题："怎么人人的不是太太都知道，单不挑出你和麝月、秋纹来？"贾宝玉一句话问得袭人哑口无言，袭人只好说，太太以后还要查我们吧。贾宝玉直接问出来，袭人仍能装聋作哑、支吾推脱，不动声色。

王夫人在怡红院的内线到底是谁，是谁打的小报告，其实很容易推断。有红学家说这些话是怡红院的老嬷嬷们汇报的。我不大相信这个推测。因为贾宝玉和他的丫鬟在一块儿闹着玩时，婆子们听不到。而晴雯、芳官、四儿，都有个共同的、让袭人嫉妒的资本——三个人都长得漂亮。三个人和贾宝玉都不拘形迹，都容易和贾宝玉形成更密切的关系，都会影响到袭人的准姨娘地位。所以袭人对这几个姐妹下手，是给自己清君侧。

清代有位红学家早就说过，袭人袭人，就是像狗一样背后偷袭别人。袭人的判词是"枉自温柔和顺，空云似桂如兰"。温柔和顺是假的，嫉妒、阴险是真的；花气袭人是假的，设谋害人是真的。

怡红院里，袭人和晴雯，一个鬼鬼祟祟，一个堂堂正正；一个龌龊龌龊，一个清清白白。结果鬼鬼祟祟的袭人整了堂堂正正的晴雯，污浊的整了清白的，贼喊捉贼。担了虚名的晴雯被轰出大观园，跟贾宝玉偷试云雨情的袭人稳当准姨娘。贾府就是这样是非颠倒、黑白混淆。在晴雯被逐的事件上，袭人即使不算刽子手，也得算帮凶。

贾宝玉跟袭人说，晴雯这一下去，"就如同一盆才抽出嫩箭来的兰花送到猪窝里去一般。况又是一身重病，里头一肚子的闷气。他又没有亲爷热娘，只有一个醉泥鳅姑舅哥哥。他这一去，一时也不惯的，那里还等得几日。知道还能见他一面两面不能了！"。说着说着，越发伤心。怡红院阶下的一株海棠花死了一半，贾宝玉认为这花象征晴雯。袭人居然说，就是海棠花也该先来比我，还轮不到她。这家伙脸皮真厚。袭人这个人物真叫曹雪芹写活了。她不是好胜吗？

贾宝玉拿海棠花比晴雯，晴雯都被轰出去了，袭人还要如此说！正因为袭人争强好胜，才不能容许有可能威胁到她地位的丫鬟存在。结果晴雯、芳官、四儿都被轰走了。

宝玉说，你们把她的东西，瞒上不瞒下地悄悄地送出去，咱们攒的钱，拿几吊给她养病，也是你们姐妹好了一场。袭人说，还等你说，我早就把她的东西都送去了。在这些无关紧要的事上，袭人的"好人"还是要做的。

宝玉晴雯生离死别

贾宝玉把一切人稳住，表示我已经安静下来了，然后偷偷溜出来，出了后角门，叫一个老婆子把他带到晴雯家里。

晴雯现在不是住在表嫂家吗？她的表嫂是谁？是多情美色的灯姑娘。这里曹雪芹出了点儿小小的差错。原来贾琏的情人灯姑娘，丈夫是多浑虫。尤二姐嫁给贾琏后，小说写贾珍给小花枝巷派了鲍二夫妇去。此前多浑虫死了，灯姑娘嫁给鲍二，成了第二个鲍二家的。但到了第七十七回，曹雪芹似乎把这事忘了，多浑虫还活着，灯姑娘也还是晴雯的姑舅嫂子。晴雯只有这一门亲戚，出来就住到了她家。

灯姑娘串门去了，剩了晴雯在外间趴着。贾宝玉叫那个婆子在外面看着，他掀开草帘进门，看到晴雯睡在芦席土炕上，含泪伸手轻轻拉她，悄悄叫了两声。晴雯着了风，受了哥嫂的歹话，病情加重，咳嗽了一天，刚刚睡着，忽听到有人叫她，睁眼一看，见是贾宝玉，又惊又喜，又悲又痛，一把死攥住他的手，哽咽半天，才说出"我只当不得见你了"，接着就一个劲儿地咳嗽。

孤儿晴雯把贾宝玉当成自己在世上唯一的亲人。他们也是知音。

看到宝玉来看自己，她怎么会不喜出望外，怎么会不悲喜交加？晴雯见了宝玉，该说些什么？贾宝玉在那里哽咽，她倒先说了一句："阿弥陀佛，你来的好，且把那茶倒半碗我喝。渴了这半日，叫半个人也叫不着。"宝玉擦着眼泪问，茶在哪里？晴雯说，那个炉台子上的就是。宝玉一看，台子上有一个黑沙吊子，一个茶碗，碗上有油污，很腥气，拿水洗了两次，才给她倒了半碗，看颜色，也不像是茶。晴雯说："快给我喝一口罢！这就是茶了。那里比得咱们的茶！"贾宝玉听完先尝了一口，既没有清香，也没有茶味，只有一味的苦涩，估计是茶叶末儿。他把茶碗递给晴雯，晴雯像得了甘露一般，一气儿灌了下去。晴雯一边哭，一边对宝玉说："只是一件，我死也不甘心的：我虽生的比别人略好些，并没有私情密意勾引你怎样，如何一口死咬定了我是个狐狸精！我太不服。今日既已担了虚名，而且临死，不是我说一句后悔的话，早知如此，我当日也另有个道理。不料痴心傻意，只说大家横竖是在一处。不想平空里生出这一节话来，有冤无处诉。"

这段话说明，聪明的晴雯早就知道，贾母安排她永远服侍贾宝玉。明知是这样，晴雯始终保持尊严，没有私情勾引宝玉，她用一片真情，痴心傻意对待贾宝玉。晴雯临死，后悔她没有另有个道理，读者朋友可以琢磨这到底是个什么道理。看到这一段，很容易联想到林黛玉。林黛玉也是痴心傻意地对待贾宝玉，在男女问题上也从不搞私情勾引，甚至不允许贾宝玉说两个人有私情的话。晴雯等贾母发话，林黛玉也等贾母发话，多么相似。一个怡红公子，两个痴心少女苦苦等他，而晴雯和黛玉的关系还特别好，实在是不可思议。而这正是《红楼梦》创造的封建贵族青年男女的爱情，跟封建伦理允许的嫡庶共存的奇特现象。

贾宝玉拉着晴雯的手，只觉得瘦如枯柴，晴雯手腕上还戴着四个银镯，他见了哭着说，卸下来吧，好了再戴，说着给她卸了下来，塞到枕头下面。宝玉又说："可惜这两个指甲，好容易长了二寸长，这一病好了，又损好些。"晴雯一听，伸手拿来把剪刀，把左手上两根葱管样的指甲齐根铰下，又伸手到被里把贴身穿的旧红绫袄脱下，一并给了贾宝玉，说，这个你收了，以后见到这些就像见了我一般，快把你的袄脱下来我穿。我将来在棺材里独自躺着，也就像在怡红院一样了。

这段描写令人潸然泪下，这就是挚情挚爱刻骨铭心的表达，两个人有这样深的感情，却和男女之事毫不相干。如果只有他们两个，可能还不算太感人。天才作家曹雪芹还给他们这段生离死别安排个旁听者。是谁？最淫荡的灯姑娘。

晴雯把指甲交给宝玉，和宝玉换了贴身袄，哭着说，回去他们要问，不必撒谎，就说是我的，既担了虚名，索性如此也不过这样。晴雯真是勇敢，你们不是说我是狐狸精吗？既然我担了这虚名，我就和他换衣服，把我的指甲留给他做纪念！这是挑战封建传统，挑战王夫人，可能也是挑战袭人。

晴雯的嫂子笑嘻嘻掀帘子进来，说："好呀，你两个的话，我已都听见了。"又朝着宝玉说："你一个作主子的，跑到下人房里作什么？看我年轻又俊，敢是来调戏我么？"贾宝玉赶快央告她："好姐姐！快别大声！他服侍我一场，我私自来瞧瞧他。"灯姑娘拉了贾宝玉到里间说："你不叫嚷也容易，只是依我一件事。"说着便坐在炕沿上，把贾宝玉搂到怀里。贾宝玉哪里见过这个，吓得心里扑通扑通地跳。灯姑娘和男人随便惯了，这次又喝醉了。贾宝玉又羞又怕，说："好姐姐，别闹。"灯姑娘乜斜醉眼说："成日家听见你风月场中惯作工夫的，怎么今日就反训起来。"贾宝玉说："姐姐放手，有话咱们好说。外头有老妈妈，听见什么意思。"灯姑娘说："我早进来了，却叫婆子去园门等着呢。我等什么似的，今儿等着了你。虽然闻名，不如见面，空长了一个好模样儿，竟是没药性的炮仗，只好装幌子罢了，倒比我还发训怕羞。可知人的嘴一概听不得的。"这个灯姑娘想试验一下贾宝玉会不会也像他哥哥一样，结果一试贾宝玉不是这个样儿，灯姑娘就说了一番真心话："就比如方才我们姑娘下来，我也料定你们素日偷鸡盗狗的。我进来一会在窗下细听，屋内只你二人，若有偷鸡盗狗的事，岂有不谈及于此，谁知你两个竟还是各不相扰。可知天下委屈事也不少。如今我反后悔错怪了你们。既然如此，你但放心。以后你只管来，我也不罗唣你。"

两府最淫荡的灯姑娘，被晴雯和贾宝玉真挚洁白的关系感动，这是很妙的背面敷粉。程伟元和高鹗在补订后四十回时，擅自修改了前八十回许多内容，对灯姑娘加了许多不堪入目的文字，完全违背曹雪芹让灯姑娘"旁观者清"、烘云托月的意向。

贾宝玉赶快央告："好姐姐，你千万照看他两天。我如今去了。"宝玉出来，恰好大观园快要关门了，他赶快溜进去，回到自己的房里，跟袭人说，到薛姨妈家去了。到了半夜，宝玉要喝茶，喊"晴雯"。袭人赶快答应。原来袭人这些年因为王夫人重用了她，她反而自己看重自己，晚上不陪着贾宝玉，因晴雯睡觉警醒，举动轻便，所以都是晴雯睡在床外。

美优伶斩断情（青）丝

到了天亮的时候，王夫人房间的小丫头来传王夫人的话，叫起宝玉，快洗脸，换了衣服来，有人请老爷赏桂花。老爷喜欢他前天作的诗，要带他去。看了后面的内容就明白，这就是故意把贾宝玉带出去写诗了。

王夫人等着贾政和宝玉父子走了，正要往贾母这边来，芳官、蕊官、藕官的干娘来了，向王夫人报告，"芳官自前日蒙太太的恩典赏了出去，他就疯了似的，茶也不吃，饭也不用"，这三个人寻死觅活，要剪了头发做姑子。王夫人说，胡说，打她们一顿，看她们还闹不闹。这个时候，正好八月十五各个庙里的尼姑都来府里面走动，王夫人留下了水月庵、地藏庵的两个尼姑住两天。这两个尼姑一听，巴不得拐两个女孩去做活使唤，就向王夫人说："咱们府上到底是善人家。因太太好善，所以感应得这些小姑娘们皆如此。虽说佛门轻易难入，也要知道佛法平等……如今这两三个姑娘既然无父无母，家乡又远，他们既经了这富贵，又想从小儿命苦入了这风流行次，将来知道终身怎么样，所以苦海回头，出家修修来世，也是他们的高意。太太倒不要限了善念。"王夫人一听，就让尼姑把她们带走了。芳官跟了水月庵的智通，蕊官和藕官跟了地藏庵的圆信，各自出家了。

《红楼梦》中有很多人物出家，各人出家都有不同的原因。甄士隐是家庭败落出家，柳湘莲是尤三姐自刎出家，这三个年轻美丽本来快快乐乐的小姑娘，竟然也出家了。这就是这个钟鸣鼎食的贵族家庭，给这三个本来出身贫苦的女孩所造成的伤害。

贾宝玉写《芙蓉女儿诔》

——第七十八回 老学士闲征姽婳词 痴公子杜撰芙蓉诔

　　"老学士"指的是贾政，贾政让宝玉、贾环、贾兰各作一首《姽婳词》，所谓"姽婳"，指姽婳将军林四娘。"痴公子"指贾宝玉，他听了小丫鬟编的晴雯死后成了芙蓉花神的话，写了篇长诔文祭奠晴雯。实际上，诔文的最后透露出祭奠林黛玉的意思，这是很多红学家的看法。

王夫人忽悠贾母

　　尼姑们把芳官等领去后，王夫人到贾母这儿汇报。王夫人看似老实，甚至有点儿愚笨，实际上她一直和自己的婆婆贾母较劲儿。贾母主张的很多事，她都不赞成。贾母喜欢林黛玉，她却喜欢薛宝钗；贾母喜欢晴雯，她却先斩后奏，把晴雯轰走。她现在就来告诉贾母，我为什么把你给宝玉的丫鬟轰走。王夫人到贾母跟前编谎，趁贾母喜欢时说："宝玉屋里有个晴雯，那个丫头也大了，而且一年之间，病不离身；我常见他比别人分外淘气，也懒；前日又病倒了十几天，叫大夫瞧，说是女儿痨，所以我就赶着叫他下去了。若养好了也不用叫他进来，就赏他家配人去也罢了。再那几个学戏的女孩子，我也作主放出去了。"

王夫人不断忽悠贾母，她说的关于晴雯的话完全是造谣。晴雯只是外感风寒，又受了气，王夫人却说晴雯得的是女儿痨，就是肺结核，这个病是要传染的，当然得放出去。王夫人哪儿是赏晴雯回家配人，根本是迫害晴雯，连几件好衣服都扣下了，这些贾母当然不知道。关于芳官等人，明明是王夫人捕风捉影，想当然一口咬定唱戏的女孩为"狐狸精"，怕她们勾引宝玉，这才把芳官等人全部驱逐出去，现在倒对贾母说是这帮戏子嘴里没轻没重，怕女孩们听了不好。而且说是因为她们唱了一阵子戏，自己才"白放了他们"，好像是王夫人慈悲施恩。

从王夫人在怡红院雷霆万钧处理晴雯、芳官等人，到她瞅着贾母喜欢时花言巧语、颠倒黑白地"汇报"，我们看到一位诰命夫人令人惊心动魄的三变脸。曹雪芹是怎么琢磨出来的！

王夫人喜欢笨笨的、没嘴葫芦般的年轻女性，她自己似乎也是笨笨的，没嘴葫芦似的。从她巧舌如簧忽悠贾母来看，所谓笨笨的，完全是假象。王夫人照自己的喜好给儿子挑侍妾，根本不考虑儿子的喜好。她有没有想到，表面"行事大方，心地老实"的袭人，不仅不老实，而且早就跟宝玉"作了怪"，再贼喊捉贼，还告其他有希望成为"宝二姨娘"的丫鬟的黑状，袭人的老实也是假象。袭人受到王夫人提拔，是因为她们是一丘之貉，都是伪君子。

贾母听了王夫人不征求她的意见就给宝玉定了侍妾，显然感到意外，说道："晴雯那丫头我看他甚好，怎么就这样起来。我的意思，这些丫头的模样、爽利、言谈、针线多不及他，将来只他还可以给宝玉使唤得。谁知变了。"其实贾母是委婉批评王夫人。贾母明确地说，她早就内定晴雯将来是宝玉的侍妾，晴雯模样好，说话爽利，言谈得体，针线做得好，只她还可以给宝玉使唤，那就是她比别人强得多。王夫人说："老太太挑中的人原不错。只怕他命里没造化，所以得了这个病。俗语又说，'女大十八变'。况且有本事的人，未免就有些调歪。老太太还有什么不曾经验过的。三年前我也就留心这件事。先只取中了他，我便留心。冷眼看去，他色色虽比人强，只是不大沉重。若说沉重知大礼，莫若袭人第一。虽说贤妻美妾，然也要性情和顺、举止沉重的更好些。就是袭人模样虽比晴雯略次一等，然放在房里，也算得一二等的了。况且行事大方，心地老实，这几年来，从未逢迎着宝玉淘气。凡宝玉十分胡闹的事，他只有死劝的。因此品择了二年，一点不错了，我就悄悄的把他丫头的月分钱止住，我的月分银子里批出二两银子来给他。不过使他自己知道越发小心效好之意。且不明说者，一则宝玉年纪尚小，老爷知道了又恐说耽误了书；二则宝玉再自为已是跟前的人不敢劝他说他，反倒纵性起来。所以直到今日才回明老太太。"

王夫人振振有词地给儿子挑选未来的侍妾，贾母不能提出异议，但是贾母明显对王夫人的审美不以为然。贾母笑着说："原来这样，如此更好了。袭人本来从小儿不言不语，我只说他是没嘴的葫芦。既是你深知，岂有大错误的。"贾母并不欣赏袭人，袭人是贾母身边一两银子的丫鬟，伴随湘云长大。贾母不喜欢不大爱说话的人，而喜欢伶牙俐齿的人，像晴雯，像林黛玉。贾母的丫鬟鸳鸯也口齿伶俐、行事果断。贾母又说："我深知宝玉将来也是个不听妻妾劝的。"这话为将来贾宝玉抛弃宝钗、麝月出家埋下伏笔。"我也解不过来，也从未见过这样的孩子，别的淘气都是应该的，只他这种和丫头们好却是难懂。我为此也担心，每冷眼查看他。只和丫头们闹，必是人大心大，知道男女的事了，所以爱亲近他们。既细细查试，究竟不是为此。岂不奇怪。"这段话，对于理解贾母怎么看宝玉与黛玉的关系很重要。贾母在第五十四回《掰谎记》说，我们这种人家不会出现小姐见了一个清俊的男人就想嫁的事，她观察得很对，贾宝玉并不懂男女私情。"想必原是个丫头错投了胎不成。"贾母并不真正理解贾宝玉，但她看出贾宝玉对丫头们的好，不是男女之情，这一点，倒跟警幻说的"意淫"比较相近。比起王夫人认为漂亮丫鬟都想勾引他儿子，贾母的观察高明得多。

宝钗果断搬离

迎春装扮了来告辞，要上邢夫人身边去，因为有人来说媒。贾母歇中觉，王夫人叫凤姐来，问她丸药配来没有。凤姐说："还不曾呢，如今还是吃汤药。太太只管放心，我已大好了。"其实凤姐的病已非常严重。王夫人告诉凤姐撵走晴雯的事，又问怎么宝丫头私自回家睡了？是不是有人得罪了她？那个孩子心重，亲戚们住一场，得罪了人，反不好了。凤姐说："谁可好好的得罪着他？况且他天天在园里，左不过是他们姊妹那一群人。"王夫人说，别是宝玉有嘴无心，没个忌讳，信嘴胡说。凤姐说，宝玉说正经儿话像个傻子，在姐妹跟前，"最有尽让"。薛妹妹走想必是为前儿搜检众丫头的事，她是亲戚，也有丫头，我们也不好搜她。她就自己回避了。看来，凤姐看得很清楚。

王夫人派人把宝钗请来，给她分析前面的事，解她的疑心，让她还是进来住。薛宝钗还是坚持，说因为姨娘有很多大事不便来说，前儿妈妈又不好，我正好出去。姨娘现在知道了，我干脆今天和您说了好搬东西。王夫人和凤姐都说，你太固执了，你还是再搬进来吧，不要为了没要紧的事疏远了亲戚。薛宝钗说了一番话："我为的是妈近来神思比先大减，而且夜间晚上没有得靠的人，通共只我一个。二则如今我哥哥眼看要娶嫂子，多少针线活计并家里一切动用的器皿，尚有未齐备的，我也须得帮着妈去料理料理。姨妈和凤姐姐都知道我们家的事，不是我撒谎。三则自我在园里，东南上小角门子就常开着，原是为我走的，保不住出入的人就图省路也从那里走，又没人盘查。设若从那里生出一件事来，岂不两碍脸面。而且我进园里来住原不是什么大事。因前几年年纪皆小，且家里没事，有在外头的，不如进来姊妹相共，或做针线，或顽笑，皆比在外头闷坐着好，如今彼此都大了，也彼此皆有事。况姨娘这边历年皆遇不遂心的事故，那园子也太大，一时照顾不到，皆有关系，惟有少几个人，就可以少操些心。所以今日不但我执意辞去之外，还要劝姨娘如今该减些的就减些，也不为失了大家的体统。据我看，园里这一项费用也竟可以免的，说不得当日的话。姨娘深知我家的，难道我们当日也是这样冷落不成。"

聪明的薛宝钗本来还顾忌如何对王夫人提出搬离大观园的事，王夫人一问，她顺水推舟提出搬家，这是宝钗瞻前顾后、仔细考虑的结果。宝钗观察到，大观园的动乱不断出现，如果自己继续住在里边，再出点儿什么事，自己跳进黄河也洗不清，索性干净利索搬走。遇到危机躲着走是最佳选择。宝钗关注到大观园今不如昔，早已不是先前的花红柳绿，荣国府更是今非昔比，也早已不是元妃归省时的烈火烹油，所以她给王夫人建议：该减的就得减。这是她精明的又一体现。听了宝钗这番话，凤姐说，这话说得是，不必勉强她了。王夫人也无可回答，只好随她了。

宝钗搬离大观园，算不算"抗旨"？因为是贾元春下令"宝钗等"住进大观园的。现在看来也不算，曹雪芹的某次增删稿中，贾宝玉过生日时贾元春已经死了。薛宝钗搬离大观园，会不会让"金玉良缘"受影响？应该不会。因为儿女姻缘是父母做主，即便她搬到荣国府外边，王夫人、薛姨妈姐妹仍会不遗余力地推动金玉良缘，而年纪渐长，继续住在大观园里跟贾宝玉耳鬓厮磨，反而不是最好的选择。

司棋被轰走，晴雯死了，芳官她们出家了，薛宝钗搬走了，只剩下无家可归的林黛玉。而且王夫人已经发话了，今年不宜搬迁，明年贾宝玉就搬出去。王夫人的计划能不能执行？得看贾府后来的发展。

晴雯做了芙蓉花神

宝玉回来，得了很多赏，跟王夫人说完后，又去见贾母，因记挂晴雯，便假托骑马颠得骨头疼。贾母吩咐他赶紧回房换衣服，疏散疏散。宝玉进了大观园，麝月和秋纹带两个小丫头等候他。宝玉说好热，边走边脱衣服，麝月拿着，里面只穿一件松花绫子夹袄，袄里面露出血点般红裤子来。秋纹一看，裤子是晴雯做的，说："这条裤子以后收了罢，真是物件在人去了。"麝月说："这是晴雯的针线……真真物在人亡了！"麝月透露晴雯已死，秋纹拉了麝月一把，说闲话："这裤子配着松花色袄儿、石青靴子，越显出这靛青的头，雪白的脸来了。"故意东拉西扯。宝玉假装没听见，走了几步，说要走一走。麝月叫小丫头跟着，自己和秋纹回去送东西。宝玉一看正中下怀，就不想叫你们俩在场。她们二人走了，宝玉问小丫头："自我去了，你袭人姐姐打发人瞧晴雯姐姐去了不曾？"一个小丫头说：

"打发宋妈妈瞧去了。"宝玉说："回来说什么？"这个小丫头老实，说："回来说晴雯姐姐直着脖子叫了一夜，今日早起就闭了眼，住了口，世事不知，也出不得一声儿，只有倒气的份儿了。"宝玉问："一夜叫的是谁？"小丫头说："一夜叫的是娘。"

每次看到这里，我的眼泪都会掉下来。晴雯是孤儿，从不知亲娘在哪儿，但她临终却叫了一夜的娘。因为人生在世最疼自己的就是生身母亲。记得我母亲八十四岁病重弥留，一时清醒，竟说"人有娘，真好啊"。八十四岁老太太临终还觉得如果有娘疼我就好了。

宝玉听说晴雯一夜叫的是娘，不甘心，一边擦眼泪，一边问："还叫谁？"那个小丫头笨笨地如实说："没有听见叫别人了。"宝玉说："你糊涂，想必没有听真！"

宝玉很难面对这样的事实——我跟晴雯关系如此好，她临终怎么会不提我？

麝月透露晴雯已死，小丫头叙述晴雯临死前直着脖子叫了一夜娘。曹雪芹还会怎样描写晴雯之死？他写尤三姐之死，不过用了两句影射死亡的诗句，难道对他更心爱的晴雯还会用血淋淋、具体而微、缺乏美感的方式描写死亡的过程吗？天才作家才不会那么缺乏思想和美感。曹雪芹笔头一转，美丽的神话飘然而至！

另一个小丫头特别伶俐，听宝玉这么说，赶快上来说："真个他糊涂……不但我听得真切，我还亲自偷着看去的。""我因想晴雯姐姐素日与别人不同，待我们极好。如今他虽受了委屈出去，我们不能别的法子救他，只亲去瞧瞧，也不枉素日疼我们一场。就是人知道了回了太太，打我们一顿，也是愿受的。所以我拼着挨一顿打，偷着下去瞧了一瞧。谁知他平生为人聪明，至死不变……见我去了便睁开眼，拉我的手问：'宝玉那去了？'"

这个小丫鬟如果进作家学习班，应该很快就能成为一个好作家，真会编故事！

小丫鬟接着说："我告诉他实情，他叹了一口气说：'不能见了。'我就说：'姐姐何不等一等他回来见一面，岂不两完心愿？'他就笑道："你们还不知道。我不是死，如今天上少了一位花神，玉皇敕命我去司主。我如今在未正二刻到任司花，宝玉须待未正三刻才到家，只少得一刻的工夫，不能见面。世上凡该死之人阎王勾取了过去，是差些小鬼来捉人魂魄。若要迟延一时半刻，不过烧些纸钱浇些浆饭，那鬼只顾抢钱去了，该死的人就可多待些个工夫。我这如今是有天上的神仙来召请，岂可捱得时刻！'"

小丫头说，听了晴雯姐姐这番话，我还不太相信，等我回到房里看时辰表时，果然晴雯姐姐是未正二刻咽气的，未正三刻就有人说宝二爷回来了。

这个小丫鬟太棒了！幸亏她编出这套天花乱坠的鬼话骗贾宝玉，我们这些隔了两百多年的读者也得感谢她。因为正是她这番鬼话，骗出了贾宝玉的一篇《芙蓉女儿诔》。

小丫鬟继续往下编，贾宝玉忙问她，晴雯是做总花神，还是做哪一种花的花神？小丫头一时诌不出来，恰好园子里芙蓉正开，小丫头灵机一动，就说我也问她了，你是管什么花的花神？你只管告诉我们，我们日后好供养。晴雯姐姐说天机不可泄露，你既这样虔诚，我只告诉你，你只可告诉宝玉一人，除他之外，泄天机五雷轰顶，你告诉他，我专管芙蓉花。

宝玉一听，去悲生喜，指着芙蓉笑了："此花也须得这样一个人去司掌。我就料定他那样的人必有一番事业做的。虽然超出苦海，从此不能相见，也免不得伤感思念。"

芙蓉花有两种：一种长在水中，是出淤泥而不染的荷花；一种长在陆地上，是木芙蓉。

贾宝玉想，虽然晴雯临终前我没见到，现在到她灵前拜拜，也是尽了情意的。回到房里，他重新穿戴，说要去看林黛玉，出了园，就到上次看晴雯的地方去了，以为晴雯灵柩还停在那里。谁知道晴雯的哥嫂见晴雯一咽气，赶快汇报。王夫人给了十两银子让赶快送到外面烧了，还说人是痨死的，断不可留！晴雯被她害死，她还给晴雯加个女儿痨的病，说死了得烧，真够恶毒。宝玉扑了个空。回到自己房里，一点儿趣味没有，便去找黛玉，可巧黛玉不在，原来黛玉去找宝钗了。贾宝玉又到蘅芜苑，寂静无人，空空落落，原来宝钗已经搬走了。宝玉非常伤心，他想，宝姐姐竟然搬走了，天地间竟有这样无情的事。他想到去了司棋、入画、芳官五个，死了晴雯，现在又去了宝钗，迎春连日也没见回来，接连有媒人来求亲。大概园中人不久都要散了。纵生烦恼也无济于事，不如去找黛玉相伴一日，回来还和袭人厮混，只这两三个人还是同死同归的。宝玉一厢情愿，谁也不可能和你同死同归。黛玉会在宝玉外出逃难时，为宝玉流尽最后一滴眼泪，袭人后来要嫁给蒋玉菡。

"娲媧"还是"鬼话"

宝玉垂头丧气地回来，王夫人的丫头找他说，老爷回来了，又有好题目了，快走。王夫人派人把宝玉送到书房。贾政正在和他的清客、幕友谈论寻秋之胜，他和达官贵人聚会谈到一件千古佳谈，大家要为这个事作首挽词。幕宾都问是什么事，这么妙。贾政说，当日有位恒王，出镇青州，最喜女色，公余好武，所以选许多美女，日日习武。其中有一位名叫林四娘，恒王最喜欢她，让她来统率美女，叫她"姽婳将军"。"姽婳"是娴静美好之意，宋玉的《神女赋》"既姽婳于幽静兮，又婆娑乎人间"就形容女子美好，姽婳将军就是美女将军。清客都称赞，妙极、神奇，竟以"姽婳"加"将军"，更觉妩媚风流，想这恒王也是千古第一风流人物。贾政说，还有更可奇可叹的事。第二年黄巾、赤眉"一干流贼余党"在山左一带抢掠，恒王两战不胜，被贼杀了。林四娘集合了女将连夜出城，杀到贼营，斩落几员首贼，后贼回戈倒兵，林四娘等尽战死，倒成就一片忠义之志。消息报至中都，天子百官无不惊骇，你们说，这林四娘可羡不可羡？

林四娘是明代晚期驻守青州的衡（恒）王的宠妃，她的故事在明末清初流传很广。王士禛、林云铭都写过林四娘，《聊斋志异》也有一篇优美的人鬼恋故事《林四娘》。贾政所讲不是历史事实。林四娘被贾政说成姽婳将军，"姽婳"虽借自宋玉的《神女赋》，但"姽婳"谐音"鬼话"，曹雪芹真幽默！贾政叫贾宝玉等来写诗，有段文字似乎是闲笔，对理解贾政却有一定的参考价值。请看：

> 近日贾政年迈，名利大灰，然起初天性也是个诗酒放诞之人，因在子侄辈中，少不得规以正路。近见宝玉虽不读书，竟颇能解此，细评起来，也还不算十分玷辱了祖宗。就思及祖宗们，各各亦皆如此，虽有深精举业的，也不曾发迹过一个，看来此亦贾门之数。况母亲溺爱，遂也不强以举业逼他了。所以近日是这等待他。

什么意思？贾政年轻时也喜欢写诗，现在年迈，让子侄求功名的心也灰了，看到宝玉虽不大爱读书，但诗写得不错，又想到祖宗也喜欢写诗，祖宗虽刻苦读书，想通过科举成名，但没发迹过一个，看来贾门注定不会有人从科举出身。所以他现在也不再勉强贾宝玉读书、考试、做官了。

通过这段描写，我们可以想象，《红楼梦》遗失的后三十回，可能不像通行本后四十回写的那样，贾政逼迫贾宝玉读四书五经，写八股文，一定得考个举人。

贾政让他们三人各作一首，贾兰后面两句是："捐躯自报恒王后，此日青州土亦香。"比较通俗。宾客夸奖，小哥才十三岁，可见家学渊源。

贾环写得极平庸："红粉不知愁，将军意未休。掩啼离绣幕，抱恨出青州。"比打油诗稍强点儿。大家夸奖，到底大几岁年纪，立意不同。贾政评得比较恳切，倒没大错，终不恳切，就是说有点儿隔靴搔痒。

其实贾宝玉写的诗，比起林黛玉的《葬花吟》、薛宝钗的《螃蟹咏》，史湘云的《柳絮词》也不过一般，第一句"恒王好武兼好色"，他爹给他句评论"粗鄙"，一个幕宾赶快捧场："要这样方古，究竟不粗。且看他底下的。"宝玉又说"遂教美女习骑射"，幕宾又一个劲儿夸奖。贾宝玉的《姽婳词》并没有显示出他多大的才能，不过，字里间，也透露出贾宝玉对王权的蔑视："天子惊慌恨失守，此时文武皆垂首。何事文武立朝纲，不及闺中林四娘！"既然写的是"前朝"也就是明朝的故事，当然也不至于有文字狱的危险。

贾政觉得他们写得还可以，就说去吧！三人像遇特赦一般出来了。

真正能体现贾宝玉才能的是《芙蓉女儿诔》。

宝玉的心声《芙蓉女儿诔》

一回到家，宝玉一心凄楚，想起晴雯做了芙蓉花神，自己没能到她灵前一祭，现在何不到芙蓉跟前一祭？他本想对着芙蓉行礼，又说太草率不行，得衣冠整齐，准备祭奠的东西，别开生面，另立排场，才不负我们两人的为人，我做个诔词吧，不可按照前人的老路子来，须要洒泪泣血、一字一咽、一句一啼，何必不远师楚人之《大言》《招魂》《离骚》等文章写？于是，宝玉在晴雯喜欢的一块洁白绸子上写了《芙蓉女儿诔》，又准备了晴雯最喜欢的东西，叫一个小丫鬟捧到芙蓉花跟前。他先行礼，再把诔文挂在芙蓉枝上。

《芙蓉女儿诔》是贾宝玉最杰出的作品。如果说《葬花吟》是《红楼梦》女主角林黛玉的心声，那么《芙蓉女儿诔》就是男主角贾宝玉的心声，是贾宝玉作为思想独立的叛逆者的淋漓尽致的表达。

《芙蓉女儿诔》远师楚人，发扬的是屈原精神。它不仅是贾宝玉对晴雯的情感喷发，还是曹雪芹对整个黑暗社会的情感喷发。它对我们研究曹雪芹的思想，给《红楼梦》的思想定位，起到很重要的作用。

关于《芙蓉女儿诔》这篇长文，红学家们可以写很长的论文。我们简要看看，贾宝玉怎样看待晴雯？《芙蓉女儿诔》和林黛玉有什么关系？

《芙蓉女儿诔》写晴雯"其为质则金玉不足喻其贵，其为性则冰雪不足喻其洁，其为神则星日不足喻其精，其为貌则花月不足喻其色"。勉强译成白话可以这样理解：晴雯，你的品质，黄金美玉不足以比喻你的高贵；你的心地，晶晶冰雪不足以比喻你的纯洁；你的神志，明星朗月不足以比喻你的光华；你的容貌，鲜花明月不足以比喻你的娇妍。晴雯这个身世低微的丫鬟，成了贾宝玉心目中美丽、纯洁、正直的女神。贾宝玉还认为：晴雯和著名士大夫贾谊一样，受到小人妒忌、陷害，蒙冤而死；跟全力治洪水的鲧一样，被冤屈杀害。造谣诬蔑、陷害晴雯的人在哪儿？"诼谣謑诟，出自屏帏"，这人在怡红院，就在宝玉身边。贾宝玉诔晴雯，也是告别花红柳绿、莺莺燕燕的怡红院，和钟鸣鼎食的荣国府决裂。

《芙蓉女儿诔》模仿《离骚》的写法，后面还有段歌，念完后，焚香、焚帛、敬茶，依依不舍。小丫鬟说，快回去吧。刚想回去，忽听到山石后面有人笑道："且请留步。"贾宝玉和小丫鬟一听，大惊，小丫鬟回头一看，一个人影从芙蓉花里走出来了。小丫鬟大叫："不好，有鬼。晴雯真来显魂了！"贾宝玉赶快回头看。这一回结束。

这一回最重要的内容是《芙蓉女儿诔》。这是篇不容易读懂的特别重要的作品。如果古文基础不是太深，读起来会有障碍。蔡义江《红楼梦诗词曲注释》把《芙蓉女儿诔》一字一字翻译了。如："你眉上的黛色如青烟缥缈，昨天还是我亲手描画；你手上的指环已玉质冰凉，如今又有谁把它焐暖？炉罐里的药渣依然留存，衣襟上的泪痕至今未干。镜已破碎，鸾鸟失偶，我满怀愁绪，不忍打开麝月的镜匣；梳亦化去，云龙飞升，折损檀云的梳齿，我便哀伤不已。你那镶嵌着金玉的珠花，被委弃在杂草丛中，落在尘土里的翡翠发饰，也被人拾走。"不过，甭管谁翻译，都失了古文原来的魅力，但看翻译文字，读者还是可以知道贾宝玉的诔文是什么意思。

薛蟠误娶，迎春错嫁

——第七十九回（含第八十回）薛文龙悔娶河东狮 贾迎春误嫁中山狼

《红楼梦》列藏本的最后一回，第七十九回和第八十回是连在一块儿的，回目是《薛文龙悔娶河东狮　贾迎春误嫁中山狼》。"薛文龙"是薛蟠，后悔娶了个泼悍妻子。甲辰本《红楼梦》给第八十回另拟了个回目《美香菱屈受贪夫棒　王道士胡诌妒妇方》。

诔晴雯实际是诔黛玉

贾宝玉祭完晴雯，听见花影中有人声，吓了一跳，一看不是别人，正是林黛玉。黛玉满面含笑说："好新奇的祭文！可与曹娥碑并传的了。"

贾宝玉念完祭晴雯的《芙蓉女儿诔》，林黛玉向他走来，这情景意味深长。宝玉祭芙蓉女儿，而黛玉正是芙蓉女儿。怡红夜宴，她抽到的花签是风露清愁的水中芙蓉。芙蓉有两种，草本长在水里，木本长在陆地上。小丫头看到水池中的荷花，急中生智跟贾宝玉胡诌，说晴雯做了芙蓉花神，恰好和林黛玉抽到的花签一致。

宝玉听了黛玉的话，红了脸说："我想着世上这些祭文都蹈于熟滥了，所以改个新样，原不过是我一时的顽意，谁知又被你听见了。有什么大使不得的，何不改削改削。"黛玉问："原稿在那里？倒要细细一读。长篇大论，不知说的是什么。只听见中间两句，什么'红绡帐里，公子多情；黄土垄中，女儿薄命'。这一联意思却好，只是'红绡帐里'未免熟滥些。放着现成真事，为什么不用？"宝玉问："什么现成的真事？"黛玉笑了："咱们如今都系霞影纱糊的窗槅，何不说'茜纱窗下，公子多情'呢？"宝玉一听，跌足笑了："好极，是极！到底是你想的出，说的出。可知天下古今现成的好景妙事尽多，只是愚人蠢子说不出想不出罢了。但只一件：虽然这一改新妙之极，但你居此则可，在我实不敢当。"接连又说了好几个"不敢"。宝玉清楚，用霞影纱糊窗子，是刘姥姥二进大观园时，贾母拿来给黛玉糊的。所以"茜纱窗"专指林黛玉的窗子。但黛玉已视自己与宝玉为一体，便说："何妨。我的窗即可为你之窗，何必分晰得如此生疏。"黛玉在前八十回的最后，已经清清楚楚地把自己的窗和宝玉的窗看成同一个窗，她的意思不是非常明显？

宝玉说："我越性将'公子''女儿'改去，竟算是你诔他的倒妙。况且素日你又待他甚厚，故今宁可弃此一篇大文，万不可弃此'茜纱'新句。竟莫若改作'茜纱窗下，小姐多情；黄土垄中，丫鬟薄命'。如此一改，虽于我无涉，我也惬怀的。"黛玉笑了："他又不是我的丫头，何用作此语。况且小姐丫鬟亦不典雅，等我的紫鹃死了，我再如此说，还不算迟。"宝玉说："这是何苦又咒他。"又说："我又有了，这一改可妥当了，莫若说'茜纱窗下，我本无缘；黄土垄中，卿何薄命'。"

这么一改，宝玉就不是诔晴雯，而是诔黛玉了，因为这句，是说黛玉住在茜纱窗里，我和你没有缘分，你将来躺到黄土垄中，多么薄命。《脂砚斋重评石头记》庚辰本有这样的评语："一篇诔文总因此二句而有，又当知虽诔晴雯而又实诔代玉也，奇幻至此。""慧心人可为一哭。观此句便知诔文实不为晴雯而作也。"靖藏本有这样的评语："观此，知虽诔晴雯，实乃诔黛玉也，试观'证前缘'回黛玉逝后诸文便知。"什么意思？如果看到写林黛玉死后的那个"证前缘"的情节，就证明这样一改，确实是贾宝玉追悼林黛玉。

林黛玉一听，怵然变色，很不安，听出来这样一改就成了追悼自己。林黛玉身体这么差，眼泪都快干了，这不是咒她死吗？黛玉心中虽有无限狐疑乱拟，但不好意思表现出来，反而连忙含笑点头称妙，说："果然改的好。再不必乱改了，快去干正经事罢。"林黛玉比以前修养高得多了，并未轻易露出不悦之色。这样一来，贾宝玉祭晴雯的《芙蓉女儿诔》板上钉钉地落到林黛玉头上。

林黛玉是绛珠仙子到人世间来还泪的。第七十回林黛玉重建桃花社，已出现这样的诗句："泪眼观花泪易干，泪干春尽花憔悴。"绛珠仙子的眼泪快要干了，绛珠仙子快要返回太虚幻境了。晴雯是黛玉的影子，晴雯的悲惨不幸是黛玉悲惨不幸的前奏；晴雯的蒙冤是黛玉泣血的预演；晴雯之死是黛玉之死的彩排。贾宝玉想到晴雯灵柩前祭奠，她的棺木已经被一把火烧了。林黛玉《葬花吟》说"他年葬侬知是谁"。将来贾宝玉想到林黛玉的棺木前祭奠也不行，因为林黛玉的棺材已经运回苏州。

晴雯和黛玉，一对风露清愁的芙蓉花，都是"质本洁来还洁去，强于污淖陷渠沟"。晴雯死了，还有《芙蓉女儿诔》。林黛玉死了，只有"冷月葬花魂"。不管是晴雯还是黛玉，于贾宝玉都是花落人亡两不知。

曹雪芹怎么样描绘林黛玉之死？肯定更凄美、更深邃、更惊心动魄，可惜我们看不到了。

黛玉叫宝玉赶快去干正经事，说："才刚太太打发人叫你明儿一早快过大舅母那边去。你二姐姐已有人家求准了，想是明儿那家人来拜允，所以叫你们过去呢。"黛玉闲聊把迎春的婚事说出来了。

迎春嫁中山狼，薛蟠娶河东狮

贾赦已把迎春许给孙家。孙家军官出身，是宁荣府当年的门生。现在只有孙绍祖一人在京城任指挥，他相貌魁梧，体格健壮，应酬权变，弓马娴熟，家资饶富。家资饶富可能是贾赦把女儿嫁给他的主要原因。贾母不满意，小说没写贾母为什么不满意，但贾母多有经验！贾母不满意的人肯定不是什么好人。贾母虽不满意，但想到，儿女的事情自有天意前因，况且贾赦是亲生父亲，奶奶何必出头管事，就只说了句"知道了"。贾政也不喜欢孙家，孙家虽是世交，却并非诗礼名族出身，当年不过是看上宁国公、荣国公的权势，才拜在门下。他劝贾赦，贾赦不听，也只得罢了。宝玉一听，二姐姐定了孙绍祖，还得陪四个丫头过去，很不高兴，故叹道："从今后这世上又少了五个清洁人了。"他到二姐姐原来住的紫菱洲，悲惨地信口吟了一首诗。

宝玉吟诗时，有人在后面笑了："你又发什么呆呢？"原来是香菱。宝玉问你进来干吗？香菱告诉他，现在正准备你哥哥娶亲，我来找琏二奶奶说事。宝玉问，娶哪一家的？香菱说，桂花夏家。他们很有钱，只种桂花的地就有几十顷，现在那家太爷没了，只有老奶奶带着这姑娘。宝玉问，你大爷怎么就看中了这个姑娘？香菱说，一则天缘，二则"情人眼里出西施"。你哥哥出去经商的时候，到了他们那儿，夏奶奶看到你哥哥，又哭又笑，比见了儿子还亲。又让他们兄妹相见，那姑娘出落得花朵一样，你哥哥看准了，回来就叫我们奶奶求亲。现在就是要娶的日子太急了，我们忙得很。我巴不得早点儿把她娶过来，咱就又添了一个作诗的人。

香菱太天真了，她以为富家小姐都像她接触过的宝钗、黛玉、湘云。宝玉比她想得周到，冷笑道，我倒替你担心！香菱说："这是什么话！素日咱们都是厮抬厮敬的，今日忽然提起这些事来，是什么意思！怪不得人人都说你是个亲近不得的人。"真是个呆香菱，她不知道，薛蟠娶来的正妻如果不贤惠，她得多么倒霉。现在居然对贾宝玉不满。宝玉又呆了，没精打采，回了怡红院，一晚上都没有睡好，夜里一直唤晴雯，第二天，便不想吃饭，发起烧来。王夫人后悔，可能因为抄检大观园，赶走晴雯过于逼责了儿子。虽这么想，可脸上并不露出来，只吩咐奶娘等好生看护，派医生给宝玉看病。

再过些时，宝玉闻得迎春出了阁。宝玉思及当时姊妹们一处，耳鬓厮磨，从今一别，即使相逢，也不会再像从前那样亲密了。

迎春婚后回门，等孙家婆娘媳妇们回去，才哭哭啼啼地和王夫人说孙绍祖"一味好色，好赌酗酒，家中所有的媳妇、丫头将及淫遍"。迎春带去的四个丫鬟都被他侮辱了。迎春稍微劝两三次，孙绍祖就骂她是"醋汁子老婆拧出来的"，又指着迎春说："你别和我充夫人娘子，你老子使了我五千银子，把你准折卖给我的。"究竟是孙绍祖胡说八道，还是贾赦真用了他的银子？曹雪芹并没点明。王夫人只好解劝："已经遇见了这不晓事的人，可怎么样呢。……我的儿，这也是你的命。"迎春说："我不信我的命就这么不好！从小儿没了娘，幸而过姊子这边过了几年心净日子，如今偏又是这么个结果！"迎春想回园子里住三五天，死了也甘心，不知道以后还能不能来住了。迎春住了三天，才到邢夫人那边去。邢夫人不在意，既不问她夫妻是否和睦，也不问她的家务是否繁难。迎春走时拜别贾母、王夫人、众姐妹，悲伤不舍，这很可能是和祖母、婶婶、姐妹们永别。大观园儿女中，迎春非常不幸，是父母之命、媒妁之言的牺牲品。贾宝玉在太虚幻境看到的迎春判词"金闺花柳质，一载赴黄粱"，已经预示了迎春的结局。

迎春遇上中山狼，薛蟠娶来河东狮。

宝玉"听得薛蟠摆酒唱戏，热闹非常，已娶亲入门，闻得这夏家小姐十分俊俏，也略通文翰，宝玉恨不得就过去一见才好"。

曹雪芹用宝玉听到的几句话，交代了薛蟠娶亲的重要事件。这事对薛姨妈来说，非常尴尬，薛姨妈家一直借住荣国府，娶儿媳居然也娶到了借居的房子，难道自己在京城没有房子？明明有很多房子，偏偏选择"寄人篱下"，为什么？还不是眼巴巴盼"金玉良缘"？按常理，夏金桂嫁给薛蟠，理应到荣国府给王夫人、贾母请安问好，跟姐妹们相见，曹雪芹一概全免。堂堂四大家族薛家长公子娶正妻，竟像贾琏偷娶二房！

夏家小姐十七岁，因母亲溺爱，把自己看成菩萨，把别人看成粪土，外具花柳之姿，内秉风雷之性。一进门，夏金桂看到薛蟠有香菱这么个才貌俱全的爱妾，就添了"宋太祖灭南唐"之意。因他们家多桂花，她小名金桂，在家里甚至不许人说话带出"金""桂"二字，谁稍不留神误道她的名字，她一定苦打重罚。因为他们家卖桂花，"桂花"两字没法禁止，她居然异想天开，把桂花另起名叫嫦娥花。

薛蟠喜新厌旧，娶了妻子，新鲜头上事事让着她，而夏金桂越来越一步紧似一步。两个月后，薛蟠的气概渐渐矮下去。河东狮大显身手，稍不顺意，就哭得像醉人一样，装起病来，薛姨妈还得骂儿子。夏金桂看到婆婆护着自己，越发得了意，薛蟠的气概又矮半截。夏金桂看见婆婆善良，丈夫被自己整倒，就想整薛宝钗。"宝钗久察其不轨之心，每随机应变，暗以言语弹压其志。金桂知其不可犯，每欲寻隙，又无隙可乘，只得曲意附就。"薛宝钗好生了得！

夏金桂不让别人说她的名字。但她和香菱闲谈时，故意诱使香菱说她的名字。她问香菱，你的名字谁起的？香菱说是姑娘起的。金桂说，都说姑娘通，这个名字就不通，菱角花有什么香？菱角花香了，正经的香花放到哪儿去？香菱说，不只是菱花香，荷叶、莲蓬都有清香。金桂说，依你说那兰花、桂花倒香得不好？香菱忘了忌讳，接口说，兰花、桂花的香又不是别的花可比的。还没说完，夏金桂的陪嫁丫鬟宝蟾指着香菱的脸说："要死，要死！怎么真叫起姑娘的名字来！"香菱赶快道歉。夏金桂说，我要把你的名字改改，叫秋菱。"香菱"之"香"体现了菱角花的香气，秋菱肃杀，一字之改，香菱的命运完全改变。

薛家的通俗故事

金桂的丫鬟宝蟾有三分姿色，举止轻浮可爱，经常撩拨薛蟠。夏金桂想，我正要摆布香菱，现在他看上宝蟾了，正好舍出去叫他要了，他和香菱疏远，趁着他疏远，我便能摆布香菱。

曹雪芹在这一回来了段通俗小说的描写，写薛蟠如何看上宝蟾，两人如何调情，夏金桂如何故意制造机会让他们接近，又如何骗香菱打断薛蟠的好事，薛蟠把一腔怒火撒在香菱身上。晚上洗澡，香菱准备的洗澡水热了点儿，薛蟠就赤条精光地赶着香菱踢打两下。

金桂叫宝蟾做了薛蟠的通房大丫头，把香菱弄到自己房间，一夜叫她七八次，香菱不得安稳躺卧一时。过了半个月，金桂装病，忽然从她的枕头里抖出个纸人，写着她的年庚八字，五根针钉着心窝和四肢，这明摆着是陷害香菱。薛蟠果然上当，拿起门闩就要打香菱。薛姨妈制止。金桂哭喊说，薛蟠把我的宝蟾霸占去半个多月，不容她进我的房，唯有香菱跟我睡，我要拷问宝蟾，你又护到头里！她对薛蟠说，治死我，再拣富贵标致的娶来就是了，何苦做这些把戏。

薛姨妈见儿媳妇百般恶赖的样子，十分可恨，儿子又不争气，把陪房丫头摸上，只好赌气骂儿子："不争气的孽障！骚狗也比你体面些！谁知你三不知的把陪房丫头也摸索上了，叫老婆说嘴霸占了丫头，什么脸出去见人！也不知谁使的法子，也不问青红皂白，好歹就打人。我知道你是个得新弃旧的东西，白辜负了我当日的心。他既不好，你也不许打，我立即叫人牙子来卖了他，你就心净了。"接着说了句："快叫个人牙子来，多少卖几两银子，拔去肉中刺，眼中钉，大家过太平日子。"薛姨妈很少这样说话，这不就是在指责夏金桂？按说儿媳妇听到婆婆说这个，绝对不可以回嘴，特别是世家女子。夏金桂居然回嘴："你老人家只管卖人，不必说着一个扯着一个的。我们很是那吃醋拈酸容不下人的不成，怎么'拔出肉中刺，眼中钉'？是谁的钉，谁的刺？"把薛姨妈气得浑身乱战："这是谁家的规矩？婆婆这里说话，媳妇隔着窗子拌嘴。亏你是旧家人家的女儿！满嘴里大呼小喊，说的是些什么！"夏金桂越发撒泼打滚。薛蟠说也不好，劝也不行，打也不行，央告也不行，就只好抱怨运气不好。

薛蟠娶了这个媳妇，家里热闹极了。媳妇动不动就打滚，寻死觅活，白天拿剪子刀子，夜里拿绳子，无所不闹。夏金桂高兴了还叫人来斗纸牌，她平生最喜欢啃骨头，每天杀鸡杀鸭，把肉赏给别人吃，自己炸骨头喝酒。《红楼梦》又出来个非常特别的人物。薛蟠没办法，悔恨不该娶搅家精。薛宝钗说哥哥嫂子嫌香菱不好，留着我使唤，咱们家都是买人，不会卖人。自此，香菱跟着薛宝钗去，再也不到薛蟠那儿了。她本来身体就弱，在薛蟠房中几年，因血分中有病，从没怀孕，现在加上气怒伤感，竟酿成了干血之症。干血之症就是月经减少甚至闭经，潮热盗汗，形体消瘦。夏金桂嫁进来不久，香菱就病入膏肓。曹雪芹《红楼梦》前八十回之后，接着就会写香菱之死，可惜我们看不到了。

香菱最终被折磨死

香菱并不是《红楼梦》的主要人物，却是小说里最早出现的可爱的女性人物，她和父亲甄士隐起到了穿针引线的作用，本人又有鲜明个性。香菱是姑苏人，和林黛玉是同乡。相当程度上，香菱也是林黛玉的影子，恰好林黛玉后来成了她的老师。贾宝玉神游太虚境，唯一看到的金陵十二钗副册中的人物就是香菱。她的画上有株桂花，下边的池沼水涸泥干，莲枯藕败。这个画预示香菱的名字和命运。判词："根并荷花一茎香，平生遭际实堪伤。自从两地生孤木，致使香魂返故乡。""两地生孤木"暗藏夏金桂的名字。"根并荷花"则是说，不管是莲还是菱，都连在一起，清高脱俗。香菱原名"甄英莲"，音谐"真应该可怜"，成为薛蟠侍妾后，薛宝钗给她取名"香菱"，很有神采，仍能跟甄英莲联到一起，活画出其性格馨香。她虽然命运不济做侍妾，仍然保留着读书人家千金小姐自重自爱的品性和对美好事物的向往。正像香菱自己的解释："不独菱花，就连荷叶莲蓬，都是有一股清香的。"是金子总会发光，命运多舛的香菱，虽然给呆霸王薛蟠做侍妾，却羡慕大观园诗意栖存的薛宝钗、薛宝琴、林黛玉、史湘云，希望也能进入大观园，进入诗歌的世界。薛蟠外出，薛宝钗带香菱进入大观园，香菱拜林黛玉为师学写诗，后来史湘云也成了香菱的老师。香菱好学，认真，聪慧，做梦都写诗，而且写得像模像样。

其实阿呆给了香菱不错的物质享受。在夏金桂出现前，香菱和薛蟠的关系还算和谐。如果阿呆娶个迎春这样软弱的妻子，或娶个探春这样强势却明理的妻子，香菱的日子会继续过得不错。香菱盼望薛蟠娶妻，天真地认为薛蟠娶妻，就能减轻自己的负担，大观园也多个写诗的人，没想到，盼来的是能力连王熙凤脚趾头都比不上，但比王熙凤还爱妒忌，伤害小妾手段更加毒辣而且明目张胆的夏金桂。夏金桂嫁给薛蟠后，首先要做的就是给丈夫的爱妾改名，变"香菱"为"秋菱"，用肃杀的"秋"换掉温润的"香"，像秋风扫落叶一样扫除香菱个性中的馨香，既给丈夫的爱妾下马威，又对小姑子薛宝钗敲山震虎。从"香"变成"秋"，一字的变化，大观园的"诗呆子"香菱不可避免地变成了金桂的侍妾秋菱。薛蟠喜新厌旧收了宝蟾后，夏金桂故意叫香菱夜里睡到自己房间的地上，一夜叫起来七八次，一会儿让她倒茶，一会儿让她捶腿，不给香菱片刻安稳休息的机会，千方百计折磨她。而呆霸王是十足的蠢货，是非不清，给撒泼的婆娘当枪使，无辜的香菱挨了薛蟠的大棒子。香菱终于成为判词和画境里"水涸泥干，莲枯藕败"的样子，走向死亡的悲剧结局。

曹雪芹对金陵十二钗副册提到的唯一一位女性香菱相当钟爱，先后给她的三个名字，成了她的三段人生。第一段人生的名字是甄英莲，从小被人拐卖的甄英莲，真应该可怜；第二段人生的名字是香菱，周瑞家的说她模样儿"竟有些像咱们东府里蓉大奶奶的品格儿"，贾琏艳羡她的模样齐整、美貌俏丽，说"那薛大傻子真玷辱了他"，香菱好学，进入大观园几天工夫就写出美妙的咏月诗；第三段人生的名字是秋菱，这是她的肃杀人生，她得了干血之症，不久去世。薛家人并不买夏金桂的账，薛姨妈在夏金桂给她改名后仍然叫她香菱。她跟了宝钗后，宝钗也仍然叫她香菱。夏金桂想借给香菱改名表示自己比薛宝钗高明，却依然不能在薛家令行禁止。薛蟠可能听她的，但薛姨妈和薛宝钗不会。她是儿媳妇，不能命令婆婆把叫了几年的名字改掉，而薛宝钗颇有心计对付她，她也不敢命令薛宝钗改。

在人物命名上做文章，曹雪芹常借鉴前人的小说。《聊斋志异》有篇《菱角》，写以菱角作名字的人物，性情也散发着菱角荷花的清香。她的名字也和命运息息相关。菱角和胡大成在观音庵一见钟情，经父母之命订婚，后在战乱中离散，菱角父亲又受周生之聘，菱角仍坚持嫁胡大成，历尽磨难，忠贞不移。最后在观音菩萨的帮助下，菱角与胡大成终成眷属。香菱、菱角的名字又和陆游的诗有关。陆放翁《书斋壁》有诗句"平生忧患苦萦缠，菱刺磨成芡实圆"，陆游自注："俗谓困折多者谓'菱角磨作鸡头'。"香菱、菱角，都包含着命运多折的意思，都是从前人的诗句获得小说需要的、隐含着人物命运的人名。究竟是蒲松龄和曹雪芹两位小说家不约而同从陆游诗想到人物命名？还是蒲松龄先用，曹雪芹进一步发扬光大？可以讨论。遗憾的是，香菱没有像菱角一样遇到救苦救难的观世音菩萨，正如《红楼梦》钟鸣鼎食之家的末世不可挽回。《聊斋志异》对《红楼梦》的影响十分深刻，包括主题立意、人物描写、细节描写、环境描写乃至语言，简直可以说《聊斋志异》对《红楼梦》的影响俯拾皆是。这就是另外的话题了。

《红楼梦》人物人各一面

曹雪芹的《红楼梦》前八十回总共出现了二百零六个女性人物，各个阶层都有，从贵妃到诰命夫人，从乡村老太到尼姑道婆，从千金小姐到丫鬟仆妇，每一个出场的人物都活灵活现。老夫人贾母是荣国府的"宝塔尖"，福寿俱全，以享乐为人生追求；和她年龄差不多的刘姥姥，一无所有，是个农村的寡妇，而刘姥姥和贾母恰好演了场对手戏。

贾府的四位小姐是元春、迎春、探春、惜春，四个人名字的第一个字连起来读，谐音是"原应叹息"。四姐妹有迥然不同的个性。元妃贵为皇妃，省亲时拉着祖母和母亲的手，呜咽不已；迎春是"二木头"，只会逆来顺受，连自己的首饰都保不住；探春是带刺的玫瑰花；惜春孤僻而耿介。四个人的丫鬟，曹雪芹用古代深闺小姐需要的修养命名，琴、棋、书、画，元春的丫鬟叫抱琴，迎春的丫鬟叫司棋，探春的丫鬟叫待书，惜春的丫鬟叫入画。她们也有自己的故事，尤其是迎春的丫鬟司棋。

贾府出场的仆妇们个性鲜明。周瑞家的，八面玲珑，在贾府上上下下周旋得体；王善保家的，道三不着两，搬起石头砸了自己的脚。同样是怡红院的丫鬟，袭人和晴雯个性完全不一样，袭人心机深细，晴雯性格直爽，即便和袭人个性相近的麝月，也表现出不同风姿，相比袭人的不善言辞，麝月的口才特别好。

出现在贾府的三姑六婆，也特别有个性。马道婆，挂名是贾宝玉干娘，却和赵姨娘策划于密室，几乎害死贾宝玉；净虚尼姑一出场就引诱王熙凤害死了一对青年男女，凤姐还到手三千两银子。

《红楼梦》写得最好、读者最喜欢的，还是那三位姑娘，吟《葬花吟》的林黛玉，写《柳絮词》醉卧芍药裀的湘云，吃冷香丸的薛宝钗。她们的丫鬟个性也非常地鲜明。第八十回又出现了个和薛宝钗身份一样的富商姑娘夏金桂。但夏金桂的个性和薛宝钗大不一样。薛宝钗温文尔雅，与人为善；夏金桂心机阴暗，毒辣狠厉。宝钗的丫鬟莺儿心灵手巧，夏金桂的丫鬟宝蟾微贱卑鄙。

《红楼梦》每一个出场的人物，都有自己的风采，都和他人不一样。这就是《红楼梦》的魅力。《红楼梦》前八十回创造了几百个成功的人物，莎士比亚几十部戏剧也才创造了几百个成功的人物。莎士比亚戏剧中，有些丫鬟在这一部戏里和在另一部戏里可能面目相似，而在《红楼梦》里绝对找不到任何相似的人物。这就是伟大作家曹雪芹超强的塑造人物的能力。他留下的最后一回，又描绘出了夏金桂和宝蟾两个令人耳目一新的人物。这两个人物的出现，也得到了贾宝玉的关注。贾宝玉感到奇怪，这么个鲜花嫩柳一样、和别的姐妹差不多的人物，怎么会是这个样？

贾母让贾宝玉到天齐庙还愿，贾宝玉巴不得有这一声。第二天就穿戴完了，出门到天齐庙，碰到了王道士。王道士擅长贴各种膏药，号"王一贴"。贾宝玉问他，有没有贴女人忌妒的膏药。王道士说了个"疗妒汤"：用极好的秋梨一个，二钱冰糖，一钱陈皮，三碗水，一起熬煮，每天早晨吃一个梨，吃来吃去就好了。贾宝玉说，这倒不值什么，就是怕没有效。王道士就说，一剂不行吃十剂，今天不行明天再吃，今年不行明年再吃，反正这三味药都是润肺开胃不伤人的，甜丝丝的，还止咳嗽。吃到一百岁，人反正都要死，死了还忌妒什么。这是非常有趣的一个情节。这个油嘴滑舌的道士虽然只出现了一次，却也是个成功的人物形象。

曹雪芹的《红楼梦》写完，后三十回没传下来，我们现在看到的曹雪芹的《红楼梦》只有八十回，更严格地说是七十八回。因为第十七回、第十八回没有分开，第七十九回、第八十回没有分开，我常幻想穿过时光隧道，从当年借到曹雪芹手稿的人那里，把丢失的几十回找回来。这当然是科幻小说情节。而从程高本开始，很多人在续《红楼梦》，遗憾的是，如果维纳斯的断臂，能被寻常人接上，她还能是独一无二的美神吗？

图书在版编目（CIP）数据

马瑞芳品读红楼梦.5 / 马瑞芳著.—成都：天地
出版社，2023.5
ISBN 978-7-5455-7612-2

Ⅰ.①马… Ⅱ.①马… Ⅲ.①《红楼梦》研究 Ⅳ.
①I207.411

中国版本图书馆CIP数据核字(2023)第038095号

MA RUIFANG PINDU HONGLOUMENG 5

马瑞芳品读红楼梦5

出 品 人	陈小雨	杨　政
作　者	马瑞芳	
责任编辑	张诗尧	柳　媛
责任校对	杨金原	
封面设计	尚燕平	
责任印制	王学锋	

出版发行　天地出版社
　　　　　（成都市锦江区三色路238号　邮政编码：610023）
　　　　　（北京市方庄芳群园3区3号　邮政编码：100078）
网　　址　http://www.tiandiph.com
电子邮箱　tianditg@163.com
经　　销　新华文轩出版传媒股份有限公司

印　　刷　玖龙（天津）印刷有限公司
版　　次　2023年5月第1版
印　　次　2023年5月第1次印刷
开　　本　880mm×1230mm　1/32
印　　张　7.25
插　　页　48P
字　　数　211千字
定　　价　68.00元
书　　号　ISBN 978-7-5455-7612-2

喜马拉雅策划出品

《马瑞芳品读红楼梦》现已全部上线，
欢迎大家扫码收听

课程简介

　　《红楼梦》生动地描绘了一个贵族大家庭的吃喝玩乐、生老病死、喜怒哀乐、婚丧礼祭，细致地描摹了一群贵族男女的诗意享乐、悲欢离合，可以看作一部艺术化的中国古代文化百科全书。

　　《马瑞芳品读红楼梦》是马瑞芳老师在总结数十年的研究成果后，逐回细讲《红楼梦》前八十回的倾心之作。从青丝到白发，她仍愿回到曹雪芹笔下，逐字逐句，和听众一起再历一次红楼大梦，从中品味《红楼梦》的人物情感，挖掘人物的复杂性格和内心世界，探寻家族盛衰荣辱背后的深刻原因，感受文学语言的优美洗练。

　　无论是在忙碌中寻静心，在休闲中寻意趣，在得意处寻惊醒，还是在失意处寻体悟，你都能产生共鸣。

欢迎收听更多精彩有声作品

《马瑞芳讲聊斋志异》
打开鬼狐神妖的奇幻世界

《听见·刘心武·读书与人生感悟》
茅盾文学奖得主刘心武八十自述

《必须犯规的游戏·重启》
危机四伏的逃生游戏再次开启

从声音到文字，分享人类智慧

天壹文化